本书由韩国中央研究院资助
本书由吉林省教育厅新世纪人才专项资助

朝鲜古代汉文小说的文体生成及其文化叙事研究

李 娟／著

中国社会科学出版社

图书在版编目（CIP）数据

朝鲜古代汉文小说的文体生成及其文化叙事研究／李娟著．—北京：中国
社会科学出版社，2016.1
ISBN 978 - 7 - 5161 - 7739 - 6

Ⅰ.①朝…　Ⅱ.①李…　Ⅲ.①古汉语—小说研究—朝鲜—古代
Ⅳ.①I312.074

中国版本图书馆 CIP 数据核字（2016）第 045778 号

出 版 人　赵剑英
责任编辑　郭　鹏
责任校对　闫　萃
责任印制　李寡寡

出　　　版　中国社会科学出版社
社　　　址　北京鼓楼西大街甲 158 号
邮　　　编　100720
网　　　址　http://www.csspw.cn
发 行 部　010 - 84083685
门 市 部　010 - 84029450
经　　　销　新华书店及其他书店

印刷装订　三河市君旺印务有限公司
版　　　次　2016 年 1 月第 1 版
印　　　次　2016 年 1 月第 1 次印刷

开　　　本　710×1000　1/16
印　　　张　14.75
插　　　页　2
字　　　数　280 千字
定　　　价　46.00 元

凡购买中国社会科学出版社图书，如有质量问题请与本社营销中心联系调换
电话:010 - 84083683

目 录

绪论 ……………………………………………………………………（1）

第一章 朝鲜古代汉文小说文体概说 …………………………………（13）
    第一节 朝鲜古代汉文小说史意义上的文体 …………………（13）
    第二节 多元共生的文体类型及其相互关系 …………………（24）

第二章 朝鲜古代汉文小说文体的孕育历程 …………………………（29）
    第一节 "小说"观念在朝鲜社会的境遇 ……………………（29）
    第二节 朝鲜汉文小说化叙事产生的渊源 ……………………（40）

第三章 朝鲜古代汉文小说文体的历时性变迁 ………………………（54）
    第一节 作意好奇：传奇小说作为文体的独立 ………………（54）
    第二节 史有文心：历史军谈小说实录记事的消解 …………（62）
    第三节 虚实参悟：梦游录小说叙事的演进 …………………（68）
    第四节 醒心教化：家庭小说叙事的转向 ……………………（73）
    第五节 寄意时俗：爱情小说情理叙事的世俗表达 …………（79）

第四章 朝鲜古代汉文小说叙事的宗教文化因素 ……………………（85）
    第一节 儒家的政教叙事 ………………………………………（89）
    第二节 佛道的劝善伦理叙事 ………………………………（108）

第五章 朝鲜古代汉文传奇小说的文化叙事 …………………………（118）
    第一节 《金鳌新话》："亦真亦幻"的现实寄寓 …………（118）
    第二节 《企斋记异》："无异于奇"的反思启迪 …………（125）

第六章　朝鲜古代汉文历史军谈小说的文化叙事 ……………………（131）

第一节　《壬辰录》与"壬辰倭乱"史实 ……………………（132）

第二节　《林庆业传》与"丙子胡乱"史实 ……………………（135）

第三节　《兴武王演义》创作与朝鲜三国史实 ……………（140）

第七章　朝鲜古代汉文梦游录小说的文化叙事 ……………………（146）

第一节　《元生梦游录》：党派之争的政治写照 ……………（147）

第二节　《金华寺梦游录》：对儒家春秋义理观的秉持 ……（152）

第三节　《江都梦游录》：对儒家"节义"观的信守 ………（160）

第八章　朝鲜古代汉文家庭小说的文化叙事 ……………………（168）

第一节　《谢氏南征记》：夫义妇顺伦理的自救 ……………（169）

第二节　《彰善感义录》：长幼有序孝悌的张扬 ……………（175）

第三节　《花门录》：传统父权文化的颠覆 …………………（185）

第九章　朝鲜古代汉文爱情小说的文化叙事 ……………………（191）

第一节　《云英传》：人性觉醒的抗争 ………………………（193）

第二节　《周生传》：等级身份的冲突 ………………………（200）

第三节　《折花奇谈》：理欲道德的突围 ……………………（205）

第十章　朝鲜朝后期汉文小说之转型 ……………………………（216）

第一节　文学语言载体的变化 …………………………………（216）

第二节　域外文化思想的输入和启迪 …………………………（218）

第三节　传统的创造性转化与革新 ……………………………（220）

结语 ………………………………………………………………（225）

参考文献 …………………………………………………………（227）

绪　　论

中国和朝鲜①文化血脉相连，不可分割，有着数千年悠久的文化交流历史。从公元前 7 世纪春秋战国时期的齐国与古朝鲜之间发生的经济交流开始，经秦、汉、隋、唐、宋、元、明一直到清朝前期，中国历代王朝与朝鲜半岛的国家在政治、经济、文化等各个领域里的交流从来都没有中断过。作为汉文化体系起源中心的中国，对古代朝鲜的文化模式产生了巨大而深远的影响。

先秦时期，"东夷"朝鲜沐浴着中华文化，以孔孟儒教立国求存，并以"小中华"自居；汉唐时期，经学、历法、天干地支、五行八卦等广泛被用于新罗人的日常生活；东晋南北朝时期，佛教从中国传入高句丽、百济、新罗；隋唐时期，朝鲜政府派遣"使节"献贡于天朝，使两国交流由官方进一步扩展到民间；唐宋时期，朝鲜创立本国文字"训民正音"，但语言中有 70% 的词汇沿用汉字发音。中朝文化转生融合，和而不同。中朝两国一衣带水，睦邻友好，建立在历史积淀、民族认同上的文化体系，你中有我，我中有你。

在漫长的古代历史发展过程中，中华文化对朝鲜的影响是主要的。中国古代的历代王朝依靠其文化的领先，对周边国家或民族包括朝鲜形成文化辐射，从而形成了以中国为核心的儒家思想文化圈。正如韩国学者李润和所说：

自上古以来一直发展迄今，中韩两国在政治、文化等方面有着密

---

① 本书所指的中国，在现代，为中华人民共和国；在古代，指从春秋战国到清朝等中央政权。本书所指的朝鲜，在现代，指朝鲜民主主义人民共和国与大韩民国；在古代，指与该民族相关的政权，其中有中国东北地方政权高句丽。望读者注意。

切关系，而且 19 世纪以前中韩两国的传统关系，一直是由中国政治及文化方面为主导。①

两国在长期的交流过程中共用汉文字和儒家文化，并相互影响、取长补短，丰富和发展了各自的民族文化。对于朝鲜民族来说，在历史上对中国有着太多的依赖，在文化上不必说，就是在国家政治上也是如此。在以中华"天朝礼制体系"为中心的东亚华夷秩序框架内，朝鲜半岛曾长时间归属华夏族的势力范围。在历史上，中国曾长期扮演着文化宗主国的角色。

　　文学的领域未必与国境相同，中国的文化及文学之留传普及四海，外国人之研讨中国学术，非始自今日，东方诸邻邦，自古颇为重视汉文学，因中国文字之使用，并不限于我疆我土，其流传于朝鲜、日本、安南等国，为时已久……此外，中国典籍亦大量外传，中国学术文化乃在日、韩、越等国生根发芽，四邻汉文学因之兴焉。②

日本史学家上田正昭也说：

　　古代东亚文化圈的特征之一，是汉字和汉文化的扩展。③

在东亚汉文化圈内，中朝两国文化交流源源不断，其影响关系之密切在世界历史上也极为罕见。汉字和汉文化的传入，不但影响了朝鲜半岛的典章制度、宗教哲学、科学技术，也影响着朝鲜半岛文学的发展。

朝鲜最古老的神话传说，以《檀君神话》为代表，叙述神人檀君建立古朝鲜国的故事。朝鲜在传入汉文后，始有书写文学。据文献记载，朝鲜半岛最早的歌谣《箕子麦秀歌》《箕子河水歌》《箜篌引》等都是用汉文传唱或记录下来的。《箜篌引》出自中国汉乐府，据西晋人崔豹《古今

---

　　①　［韩］李润和：《中韩近代史学比较研究》，社会科学文献出版社 1994 年版，第 1—2 页。

　　②　林明德：《韩国汉文小说兴衰及其研究》，《域外汉文小说论究》，台湾学生书局 1989 年版，第 29 页。

　　③　［日］上田正昭：《汉字文化的接受与展开》，《古代日本和渡来文化》，日本学生社 1997 年版，第 12 页。

注》的记述，被认为是古朝鲜人所作。

10世纪初，高丽王朝兴起，建立了稳固的中央集权制国家。儒、释、道三教都传入三国。佛教在新罗最盛，并创造出灿烂的佛教文化，但影响最大的仍然是儒家思想。高句丽首先使用汉文，第二代王——琉璃王创作的汉文诗《黄鸟歌》，很明显是受《诗经》和汉乐府影响而产生的。

《黄鸟歌》是一首通过黄鸟来借喻失恋的痛苦与孤独的四言四句汉译诗，被认为是朝鲜最早的现存抒情诗。其最早被记载于1145年金富轼所撰《三国史记》中。其创作年代大约在公元前2世纪左右。《黄鸟歌》可能之前就是民间流传的民谣，在流传过程中与琉璃王的故事相结合。《黄鸟歌》之后有定法师的《孤石》和乙支文德的《遗隋将军仲文》等五言诗。其他文学创作方面，高句丽还有前后两次史书《留记》和《新集》的编纂以及学者高兴所著的国史《书记》，可惜已经散佚。

新罗在统一半岛之后，出现了强首、金仁问、金大问、良图、薛聪、慧超等一批散文家和崔致远、王巨仁、朴仁范、崔匡等多位诗人。他们的著作多数只存其名，书已失传。7世纪中叶，真德女王织在锦缎上送给中国唐太宗的五言排律《太平颂》，在中国有一定影响，并被收入《全唐诗》。《唐诗品汇》评其为"高古雄浑，可与初唐诸作相颉颃"。而薛聪的寓言《花王戒》、慧超的《往五天竺国传》残本和金后稷的《谏猎文》，是至今能够看到的为数不多的新罗散文。崔致远是这个时期乃至整个朝鲜文学史上最有影响的诗人和作家。他在中国留学，回国时值新罗末季，因不满现实，隐居伽倻山，不知所终。他的作品散佚不少，但有一部完整的诗文集《桂苑笔耕》（20卷）和散见于其他选集与史书中的诗作流传至今。朝鲜历代文人都奉他为朝鲜汉文文学的奠基人。

11世纪出现了朴寅亮、金富轼、郑知常、金黄元、高兆基、郑袭明、郭舆等一批有才华的诗人。他们以清新的风格、浓厚的抒情色彩，开启一代诗风。12世纪初，金富轼完成了《三国史记》的编纂；14世纪高僧一然的私家史书《三国遗事》问世。两部书中运用文学笔法撰写的人物传记、神话故事和民间传说，代表了高丽时期朝鲜汉文散文的成就。这一时期文学的主流还是汉文诗歌。其后，汉文诗和散文一直是朝鲜半岛汉文学发展的主要样式，涉足的作家最多，成就也最高。

正如李仁老在《破闲集》跋文中概括的：

我本朝境接蓬瀛，自古号为神仙之国。其钟灵毓秀间生五百，现关于中国者，崔学士孤云唱之于前，朴参政寅亮和之于后，而名儒韵释，工于题咏，声驰异域者，代有之矣。①

12 世纪末，统治阶级内部发生了以郑仲夫为首的武臣之乱，形成了长期的武臣专权局面。文人遭到残酷镇压，有的被杀、有的遭流放、有的遁迹山林。这一时期的文人和当权者形成了对立的局面。一方面，这些无法施展才华的文人，组织起一些小团体，通过创作发泄心中的怨愤。同时由于广泛接触现实生活，他们体悟到了民间的疾苦，所以这一时期的创作和前期相比，不仅作品的题材范围扩大，而且明显地表现出批判现实的倾向。另一方面，遁世的隐逸思想开始抬头，随之也出现了一些田园诗歌。李仁老、林椿等"海左七贤派"诗人，代表了这个时期的文学潮流。著名诗人李奎报对贫苦的农民充满了同情，对残害百姓的富豪、酷吏、贪官给予无情的揭露和鞭挞。统治阶级的巧取豪夺、贫富的不均、外敌的入侵，都在他的诗中有所反映。李奎报的创作为朝鲜的现实主义诗歌奠定了基础。

高丽末期，中国程朱理学传入朝鲜。文坛的中心人物李齐贤、李穀、李穑等对程朱理学的研究均有很深的造诣。李齐贤和李奎报是当时齐名的两位著名诗人，被称为高丽文学的"双璧"。权近曾评价李穑，称其"凡为文章，操笔即书，如风行水流，略无凝滞。而辞义精到，格律高古，浩浩滔滔，如江河注海"。② 朝鲜朝诗人李晬光在《芝峰类说》中也称："前世高丽朝李奎报、李齐贤、李穑，我朝（朝鲜朝）金时习，最号名家。"李齐贤在中国住了 26 年，一生写下了大量的汉文诗文，并创作了一些在朝鲜绝少有人涉足的词和乐府诗。他同情善良，指斥不义，在不少借古喻今、感事抒怀的作品里，饱含着深厚的爱国情感。李穀也是高丽末期的诗人。1333 年在中国元朝登制科及第，曾任元朝翰林国史院检阅。多次往返于中朝两国之间，曾携子李穑到元朝留学。李穀是一个同情底层民众的诗人，长诗《橡栗歌》描绘了农村一幅悲惨景象，揭示了高丽末期尖锐的社会矛盾。活跃在这个时期的诗人，还有崔瀣、郑枢、李崇仁、

---

① 参见［韩］李仁老《破闲集》，景仁文化社 2012 年版。
② ［韩］权近：《朝鲜牧隐先生李文靖公行状》，《牧隐集》，载《韩国文学丛型》，韩国民族文化促进会 1988 年版，第 220 页。

元天锡等。郑枢原是谏官，因直言犯上被贬。他的诗大胆抨击时弊，暴露黑暗。其七言诗《蛙夜鸣》和五言诗《污吏》，是政治腐败、民不聊生的高丽末世社会的真实写照。

高丽末期，盘根错节的社会矛盾，不断激化的社会问题，刺激了当时被社会权力阶层排挤冷落的"六头品"①文人的创作欲望。这些"六头品"文人拥有新思想、新文化，具备较高的汉文学资质。他们是生活在中国与朝鲜、新罗和高丽、贵族和庶民、儒教和佛教等多重对立矛盾夹缝中的一群。他们对社会矛盾的忧虑和反省比其他任何一个阶层都深刻。这一时期的汉文叙事文学通过营造虚幻的世界，满足其精神需求，消解现实社会带给他们的悲哀与苦闷。他们作品的思想底色，大都杂糅了儒、释、道三教。

> 要想表达过渡期的混乱和对立杂生的矛盾，必须借助超现实的鬼怪神仙世界，同时，与其直言不如曲言直讳，于是一种带有"寓意"的传奇小说世界被揭开帷幕。②

在朝鲜古典文学中，稗说文学占有重要地位。它始于高丽，盛于朝鲜朝。从12世纪起，先后有李仁老的《破闲集》、李奎报的《白云小说》、崔滋的《补闲集》和李齐贤的《栎翁稗说》出现。这一体裁，有类似于中国的笔记文学，史话、诗文评论、人物逸事、民间传说等内容，莫不包罗其中。带头创作的都是当时第一流的作家，他们打破风靡一时的骈体文的束缚，在散文领域开拓出一片新的境地。至朝鲜朝，这一体裁得到发展，促进了朝鲜汉文小说的产生和发展。

14世纪朝鲜王朝（1392）开国，实行"斥佛尊儒"政策，确立程朱理学的绝对权威地位，这不能不对朝鲜朝一代的文学产生深远的影响。正统的道学家们睥睨辞章之学，对新兴的小说深恶痛绝。18世纪的一次所谓"正祖文体反正"运动，便是采用自上而下的强制手段，禁止小说的创作和流传。随着朝鲜朝政权的巩固和新贵族集团的形成，土地兼并之风又烈，

---

① 古时朝鲜新罗族的一种社会等级制度，即骨品制。朴、昔、金三家王族地位最高，称为"圣骨"，大小贵族依次分为"真骨""六头品""五头品""四头品"等四个等级。"圣骨""真骨"贵族能继承王位。各骨品都自我封闭，互不通婚。

② ［韩］苏仁镐：《韩国传奇文学的唐风古韵》，民族出版社2007年版，第92页。

从而加重了对农民的压迫和剥削。燕山君、光海君的暴政，1592 年的"壬辰倭乱"和 1636 年的"丙子胡乱"两次大规模的外敌入侵，给人民带来了更为深重的灾难。文人也生活在激烈的政治动荡中，连续不断的"士祸、党争"几乎把他们全都卷了进去。政治的黑暗，战争的破坏，各种社会矛盾的激化，决定了朝鲜朝时期的文学创作具有更加深刻的现实主义内容。

16 世纪中叶以后，兴起学唐诗风，白光勋、崔庆昌、李达倡导最力，时号"三唐诗人"。由于身世际遇的不佳，他们的作品都流露着明显的不满现实的倾向。同时，被称为"四大家"的申钦、李廷龟、张维、李植，基本上也是推崇唐诗的，都写了一些反映现实的作品。李植力倡诗歌的醇正之风和"温柔敦厚"的诗教，受儒家思想影响较深。诗歌创作成就突出的还有崔庆昌、车天辂、柳梦寅、鱼无迹、权近等人。权近是朝鲜朝的重要诗人，一生不与统治者妥协，终因写诗讥讽当权者而惨遭杀害。在这段时间，爱国主义诗歌放射出了异彩。李舜臣的《闲山岛》、西山大师的《过王将军墓》、李安讷的《从军行》，表现了爱国将士壮志凌云般的气概。女诗人李玉峰以及郑澈、赵宪、林悌、朴仁老、金德龄、郭再、金尚宪等也都写出了一些爱国题材的汉诗。

受中国古代小说观念的影响，又因小说本质的"虚构"性与朝鲜重"实录"的儒家文化传统相悖，小说在朝鲜社会一直受到正统文人的排斥和鞭挞，所以迟至 15 世纪末，具有真正独立文体意义上的汉文小说才在朝鲜出现。最早的是在以成伣的《慵斋丛话》为代表的稗说文学的基础上发展而来的，其中关键还是中国小说传入朝鲜半岛的影响。金时习用汉文仿照瞿佑《剪灯新话》创作的《金鳌新话》即是一组开创性作品。由《李生窥墙传》《万福寺樗蒲记》《龙宫赴宴录》《南炎浮洲志》和《醉游浮碧亭记》五篇组成的《金鳌新话》颇似中国唐代的传奇、志怪，以人与神相交流来表现作者的情思、体现作品主题，其表现内容和方法都说明当时朝鲜汉文小说发展已翻开了崭新的一页，为汉文小说的繁荣开创了局面，是朝鲜古代小说文体生成的嚆矢。

其后一段时间还有如蔡寿的《薛公瓒传》、沈义的《大观斋记梦》、丁寿岗的《抱节君传》、成伣的《慵夫传》、申光汉的小说集《企斋记异》（由《崔生遇真记》《书斋夜会录》《何生奇遇传》《安凭梦游录》四篇短篇组成）、林悌的《元生梦游录》《花史》《愁城志》、崔睍的《琴生异闻录》等。

"壬辰倭乱"和"丙子胡乱"以后，朝鲜民族意识加强，反映现实问题、表现民族精神成为文人的使命和责任。很多文人以这两次战乱为背景，矛头直指当时残酷的现实，黄中允的《达川梦游录》、申悼的《龙门梦游录》、赵纬韩的《崔陟传》、权韠的《周生传》等，没有署名的《皮生梦游录》《云英传》《浮碧梦游录》《江都梦游录》《壬辰录》《林庆业传》等都表达了作者对战争的看法，以及战争对人们思想情感的影响。黄中允的《天君记》、金宇颙的《天君传》、郑泰齐的《天君演义》、林泳的《义胜记》、金寿恒的《花王传》上承高丽时代的假传体，以寓言的形式表达其对现实的观感。还有李恒福的《柳渊传》、作者不明的《崔孤云传》是以人物传记为体裁的英雄传奇。

16世纪后期，朝鲜汉文小说终于迎来了发展的黄金期，许筠和金万重又是这个时期最有代表性的作家。许筠创作有《洪吉童传》《天君衍义》《南宫先生传》《蒋生传》《张山人传》《严处士传》和《蓀姑山人传》，除《洪吉童传》外，都是用汉文写成的短篇小说。《洪吉童传》被一致认为是许筠最有成就之作，朝文写成的原本已佚，流行的是19世纪中叶后的汉文本。金万重的《九云梦》是用汉文写成的第一部以家庭为题材的长篇小说，对朝鲜汉文长篇小说的发展起着重要作用。稍后的《谢氏南征记》是金万重另一部家庭题材的长篇，该篇初以朝文行世，作者侄孙金春泽译以汉文，才被广大知识阶层所接受。赵圣期的《彰善感义录》则是在其影响下出现的另一篇名作。

18、19世纪是朝鲜半岛实学蓬勃发展之时，也是汉文小说发展的成熟期。由于汉文小说经历了一千多年的发展，已积累了丰富的创作经验，再加上此时实学的需要，朝鲜出现了一系列的长篇汉文小说，李庭绰的《玉麟梦》、李颐淳的《一乐亭记》、金绍行的《三韩拾遗》、沈能叔的《玉树记》、南永鲁的《玉楼梦》、无名氏的《玉仙梦》、朴泰锡的《汉唐遗事》、徐有英的《六美堂记》、郑泰运的《鸳鹤梦》等是其中的佼佼者。其时也出现了朴趾源、李钰、金鑢等出色的汉文短篇小说作家。朴趾源的短篇集《热河日记》和《放璃阁外传》中，有《许生传》《马驵传》《秽德先生传》《闵翁传》《广文传》《虎叱》《两班传》《金神仙传》《虞裳传》《易学大盗传》《凤山学者传》等，充分体现了作者的人道主义和民主主义思想，是这时期最有成就的汉文短篇小说作家。李钰是朝鲜王朝英祖年间的文臣，他与金鑢一起谈笑世事，并抒写成书，给后人留下了宝贵的文学遗产。他在描写悲愤和给予讽刺等方面笔力虽不及朴趾源，但在表达哀怨凄婉和缠绵悱恻的情致方面却远远地超过了他。著有《文无子文钞》《梅花外史》《花石子文钞》《重兴游记》《桃花流水馆小藁》《絧锦小赋》等。这些作品原原本本收录在他的挚友金鑢的《薝庭丛书》中，其中带有小说性质的作品 23 篇，即《申哑传》《蒋奉事传》《成进士传》《歌者宋蟋蟀传》《捕虎妻传》《浮穆汉传》《柳光亿传》《沈生传》《张福先传》《申兵士传》《李泓传》《峡孝妇传》《催生员传》《尚娘传》《烈女李氏传》《生列女传》《文庙二义仆传》《车崔二义士传》《守则传》《郑运昌传》《所骑马传》《南灵传》《却老先生传》。这些小说颇多稗说成分，且篇幅短小，但均为研究的珍贵资料。金鑢的短篇小说收集在文集《薝庭遗稿》中，有《贾秀才传》《琉球王世子外传》《索囊子传》《蒋生传》等十余篇作品。另外，柳得恭、蔡济恭、柳本学、李德懋、李用休、丁若镛、金祖春等都是英祖和正祖时期或稍后的著名汉文短篇小说作家。

20 世纪初期，汉文在朝鲜已为明日黄花，汉文小说相应也进入衰落期，悬吐①汉文小说《神断公案》于 1906 年在《皇城新闻》连载，金光洙在 1907 年创作的《晚河梦游录》，1914 年李钟麟创作的《满江红》、吕圭亨 1917 年前后创作的《汉文演本春香传》与李能和 1919 年写的《春梦缘》等都是故事性很强的汉文叙事作品。其后朝鲜新文学运动先驱之一李海朝还在《少年半岛》杂志上发表《苓上苔》，成为朝鲜半岛汉文小说的绝响。

朝鲜朝时期的汉文学创作，尤其是汉文小说几乎主导了整个文学的发展，甚至抑制了朝鲜本国民族文学的兴起与发展，使得像新罗诗歌、高丽民谣、朝鲜朝歌辞这样一些本该成为朝鲜文学主导的民族文学形式，到后来都昙花一现，这种情况直到 20 世纪初期才开始发生改观。在整个朝鲜朝时期，朝鲜汉文小说的发展处在一个不断探索、不断前进的状态之中。与中国古代小说比较起来，既十分相似，又具有民族文化差异的烙印。

朝鲜朝时期（1392—1910）在时间上大体与明清两代（1368—1911）相契合，在长达五百年的岁月里，经过众多文人的往来交流、留学生的求学活动、僧侣的渡海求法交游等过程，中朝两国的文学艺术在传承接受中都有着很大的发展，尤其以小说创作为两国古代文学发展的最高峰，产出

---

① 悬吐：在汉文中加入朝鲜语助词。

大量不同文体、不同类型的作品。如中国有唐传奇、宋代的话本、明清的历史演义小说、神魔小说、世情小说、侠义公案等小说文体类型，朝鲜也出现了传奇小说，历史军谈小说、梦游录小说、寓言小说、爱情小说、家庭小说、讽刺小说等各种小说文体类型。

朝鲜古代能够接受中国文学，使之在本国发展，并培养出了庞大的作家群体，创作出了数量可观的作品。仅汉文小说就有近千万字，其创作的汉文小说不仅是用汉字写成，而且汉文小说所反映的道德伦理、价值观念、行为方式等大都遵循儒家思想而展开，这种与中国文化乃至中国古代文学的"大同"现象，在朝鲜汉文小说中得到了形象而生动的体现，并深入小说的文体生成、演进，甚至是小说的取材、主题、结构和人物形象的塑造等多方面。

朝鲜汉文小说是在中国传奇文学的直接影响下形成和发展起来的，两者的血缘关系最近，这种亲近关系使朝鲜汉文小说与中国古代小说产生了极大的类同性。汉文小说长期被排斥在所谓的"朝鲜文学史"之外，长期被搁置，即使谙熟汉语言文字的两班①阶层文人也不太看重它，以至于有部分朝鲜学者认为，朝鲜古代汉文小说只能算作是中国文学的延伸，而非朝鲜文学。所以对于朝鲜汉文小说的整理与研究，在韩国、朝鲜一直以来并没有过多地受到重视。

朝鲜古代小说的形成发展，大致经历了一个"神话传说→史传叙事→稗说→假传→小说"的过程。

民间故事＼　　　／志怪小说＼　　　　　　　／假传文学＼
　　　　　→传记文学　　　→小说化叙事
神话传说／　　　＼稗　　　说／　　　　　　　＼中国唐传奇／

　　　　　　　　　／国文小说
　　　→汉文小说→
　　　（传奇小说）　＼汉文小说

真正具有小说意义的朝鲜汉文小说是在唐传奇的直接影响下产生的。

---

①　两班，指古代朝鲜的贵族阶级。

汉文小说经历了高丽时期的孕育（准小说时期）、朝鲜朝时期的出现、发展、繁荣、衰退的不同发展阶段，产生了许多的优秀作品。

作为新兴叙事文体的汉文小说，通过文人个体创作的介入，文人们将自己对社会的认识融入其中。在作家自身与社会的关系上，朝鲜的汉文小说作家几乎都是贵族阶层的文人，因而他们与社会发展保持着比较紧密的联系，似乎没有多少作家能与这个时期的社会发展脱离干系，事实上，许多作家又都有其自我的政治追求，以至于不少作家由此还派生出了明显的政治依附性。

在朝鲜特有的"社会—历史"语境下，汉文小说逐步脱离历史叙事母体，拓展文学性的叙事空间，但是历史叙事，始终是如影随形地伴随着朝鲜汉文小说叙事的发展前进的。朝鲜古代汉文小说文体叙事的演进，就在实录和虚构、道德叙事和文学叙事两对矛盾的颉颃互进中进行。

曾经有一种观点认为，只有古代的"朝鲜文（谚文）作品"才是"朝鲜文学"，朝鲜半岛古代文学家所创作的大量汉文作品不是朝鲜文学，只能算是"中国文学之旁系"。这或许正是 20 世纪以来古代高丽、朝鲜时期汉文文学研究曾经备受冷落的原因之一。而事实是，如果采用这种观点来写古代朝鲜半岛的文学史，那么，不仅朝鲜文字产生以前会呈现大量空白，而且也无法描绘出朝鲜本民族文字产生以后古代朝鲜半岛文学发展的真正全貌。

在以朝鲜半岛两国、日本和越南为主的东亚汉文化圈内，朝鲜汉文小说流传下来的数量最多，而且大多以手抄本流传，少数作品有木刻本和活字本。到朝鲜朝后期，还出现了一些铅印本和石印本。目前这些汉文小说大都被收藏于朝鲜或韩国的各大图书馆，像金日成综合大学图书馆、国立中央图书馆、奎章阁、朝鲜学中央研究院"藏书阁"、成均馆大学尊经阁、高丽大学校图书馆、延世大学校图书馆、岭南大学校图书馆、国会图书馆、首尔大学校中央图书馆、釜山大学校图书馆、庆尚大学校中央图书馆、东国大学中央校图书馆、梨花女子大学校中央图书馆、启明大学校童山图书馆、忠南大学校中央图书馆等。私人手中收藏的也有不少，如朝鲜学者金启东等人的收藏。还有一些流传到日本，少数流传到中国。由于中朝小说在外在形态和内在情节方面都颇为相似，一些朝鲜小说就曾被误认为是中国小说，如原藏于北京图书馆的抄本《谢氏南征记》——被发现者认为是明末至乾嘉时期中国人创作的可能性很大。① 此外，《九云梦》和《红白花传》也曾被误收入中国古代小说目录。②

韩国、朝鲜、中国大陆及台湾地区的学者在朝鲜汉文小说的整理及研究方面都做出了各自的贡献。

韩国学者除陆续影印了一些汉文小说名著之外，还选编了多种汉文短篇小说集，如尹荣玉编著《朝鲜汉文小说》（首尔荣文社 1963 年版），国语国文学会编《汉文小说选》（首尔大提阁 1976 年版），李家源编著《丽韩传奇》（首尔友一出版社 1981 年版），金起东、李钟段《古典汉文小说选》（首尔教学研究社 1984 年版），朴熙柄选注《朝鲜汉文小说》（首尔翰泉出版社 1995 年版），金起东《古典汉文小说选》（首尔教学研究社 1995 年版），黄淳九编《朝鲜汉文小说选》（首尔白山社 1997 年版）等。

中国大陆主要出版了一些汉文小说的名著，如《春香传》《九云梦》《玉楼梦》以及《金鳌新话》《花梦集》和朴趾源的短篇小说等。

中国台湾学者林明德为朝鲜、韩国汉文小说的整理做出了巨大贡献。他将在韩国收集到的汉文小说，校点编辑成《韩国汉文小说全集》，于1980 年由台湾中国文化学院出版部发行。全书共九册：卷一为梦幻家庭类小说；卷二为梦幻理想类小说；卷三为梦幻梦游类小说；卷四、卷五为历史英雄类小说；卷六为拟人、讽刺类小说；卷七为爱情、家庭类小说；卷八、卷九为笔记、野谈类小说。共收集了长篇小说 10 余种，短篇 140 余种，总字数达到 240 万字。

上海师范大学孙逊教授与法国、日本、朝鲜、越南等国及中国台湾地区的学者合作，正在进行着朝鲜、韩国、日本、越南等国汉文小说的全面整理，其目标就是要集合异本，详加校勘，做出较好的定本。朝鲜汉文小说的研究也随着对此类作品的搜集、整理而慢慢展开并将逐渐地深入。

中国国内的研究，起步较晚。1982 年（蔡美花）硕士学位论文《朴趾源小说的近代因素研究》的出现，标志着中国学者开始涉足、开始进行朝鲜汉文小说的研究。1985 年和 1986 年相继出版了延边大学许文燮教

---

① 朱眉叔：《谢氏南征记》的发现与评价，《明清小说论丛》第三辑，春风文艺出版社1985 年版。

② 吴敢、邓瑞琼的《未见着录之中国小说十种提要》收入《九云梦》，《明清小说论丛》第三辑，春风文艺出版社 1985 年版。《中国小说总目提要》收入《红白花传》，中国文联出版社1990 年版。萧相恺的《珍本禁毁小说大观》也论述了《红白花传》，中州古籍出版社 1992 年版。

授的《朝鲜文学史（古典部分)》（辽宁民族出版社 1985 年版）和北京大学韦旭昇教授的《朝鲜文学史》（北京大学出版社 1986 年版）。这两部研究成果的出版，不仅为大学的教学提供了较完整的教材，而且将历来较为零散的成果加以系统化，并全面地向中国的读者介绍了朝鲜（韩国）文学。同一时期又有 20 卷本的《朝鲜古典文学作品选集》（民族出版社 1987 年版）面世，这也是一个难得的资料成果。之后韦旭昇教授又出版了《中国文学在朝鲜》（花城出版社 1990 年版），《抗倭演义〈壬辰录〉及其研究》，对一些朝鲜汉文小说，如《壬辰录》等多有论述。延边大学金宽雄教授的《朝鲜古典小说叙事模式研究》（延边大学出版社 1995 年版），《朝鲜古小说史稿》（上卷）（延边大学出版社 1998 年版）、《中朝古代小说比较研究》（延边大学出版社 2009 年版)、《韩国汉文小说史略》（北京大学出版社 2010 年版）等专著，是对朝鲜汉文小说进行比较系统与全面研究的成果。另外延边大学金柄珉教授的《朝鲜中世纪北学派文学研究》（延边大学出版社 1991 年版）其中探讨了朴趾源的讽刺类汉文小说。崔成德教授主编的《朝鲜文学艺术大辞典》（吉林教育出版社 1992 年版）以条目的方式简单介绍了一些汉文小说及作家。中央民族大学文日焕教授的《朝鲜古典文学史》（民族出版社 1994 年版）、李海山教授的《朝鲜汉文学史》（延边大学出版社 1996 年版）、李岩教授等出版的《朝鲜文学通史》（上、中、下卷）（中国社会科学出版社 2010 年版）在论述朝鲜古代文学的同时，都涉及了朝鲜古代汉文小说的创作。崔权雄教授的《朝鲜小说名著鉴赏》（延边大学出版社 1995 年版），分为作家介绍、作品梗概、艺术鉴赏，论述了部分汉文小说作品。

近几年，出现了一批年轻学者，涉足朝鲜汉文小说领域的研究。如汪燕岗的博士后出站报告《韩国汉文小说研究》（上海古籍出版社 2010 年版），李官福教授的《汉文大藏经与朝鲜古代叙事文学》（民族出版社 2006 年版），李宏伟的博士论文《玉楼梦小说艺术研究》（社会科学文献出版社 2011 年版），谭红梅的博士论文《朝鲜朝汉文小说中女性形象研究》（知识产权出版社 2012 年版)、孙慧欣的博士论文《朝鲜梦游录汉文小说研究及其与中国文化的关联》（北京大学出版社 2009 年版），李娟的博士论文《韩国古代家庭小说文化阐释》（中国社会科学出版社 2010 年版），全优的博士论文《朝鲜朝爱情传奇小说爱情观变化研究》（中央民族大学，博士学位论文，2009 年），等等。总的来说，朝鲜汉文小说的研究虽已取得了可喜的成绩，但还远远不够。

第一章

朝鲜古代汉文小说文体概说

朝鲜古代小说在文学艺术体式的家族中，是属于晚出的文体类型。尽管如此，小说这一文体在古代朝鲜诞生后，却一直以关注社会人生为己任，甚至在很多情况下是负重前行的，可以说，它承受了过重的社会政治和思想负担。小说创作显示了作家群体在鲜明的文体自觉意识中，对特定政治内涵的表达，而且在不同历史时期，总是存在不同的现实主义文体意识，也总是出现不同形式的现实主义创作倾向。

从"亦真亦幻"的传奇小说到反映以"历史史实"为背景的历史军谈小说；从"幻想空间"到"现实世界"的梦游录小说再到反映"市井"社会现实图景的家庭小说、伦理小说；加上针砭社会的讽刺小说和张扬情欲的爱情小说，朝鲜朝构造了不同形态的小说文体分化的政治图景——从叙事的事件逻辑走向个体生命历程的揭示，从幻想的空间回到历史真实的叙事言说。自高丽末朝鲜朝初期产生直至朝鲜朝末期消亡，朝鲜汉文小说主流文体的变化和创新，不断地冲击和开启着朝鲜古代文学发展的艺术表现空间，极大地丰富了小说表达当下复杂社会的可能性。

第一节　朝鲜古代汉文小说史意义上的文体

在古代朝鲜，小说文体的产生，远远在诗歌和散文之后。如果说因情感抒发的需要而创造了诗，因治政宣教的需要而创造了文，那么因娱乐消遣的需要则创造了朝鲜朝时期的小说。讲故事的传统可以追溯到朝鲜的上古时代，口头故事和书面故事尽管只有一纸之隔，但在那漫长的岁月中，文人并非没有听过和没有讲过故事，但他们没有用文字将口头故事变成书面故事，这是因为存在着观念的障碍。

　　古代朝鲜的传统观念也如古代中国一样，认为文章乃经国之大业，用文字记录娱乐性故事，那是对经国大业的亵渎，所以，正如中国传统目录学把"小说家"或附属于子部或附属于史部，或有益于洁身理家，或聊补史著之不足一样，小说也同样不被认为是正统文学的一种，并且被大部分文人视为消遣娱乐之物，因为小说的娱乐功能不符合正统道学家严肃认真的美学思想。由于"小说"从一开始就处于受歧视的地位，为了摆脱这一地位，小说也从一开始就自觉地依傍于主流文化，同时，小说的本质在于虚构。佛斯特在《小说面面观》中说："小说是用一定篇幅的散文写成的一部虚构作品。"小说的这种虚构特性与朝鲜古代重"实录"的文化传统相悖。正是出于这样的观念，朝鲜古代的小说创作也很重视记事写实的功能与特点的发挥，在客观叙述中力求做到文约事丰、言近旨远。直到朝鲜朝末期都反映了这一意识。

　　朝鲜古代小说文体的确立与其历史文化对小说的塑造是联系在一起的。一种小说体式的产生及不断发展，与它的文化特性和地位有直接关系，甚至一部作品采用怎样的文体形式，也可能与作者的文化意识有关。从总体上看，朝鲜古代小说文体的形成与外部的社会文化环境有着密切的关系。

　　在朝鲜文献中，小说一词最早见于李奎报（1169—1241）的《白云小说》，这部取名小说的作品集以诗评为主，并非小说作品。如梦游故事：

> 　　余梦游深山，迷路至一洞，楼台明丽，颇异问傍人：何处也？曰：仙女台也。俄有美人六七人，开户出迎，入座，苦请诗余即唱云："路入玉台呀碧户，翠娥仙女出相迎"，诸女颇不肯之。余虽不知其故，递改曰："明眸皓齿笑相迎，始识仙娥亦世情。"①

　　此段话以序的形式也见于作者诗文集的续梦中作，并在序中言明梦游的时间是乙亥三月，即宋宁宗嘉定八年（1215）。作者将此序编入《白云小说》，说明这是一篇诗序，阐述诗歌创作的缘由，而非有意识的小说作品。朝鲜汉文小说的创作最早可以追溯到新罗末年高丽初的《殊异传》

---

① 　［韩］李奎报：《白云小说》，《东国李相国集》，同和出版社1972年版，第401页。

《三国遗事》等。

高丽末年的李齐贤（1287—1367）著录《栎翁稗说》，其"序"称：

> 至正壬午，夏雨连月……余少知读书，壮而废其学，今老矣。顾喜为驳杂之文，无实而可卑，犹之稗也，故名其所录为《（栎翁）稗说》云。①

至正壬午年即至正二年（1342），李齐贤用"稗说"命篇，称其著述为驳杂之文，虽未明确驳杂之文的《栎翁稗说》就是小说，但从作者所载录的遗闻逸事来看，这些作品符合中国《汉志》《唐书》中所说的小说文体观念。

虽然高丽王朝的文学创作直接受益于中国文学的影响，但朝鲜半岛对于中国各种体例文学的接受及其与本民族文化的融合，经历了相当长的历史时期。与传统的诗文相比，古代朝鲜的汉文小说创作相当滞后。在新罗末高丽初期，受中国志怪小说影响而创作的《新罗殊异传》已经问世，高丽末年李齐贤已有意识地使用"稗说"一词，但对于小说文体的理论认知，实发轫于朝鲜朝初期。因此，在17世纪之前，朝鲜汉文小说的创作并不活跃，真正具有独立文体意义上的汉文小说，是迟至朝鲜朝中后期才出现的。

朝鲜世宗二十七年（1445），朝鲜史学家郑麟趾编纂《治平要览》150卷，上书世宗大王语："徧掇旧史之录，旁采小说之文。国家兴衰与君臣之邪正、政教臧否及风俗之污隆，下而匹夫之微，外而四夷之远，若关彝伦，则虽小而悉记；有补治体者，必录而不遗。"

又世祖年间，成任编纂《太平广记详解》，徐居正为之作"序"称：

> 及读《太平广记》，乃宋学士李昉所撰，进之太宗者也 为书总五百卷，大抵裒集稗官小说，闾巷鄙语，非有关于世教，徒为滑稽之捷径耳，心窃少之。②

---

① ［韩］李齐贤：《栎翁稗说》"序"，引自《韩国名著大全集》，大洋书籍出版社1972年版，第355页。

② ［韩］徐居正：《四佳文集》第四卷，《韩国文集丛刊》第十一卷，韩国民族文化促进会1988年版，第237页。

李承召《略太平广记》"序"称:

> 故经史之外,又有百家众技之流,各随所见,立言著书,虽未能尽合于圣人之经,未必无一曲之可观,犹足以资闻见之博,而益知道之至大,无处而不在焉,事固儒者之所不废也。①

从朝鲜朝初年这些文献中可以清楚地认识到,朝鲜士子对于小说文体已具有明确的文体意识,认识到小说的娱乐、教育、文化等文学特质。"足以资闻见之博""儒者所不废"的小说观念,明显源于《汉书·艺文志》以来的中国传统小说观念。这一时期,朝鲜士子接受中国小说的观念,徐居正的《滑稽传》、姜希孟的《村谈解颐》、金时习的《金鳌新话》等小说作品先后问世,朝鲜文人始有意为小说自此开始。

朝鲜朝初年的汉文小说创作,虽然模仿中国小说的痕迹很明显,但这些作品均反映了朝鲜民族的历史文化,小说创作者已具有独立的小说文体意识。朝鲜朝前期的世宗、成宗年间,是朝鲜汉文小说创作的起步期,朝鲜士子开始有意识地进行小说创作,以奇人异事为题材,借助于人物形象寄寓自己的政治理想。

论及朝鲜小说的发展,明显存在着两种倾向。一是朝鲜小说诞生得较晚,但却后来居上,到朝鲜朝后期成为显示文学实绩的主要代表。二是朝鲜小说在发展中长期不受重视,往往被认为是"小道""末技",特别是汉文小说,甚至受到当时主要文人的压制。把小说视为"稗官野史",将其功能解释为"补史"或"羽翼信史",这样的观念在朝鲜古代源远流长。

一 正统观念对"小说"地位的界定

从逻辑上说,一个事物出现以后,才会逐渐形成对这一事物的看法。也就是说,只有小说产生以后,相应的小说观念才有可能形成,但是,古代朝鲜对小说的认识,却似乎有违这一常情常理。受中国先秦两汉"小

---

① ［韩］李承召:《略太平广记》"序",引自柳铎一《韩国古小说批评资料集成》,亚细亚文化社 1994 年版,第 53 页。

说"观念的影响，朝鲜也接受了"小说是相对于正统'经、史'而言，不能归入的历史传说、方术秘籍、礼教民俗，称之为'小说'这样的观点"。① 在古代朝鲜文人的价值体系中，"小说"或"小说家"同样是与"修身、齐家、治国、平天下"的"大道"相去甚远的，按着子夏"致远恐泥，是以君子不为也"的教诲，在古代朝鲜，小说照样也不是士大夫们应该接触的东西，这与班固不入小说于九流，又把小说排除在十家之外，视小说为"道听途说，街谈巷语"的观念是完全一致的。

朝鲜最初构建的小说学，并非如近现代文学中的叙事小说文体，而是体现了史家的一种以"小道"为核心的判断标准。

> 诸生读书，以《四书》《五经》为本原。小学家礼为门户，遵国家作养之方，守圣贤亲近之训，知万善本具于我，信古道可践于今，皆务为躬行心得，明体实用之学。其经、史、子、集、文章、科举之业，亦不可不为之，旁务博通。然当知内外、本末、轻重、缓急之序，常自激昂莫令坠堕，自余邪诞、妖异、淫僻之书，并不得入院近眼，以乱道惑志。②

李滉（1501—1570）主张儒生应该一心一意阅读"《经》《史》《子》《集》"，如果读"邪诞、妖异、淫僻之书"，就会"乱道惑志"，这种观念一直延续到朝鲜朝后期。

李德懋（1741—1793）也以类似的理由，极力反对小说："余幼时看十余种，其男女风情，闾巷鄙谚，有时悦目。实如其真无是事，然后，憎恶之心渐加，顿无滋味。于是书与目不相为谋矣。""小说，上不及谠论清谈诗律，中不及稗官野谈，下不及传奇志怪，圣叹辈独何心攘臂其间，标榜五才子，助其贱陋，甘为说家之忠臣、俗流之知己？"

丁若镛（1762—1836）也有言：

> 稗家小品之弊，大小词命之作，臣于平日窃有所慨然者，兹不敢

---

① 谭帆：《小说学论纲——兼谈20世纪中国古代小说理论批评研究》，《中国社会科学》2001年第4期。

② ［韩］李滉：《伊山院规》，《退溪集》二，《朝鲜文集丛刊》第三十卷，韩国民族文化促进会1988年版，第430页。

隐也。臣以为彗孛虹霾，谓之天灾。旱涝崩渴，谓之地灾。稗官杂书，是人灾之大者也。淫词丑话，骀荡人之心灵。邪情魅迹，迷惑人之智识。荒诞怪诡之谈，以骋人之骄气。靡曼破碎之章，以消人之壮气。子弟业此，而苴篜经史之工。宰相业此，而弁髦庙堂之事。妇女业此，而织纴组紃之功，遂废矣。天地间灾害，孰甚于此。臣谓始自今，国中所行，悉聚而焚之，燕市贸来者，断以重馥，则庶乎邪说少熄，而文体一振矣。①

这种阐述，体现的另一个特征就是对小说创作来源、传播方式与表现手段的实际否定。小说的创作与传播来自普通的社会生活，即文学产生的基本层面，并且由于"街谈巷语，道听途说"，使得小说的表现手段天生具有与"君子"的"道""致远恐泥"的相反性。

这就对史家关于小说观念的表述作了重要补充。"近取譬论"的"譬"字所传达的小说表现手段，与叙事小说文体有千丝万缕的关系，同时也正是由于妨碍了表达"小道"的形式，而被朝鲜社会的"两班"文人阶层所抵触。

受中国古代小说叙事观念的影响，朝鲜汉文小说生成的体式与正统文学就有了不可分离的依附关系。作为文体的小说为正统文体所用，大抵是鼓励作为文体的小说中与正统文体里所包纳的正统思想有重合性的部分，并力图使之发扬光大。

班固就曾向正统文体建议：小说"虽小道，必有可观者焉。"为什么？桓谭回答道："治身理家，有可观之辞。""可观之辞"当然是戴上了儒道互补的老花镜，在小说中被找到的。虽然"小说者，乃坊间通俗之说，固非国史之正纲"②，但可以"为正史之补"③，可以用为"正史之余"④，可以为"信史"之"羽翼"⑤，可以"辅正史也"⑥，可以"与正

---

① ［韩］丁若镛：《与犹堂全书》之《文体策》第一集，第八卷，韩国人文科学院 1999 年版。

② 参见 （明）酉阳野史《新刻续编三国志后传》。

③ 参见 （明）林翰《隋唐志传通俗演义》"序"。

④ 参见 （明）笑花主人《今古奇观》"序"。

⑤ 参见 （明）修髯子《三国志通俗演义》"引"。

⑥ 参见 （明）袁于令《隋史遗文》"序"。

史参行"①，因此，小说可以"资治体，助名教"。② 于是，就有有心人，鼓励小说努力向正统文体发展："此等文备众体，可见史才、诗笔、议论。"③ 所以，如中国古代小说有韵散结合的叙述传统一样，朝鲜古代汉文小说的作者也有所借用和模仿。如最早具有小说因素的崔致远的《双女坟》，全篇有诗 63 句，431 个字。这部作品如果离开了韵文，几乎不能成篇，正所谓"用散文集成"。这部作品，并不完全符合小说文体的实际意义。朝鲜古代小说因袭了中国古代小说的写作模式，其类型特点几乎与中国古代小说如出一辙，所以也就出现了因体式不同，从百十字到百万言，篇幅长短千差万别。

而"羽翼信史"则成为小说家不懈的追求目标之一。因而不仅史书的品格与笔法影响了小说，史书的文体特点也影响着小说。朝鲜汉文小说的开头基本上是平铺直叙，按照编年的顺序将采择事件的时间、地点、背景逐一写进，类似于史书中的"纪事本末体"。在历史方面，由于古代朝鲜如古代中国一样，继承了"文史同源"的传统，文人一向重史，而小说作为叙事文学，也往往被视作"野史"，可以"补正史之阙"。正是出于这样的观念，朝鲜古代小说很重视记事写实的功能与特点的发挥，在客观叙述中力求做到文约事丰、言近旨远。

朝鲜小说依傍主流文化的另一个表现是强化劝惩功能，而且随着小说的成熟，在社会舆论与政府法令方面受到的压制加大，对此的强化也更突出，这同样对朝鲜小说的文体产生了重大的影响。比如在许多汉文小说的篇首、篇尾，都有对本篇作品道德劝惩意义的揭示或概括，它们构成了小说文体的一部分。

世之谓小说者，语皆鄙俚，事亦荒诞，尽归于奇谈诡谲，而其中所谓，南征感义录数篇，令人说去，便有感发底意矣。余于是乎，不思子云之僭，窃效西邻之颦，构成是篇，能不为具眼者，一哂之资耶？盖一蘖亭，苏州侯教育之所，而晋公事业，亦自一乐亭者，窃有取义焉。噫！是书之作，虽出於架空构虚之税，便亦有福善祸淫底

---

① 参见（唐）刘知己《史通》第十卷"杂述"。
② 参见（宋）曾慥《类说》"序"。
③ 参见（宋）赵彦卫《云麓漫钞》第八卷。

理，则此岂非罪我知我者乎？但愿勿令人见之，使家庭间妇孺辈，真谚读之，则庶几有辅于教诲之一道云而。①

大凡人生无论男女贵贱，而必以忠孝为本，友爱慈敬之心，乐善行德之意一皆从而出也。②

小说亦有益于风化，在朝鲜朝中后期已成为社会的识见。认为娱乐乃人之天性，小说既可娱乐，又可担负六经使命，寓教于乐，因其势而利导之，可以达到匡正世风与治俗的目的。教化是建立在娱乐之上的、又具有比娱乐更高级的功能。没有教化的娱乐只是一种感官享受，它不利于身心健康，也行之不远；没有娱乐效用的教化，那就只是教化。朝鲜朝后期随着对教化的不适度的强化，小说开始出现忽视娱乐性，也就是忽视小说的故事情节和人物形象的倾向。到了18世纪，"两班"阶层又以穷经稽古为尚，这样，通俗小说就和当年传奇小说面临"文以明道"的主流思潮的局面一样，地位一落千丈，文人名士不再敢问津，或以无名氏进行创作，使小说的发展又下移到民间，甚至长时期振作不起来。

二　朝鲜汉文小说发展的动力

朝鲜文学能够接受中国文学，使之在本国发展，并培养出了庞大的汉文学作家群体，创作出了数量可观的汉文学作品。这一文学现象，不仅仅是中国文学与文化的影响，其中含有朝鲜本国历史、文化的需要。如果没有这一需要，中国文学影响的辐射力无论多么强大，都不可能产生如此宏丽的汉文小说世界。

中国的文言小说是在通俗小说之前传入朝鲜的，是伴随着汉字和汉文化的传入而东传朝鲜半岛的。在当时，文言小说虽不如诗、文备受文人的欢迎，但确是文人喜欢的读物。

其谈论风标一书之文字，则无不澹雅可喜。此刘义庆《世说》

---

① ［韩］李颐淳：《一乐亭记》，高丽大学民族文化研究院2007年版，第15页。
② 《彰善感义录》，参见林明德主编《韩国汉文小说全集》，中国文化大学出版部1980年版，第109页。

所以为楮人墨客所剧嗜者也。因此想当时亲见其人听其言语者，安得
不倾倒也。明人删其芜，补其奇，作为一书，诚艺林珍宝也。朱天使
之蕃携来，赠西坰，遂为吾东词人所欣睹焉。①

　　唐代是朝鲜半岛输入中国文化的高潮时期，所以唐人小说及汉魏以来
的大量叙事作品，也同时传到了朝鲜半岛。中国古代文言小说流传朝鲜半
岛并广泛传播，对朝鲜半岛文化的影响是巨大的，对朝鲜半岛汉文小说的
产生和发展的影响，则更为直接。这种影响不仅促进了朝鲜半岛汉文小说
的发生，而且又因不断更新的中国通俗小说更大规模的输入，推动了朝鲜
半岛汉文小说文体的更新和小说艺术的进步。
　　明代小说的大量传入，给朝鲜朝文人以很大的启迪，遂出现了"小
说"这一新的文学形式。明代的通俗小说对朝鲜的小说的影响出现了几
次较大的冲击：第一次是 15 世纪末期，小说《剪灯新话》传入朝鲜，其
结果是朝鲜出现了金时习用汉文创作的《金鳌新话》。第二次是 16 世纪
中期传入的《三国演义》和历史演义类小说，受这类书的影响，朝鲜出
现了《壬辰录》等大量的历史军谈小说。第三次是 16 世纪末 17 世纪初，
明代的《西游记》《水浒传》传入朝鲜，其结果是出现了朝鲜第一部国文
小说《洪吉童传》，而受此书的影响朝鲜出现了《沈清传》《青香传》等
社会小说。
　　之后朝鲜学者、文人们利用小说，来消解阅读儒家经典时产生的生硬
和无聊感，并进一步认识到小说作为大众教化手段的价值和意义。这一时
期代表作家金万重（1637—1692）在《西浦漫笔》中曾说：

　　《东坡志林》曰：途巷中，小儿薄劣……听说古话。至说三国
事，闻刘玄德败，顿有出涕者；闻曹操败，即喜唱快。此其罗氏演义
之权舆乎。今以陈寿史传，沮公通监，众聚讲说，人未必有出涕者。
此通俗小说之作也。②

　　他已经认识到《三国演义》的通俗效用价值，深化了对小说的认识。

────────

① ［韩］李宣显：《陶谷集》之《杂著》，《陶峡丛说》，保景文化社 1988 年版，第 629 页。
② ［韩］金万重：《西浦漫笔》下卷，通文馆 1971 年版，第 650—651 页。

李德懋（1741—1793）虽然贬斥小说，但对《水浒传》之类的小说所具有的社会批判倾向，则有着明确的认识，他曾说过："意者施耐庵锦绣之才，有一块冤愤郁郁于中，发此无实之言，舒平生骂世之心欤。其心悲且苦矣。"

他认为《水浒传》是作者施耐庵被压抑的内心欲求的发泄，所谓"骂世之心"正是施耐庵对当时社会的不满情绪和批判意识的最好体现。

虽然朝鲜朝廷数次要禁止中国小说的流传和阅读，但是难以抗拒洪水般的时代发展趋势，特别自 19 世纪后，随着更多的中国小说流入朝鲜，就出现了即使在士大夫或者朝廷大臣中，也有积极赞同的小说读者，如李裕元（1814—1888）的《林下笔记》中，有一条记载当时的领议政李相璜（1763—1840）《喜看稗说》的内容：

> 桐渔李（即李相璜）平日手不释者，即稗说也，毋论某种好阅新本，时带译院都相，象译之赴燕者，争相购纳，积至累千卷。①

虽然身为宰相，他却非常喜欢小说，竟收藏数千卷作品，这在当时已经是不寻常的事情了。

洪翰周（1798—1868）的《智水拈笔》中有关李相璜喜欢小说、戏曲的更详细的记载，他之所以喜欢小说的理由，在于"小说是崭新的文体"：

> 桐渔主小说，酷爱《西厢记》，常曰："凡有字之书，见时虽好，掩卷则已。唯《西厢》一书，见时好，掩卷愈味，想像肯綮，不觉其黯然销魂，此韩柳欧苏不能为，《左》《国》班马不能为，二典三谟不能为。"虽对饭如厕，手不停披，岂非惑之甚而嗜之癖乎？②

李相璜很喜欢中国的《西厢记》，而且在当时竟把《西厢记》当作小说看待。从洪翰周的记录中，我们可以感受到当时朝鲜的有些文人，已经

---

① 参见［韩］李裕元《林下笔记》，成均馆大学出版社 1991 年版。
② ［韩］洪翰周：《智水拈笔》，亚细亚文化社 1984 年版。

不理会朝廷一直强调的"文体反正"①，竟然能公开直率地表达对于小说的认同："历代经典，史书，古文的文体远不如这崭新的小说文体。"②

整体来看，这一时期，虽然对于小说的排斥观念仍占据主导地位，到朝鲜朝后期，小说的崛起已经成为无法阻挡的潮流了。徐有英在《六美堂记》"小序"中，谈到自己写作的经历：他向邻家借来中国东传小说《稗官谚书》数种，认为这些小说内容虚构、描写细琐，但是"人情物态，善于摹写，凡悲欢得失之际、贤愚善恶之分，往往有令人观感处"。而这正是"街巷妇孺之耽读不厌两国而转相誉传，遂致稗官谚书之盛行于世"的原因。于是，他祛芜铺新，"折中诸家"，才写出了汉文小说《六美堂记》。③

当中朝两国关系比较好时，两国的文学交流也就更加深入，而此时的文学创作也就更加有影响力，特别是两国文人分别在对方国家的创作，更是以不同的视角来进行文化观察，在文学交流史上的意义也就更大。除了历史文化与社会诸原因外，以上所述流传的扩大、群众的欢迎与喜爱、作家的正确认识与评价，等等，这些便成为朝鲜接受中国小说影响的重要文学背景。正是在这种背景下，朝鲜汉文学（尤其是汉文小说）才迅速成长起来。而朝鲜的小说由于其特殊的生成空间和演变历史，所以在研究它们的时候，只有深入它产生的社会历史语境中去分析创作者的意图、文化心理，去分析作品在叙事文化、叙事隐喻等细节，才能把握小说生成与发展的动态过程，更重要的是，才能把握小说各文体类型的内涵与价值。文体的源流与特点是在创作中实现的，不言而喻，这也是小说史自身的意义所在。

朝鲜古代小说的文体形成还有一个很重要的特点，就是它往往不是纯粹的文学体。尤其是后来的通俗小说，经常会在小说文本中插入一些非文

---

①　正祖将自 17 世纪末叶至英祖（1724—1776 在位）这一时期视为文风的堕落期，尤其是"壬辰倭乱""丙子胡乱"以后，稗官小说等新文体开始风靡，这些都与当时统治者的治国安邦政策背道而驰。因此，为了强化王权，正祖视日益显现弊端的朝鲜性理学的学者为俗儒，将西学斥为邪学，认为唯有正学（即经学）才能阻止邪学。正祖为此实施的措施之一就是"文体反正"。

②　［韩］崔溶澈：《中国禁毁小说在韩国》，《东方丛刊》（1998 年第 3 辑，总第 25 辑），第 47 页。

③　《六美堂记》"小序"，参见林明德主编《韩国汉文小说全集》，中国文化大学出版部1980 年版。

学的文体或叙述，在叙述风格上也不完全统一。比如小说中有大量的议论。这种议论固然与小说的叙事有关，议论多与叙事相伴，但也有些游离于作品之外。成为小说文体的一个相对独立的部分，特别是在17世纪以后，文人独创小说日益普遍之后，其中自说自话、高谈阔论乃至居高临下的宣讲不时流露出来，其有意为之的文体意识十分明显。

第二节   多元共生的文体类型及其相互关系

朝鲜古代小说是在中国文化的土壤中产生的，经历了漫长的演变过程，形成了多元共生的文体格局。在小说创作过程中，由于文本本身是千变万化的，小说创作在文体运用中，也就很自然地具有随机性和灵活性。一种文体类型的动态特征，主要表现在它既有成规、又不拘一格的创作过程中，也同时与小说的叙事文学性质，主要是它的题材类型和人物塑造所代言的作者的创作意图相关联。

相比较而言，虽然诗歌也可以从题材上形成传统或加以分类，如边塞诗、山水田园诗等，但那往往只是一种风格和流派，不大可能像小说题材所可能造成的小说文体类型上的区别，进而影响到诗体本身。小说文体类型虽然也可能有某种规定性，但这种规定性与诗、词、曲之类的格律不同，至多只不过是显示为某种叙述的惯例或范式，并不能限定小说创作者的叙述活动。

文体的复杂性在于，它不仅仅是一种具体的写法，还是一种成型的写作意识。文体，乃是对世界进行文字表达的时候，我们所采用的一种习以为常的范式。作为一种知识范式，文体也就成为对现实和历史的一种"惯性表述"的方式。也可以说，文体是一种对时代意识敏感的反映，从这个意义上说，当某种历史秩序走向解体，且个人或社会都在经历着新的变革时期，文体也自然会发生变化。不妨说，正是文体造就了作者写作和读者阅读的基本方式。因此，文体的传统观念也就忽略了一个重要的问题："现实主义"作为一种手法，并不仅是艺术实践的一种技巧，或者是文学经验自然积累下的一个产物，而是回应社会历史变迁时出现的一种文体类型。

其实，无论中国小说还是朝鲜汉文小说，各文体类型分别具有不同的文体渊源，在起源发生过程中确立了相对独立的文体规范。例如，笔记体的创作原则主要为"据见闻而实录"。实录传闻的创作原则使其叙事者始终坚持反对有意想象虚构，而追求简洁凝练的叙述方式，即：

　　　小说既述见闻，即属叙事，不比戏场关目，随意装点……令燕昵之词，华狎之态，细微曲折，摹绘如生，使出自言，似无此理，使出作者代言，则何从而闻见之？①

　　而传奇体则主要为"据见闻而驰骋想象"或"幻设寓言"的创作原则，笔法细腻，讲究铺展敷衍，叙事曲折细致，文辞华艳。这种文体规范的区分不仅存在于笔记体、传奇体、假传体、稗说体等主要文体类型之间，而且也存在于各文体类型内部诸多子类型之间。

　　如朝鲜汉文小说的笔记体，它则是一种广义的文化小说的概念，在宋代笔记小说的影响下，在高丽时期出现。后世包括文学史家也有把它称为"稗说"或"稗官文学"或"杂录文学"。如高丽末期李齐贤的《栎翁稗说》、李仁老的《破闲集》、李奎报的《白云小说》、崔滋的《补闲集》、李齐贤的《栎翁稗说》等。这些笔记起初主要是围绕着诗句，叙述有关诗人的异闻逸事及其出处来历等，也有一些对诗的品评，即以诗话、诗评为主要内容。其后，它发展到记录文人感兴趣的一切日常琐事、传闻、民间故事，于是渐变成为一种"杂录"。从这点上看，朝鲜的"稗说"与中国的"笔记"内部演化为"博物体""志怪体""世说体""逸事体"等诸文体类型几乎差不多。而且就其功用宗旨、题材选择、篇章体制、表现手法等多方面有着各自的体式和类型特点。

　　纪昀主张"文各有体，得体为佳"，因此，古代小说文体研究非常需要以回归还原的思路，充分揭示各文体类型固有的一套文体规范。在每一类体制规范之后，都蕴含着相应的价值体系，而且，价值体系为"本"，体制规范为"用"。类型不同，往往各有其约定俗成的价值取向或写作惯例。以叙事和塑造人物为其基本的存在方式，不同类型的作品在叙事技巧上各有侧重。所以，在揭示各文体的体制规范之时，还应发掘出其背后的价值体系。

---

　　①　盛时彦：《姑妄听之》"跋"，《中国文言小说参考资料》，北京大学出版社1985年版，第33页。

　　从小说文体生成的角度来说，当一种小说文体初起时，文体特征还不明显，小说家的创作也只是受一种尚待成形的文体的推动，而不是它的简单的依循者。即使在一种文体成熟后，小说家也会在创作中不断为文体增添新的要素。

　　如朝鲜朝最初出现的传奇小说的嚆矢之作《金鳌新话》，可算是朝鲜传奇小说的最初文体形式，但之后的朝鲜朝中后期对这种小说文体还是作了大量的创新。以小说文体类型中相对较为模式化的梦游录小说为例，它一般具备入梦、梦中和觉梦的大致结构，但尽管如此，过程也绝非成定势，也可有可无、可长可短、可多可少。也就是说，这一模式化结构也不是一成不变的，所以小说的创作也没有形成类似诗、词、曲的格律那样的文体约束的体制。

　　每个小说家创作理念的不同，必然显示不同的叙事风格，而这同样会投射到文体类型的选择上。比如：同样是韵散结合的叙述方式，在历史演义小说中可能较多是用作"有诗为证"，以增加小说的可信度和评论性；在才子佳人小说中，则常用作表现才子佳人的才情，增加小说的情调与品味。而由于小说题材往往不是单一的，如历史与演义的结合、传奇与爱情的汇流、家庭与伦理掺糅、寓言与讽刺重合，也会在小说文体上留下印迹。有时，某种题材的引入，就会引起小说文体发生或大或小的改变。如《谢氏南征记》中家庭因素的引入，绝不只是开创了表现"描摹家庭琐事，延展社会生活"的家庭小说这一种新的题材类型。实际看来，创作与接受的互动关系，直接影响到了小说的文体类型。

　　小说文体的类型确立与历史文化对小说的塑造是联系在一起的。一种小说体式的产生及不断发展，与它的文化特性与地位有关；甚至一部作品采用怎样的文体形式，也可能与作者的文化意识有关。美国文论家雷·韦勒克和奥·沃伦曾指出：

　　　　文体的变易，部分是由于内在原因，由文学既定规范的枯萎和对变化的渴望引起的，但也部分是由于外在的原因，由社会的、理智的和其他的文化变化所引起的。①

---

　　①　［美］雷·韦勒克、奥·沃伦：《文学理论》，刘象愚等译，生活·读书·新知三联书店1984年版，第309页。

从小说史的角度看，小说发展的具体文化背景是变化的、复杂的，对小说文体的影响也是多方面的。比如在朝鲜汉文小说文体的形成过程中，宗教文化就起过重要影响，佛、道二教对朝鲜朝传奇小说的兴起，对梦游录小说的创作，对梦幻传奇的推动，受到越来越多学者的关注。

一种类型小说有一种相对稳定的格式。文学作品的样式，与内容适应时，有助于表现内容；不适应时，也会限制内容的表现，这时，文学样式本身就要变革。例如，历史演义小说，就是明君、贤相、良将与昏君、奸臣、武夫这种矛盾对立的模式，内容都是政治、军事斗争。发展到一定阶段，就山穷水尽了，无法继续发展，限制了对丰富多彩的生活，特别是市井小民的日常生活的表现。在这种情况下，为了表现生活的丰富多彩，作者就糅进了世态人情的内容，使历史上的明君、贤相、良将也有七情六欲，改变了原本那种神圣不可侵犯的面目，使他们更贴近现实生活，还原其作为常人的本来面目，使他们具有现实感，从而使作品与人民更贴近。金万重就独辟蹊径，在传奇小说的框架中，着力描写人情人性，创作了《九云梦》《谢氏南征记》，使作品更具现实性。后来的《玉楼梦》《玉麟梦》《鸾鹤梦》均沿袭了《九云梦》的叙述框架；《彰善感义录》《一乐亭记》均沿袭了《谢氏南征记》的叙述结构。一部杰出作品的成功，引发了此类作品的大量涌现。

韩国学者金起东将古代部分小说的类型分为：传奇小说、寓言小说、神怪小说、历史小说、家庭小说、伦理小说、爱情小说、讽刺小说等。

苏在英把古代小说分为：传奇小说、拟人小说、社会小说、理想小说、历史小说、军谈小说、道德小说、艳情小说、家庭小说、讽刺小说等。

李相翊将古代小说分为：传奇小说、历史小说、说话小说、梦幻小说、家庭小说、社会小说、英雄小说、艳情小说、道德小说等。

朝鲜朝汉文小说从17世纪后期开始，各种文体之间交叉、渗透与互补，以致出现相互融通、混类的迹象。如梦幻小说《玉楼梦》即兼具英雄传奇和家庭小说的特点，梦游录小说《寿圣宫梦游录》亦在梦游描写中糅进了爱情小说的因素，《相思洞记》虽然以"记"命名篇，实则更像才子佳人小说和艳情小说。

不同小说文体之间的交叉、兼容与会通，无疑可以赋予作家更多的创作自由，它使作家能够积极、主动地改进、转化某类小说文体渐趋枯萎的"既定规范"，扩大某类小说的社会生活容量，丰富其审美内涵，拓展其审美畛域，并往往能使其思想性和艺术性得到一定程度的提高，从而更为有效地推动该类小说创作的进一步开展，多方面地满足读者的审美欲求，而且它还可以成为今人了解彼时"社会的、理智的和其他的文化变化"的一个重要窗口。西方文论家杰姆逊就说："事实上，艺术的基本价值就在于它使我们懂得，我们平时认为是个人经验的问题从本质上说具有历史和社会的价值。"① 所以，小说文体的交叉、融合所具有的文化意义，也是不可忽视的。

---

① ［美］杰姆逊：《马克思主义与形式》，引自陶东风的《文体演变及其文化意味》，云南人民出版社1994年版，第177页。

第二章

朝鲜古代汉文小说文体的孕育历程

在朝鲜小说产生的当时，其与中国古代小说产生之时的境遇是一样的，就如"在东方，像中国女人裹足一样，长期以来得不到解放"。① 又加上"朝鲜的小说发展由于走过的是一条不由自主之路，仿佛是在贫瘠的土地上生长的草根，不仅难以发育完全，而且在不加批判地吸收如暴风雨般席卷而来的中国内地高度文明的同时，造成模仿中国文学，憧憬中国的社会生活，使朝鲜小说在发展之时便呈现畸形的特点"。② 如此发展起来的朝鲜小说，从一开始便处于受歧视的地位。朝鲜朝前期的小说创作甚少，李晬光曾言："我朝二百年间，著书传世者甚罕，而小说之可观者亦无几。"③

第一节　"小说"观念在朝鲜社会的境遇

在正统儒学之士看来，小说是"君子弗为"的"小道"，虽有一丁半点儿的价值，是因为可以"广见闻""助谈资"，但过分虚构的作品，则被认为是妖言妄语，是要坚决取缔禁止的。朝鲜朝士人也萌生过以撰写小说反映世态的冲动，可是这种创作意识刚一显露，便遇上无情的打击。

中宗六年（1511）发生的关于蔡寿所作《薛公瓒传》的论争，就是典型的例子。据《朝鲜王朝实录》记载：

---

① ［韩］金台俊：《朝鲜小说史》，全华民译，民族出版社 2008 年版，第 7 页。
② 同上书，第 3 页。
③ 参见［韩］李晬光《芝峰类说》第七卷。

　　宪府启：蔡寿作《薛公瓒传》，其事皆轮回祸福之说，甚为妖妄，中外惑信，或翻以文字，或以谚语，传播惑众，府当行移收取。然恐或有不收入者，如有后见者，治罪。答曰：《薛公瓒传》，事涉妖诞，禁载可也。然不必立法，余不允。①

　　创作《薛公瓒传》的蔡寿遭猛烈抨击："其事皆轮回祸福之说，甚为妖妄，中外惑信，或翻以文字，或译以谚语，传播惑众，府当行移收取。"大司宪南衮还要按"左道乱正煽惑人民律"，判他绞刑。《薛公瓒传》是一篇汉文小说，其主要内容是轮回祸福之说，即宣扬佛教。这当然引起了提倡儒学的"士林派"的不满，成为他们打击政敌"勋旧派"的口实。不过此事在领议政金寿童的干涉下，得到了妥善的处置。据《朝鲜王朝实录》记载：

　　领事金寿童曰："闻蔡寿之罪断律以绞，台谏扶正道辟邪说之意，固当如是。寿若自造为妖言鼓动人心，则可断以死，但为技痒所使闻见而妄作，是所不当为而为之也。刑赏务要得中，若此人可死，则如《太平广记》《剪灯新话》之类其可尽诛乎？"上曰："《薛公瓒传》为轮回祸禧之说以惑愚民，寿非无罪，然绞则过矣，故酌宜罢之。"②

　　若不是感到处罚太过的中宗出面干预，改判为罢官，仁川君蔡寿就将成为朝鲜朝历史上第一个因写小说而被处死的殉难者，《薛公瓒传》不久也遭到了查禁。不过，后来被称为朝鲜文小说之父的许筠确实被处死了，他模拟《水浒传》而写成的《洪吉童传》则被视为其谋反罪证之一。不难看出，至少在朝鲜朝前期，撰写小说很容易变成引发灾难的祸根。风险巨大但仍有人尝试，而汉语写成的《薛公瓒传》"译以谚语（朝鲜文）"传播，又证实了广大民众的阅读热情。很显然，是封建势力的有意压制，才造成朝鲜朝小说创作长期稀少的畸形局面。

　　到了朝鲜朝中后期，随着中国通俗小说的大量流入和传播，朝鲜的读者群逐渐增大，小说文体在文人士大夫中的影响也渐渐显露。如金寿童就

---

① 参见［韩］《朝鲜王朝实录》，《中宗实录》，中宗六年九月，乙卯条，首尔大学奎章阁藏本。
② 同上书，壬卯条。

对《太平广记》《剪灯新话》之类的书比较宽容，而实际上，这两部作品也的确对朝鲜的汉文小说创作产生了巨大的影响。

　　伯氏文安公（成任）好学忘倦，尝在集贤殿抄录《太平广记》五百卷，约为《详节》五十卷，刊行于世。又聚诸书及《广记详节》，为《太平通载》八十卷。①

　　任（成任）为人器度宽洪，识见精博，善书工文，尤长于律诗。尝仿《太平广记》编辑古今异闻，名曰《太平通载》，行于世。②

　　《太平广记》之类，间有男女之风谣，尚可观采。其他荒怪之说，聊以破闲止睡。③

　　李业福，兼辈也。自童稚时，善读谚书稗官，其声或如歌，或如怨，或如笑，或如哀，或豪逸而作杰士状，或婉媚而仿美娥态，盖随书之境，而各逞其态也。④

　　正庙时，有金钟真者，年未老，而齿牙尽落，古人嘲号曰瓜浓。善谈诙俚谈，其于物态人情，曲尽纤悉，往往有可听者。⑤

　　李子常，忘其名，聪明强记，诸种术书，无不阅览。又娴于稗官诸书，凡系语录文字，尽为通晓。而贫不能自资，或出入宰相门下，以善读小说称。⑥

甚至在闺阁女性中出现了如下内容：

---

① 参见［韩］成伣《慵斋丛话》第十卷。
② 参见［韩］《朝鲜王朝实录》，《成宗实录》第一六九卷，成宗十五年八月，甲戌条，首尔大学奎章阁藏本。
③ 参见［韩］李植《泽堂集》第十五卷，《杂著》。
④ ［韩］《破睡录》，出自《古今笑丛》，新杨社1982年版，第401页。
⑤ ［韩］《里乡见闻录》第三卷，《金仲真》，亚细亚文化社1974年版，第176页。
⑥ ［韩］《里乡见闻录》第七卷，《李子常》，亚细亚文化社1974年版，第350页。

　　谚翻传奇，不可耽看。废置家务，怠弃女，至于与钱而买之，沉惑不已，倾家产者有之。①

　　……每时节，又必私求其尝所嗜好之物而进之。太夫人聪明睿哲，于古今史籍传奇，无不博闻惯识。晚又好卧听小说，以为止睡遣闲之资，而常患无以继之。府君每闻人家有未见之书，必竭力求之，得之而后已。又自依演古说，构出数册以进……②

所以，洪直弼（1776—1852）在他的《梅山杂识》中记载如下内容：

　　东俗教女子以谚不以文，是故生不问圣哲成训，既不识三纲五常之为重。至若谚稗，皆是淫秽，不经之道，以妇女不知都出于赝，认以悖史，其反道悖德，咸从此出。自朝家严禁谚稗。③

而实际上，随着对中国小说的接触，朝鲜女人对小说的认识观念逐渐发生了变化，小说所具有的虚构性和教化、认识、娱乐以及审美功能在文人中得到了充分肯定，朝鲜小说的社会批判功能开始显现，社会效用论的雏形开始出现。

　　我国文笔之士，皆攻《太平广记》。④

　　李德懋、朴齐家辈，文体全出于稗官小品。⑤

　　熟悉中国小说的朝鲜文人在考场上作时文大为得益，因为在朝鲜以小说家言入时文是一件时髦的事情。考生在考场上甚至"可能遇上有关中国古代小说内容的试题"。

---

① 参见［韩］李德懋《青庄馆全书》中，《士小节·妇仪》一，韩国民族文化促进会出版。
② 参见［韩］赵圣期《拙修斋集》第十二卷，附录，《行状》。
③ 参见［韩］洪直弼《梅山杂识》。
④ 参见［韩］柳梦寅《於于野谈》。
⑤ ［韩］李祘：《弘斋全集》十六，第一六五卷，《日得录》，韩国民族文化促进会1988年版，第220页。

正如李瀷（1681—1763）《星湖僿说》所言：

> 试场之中，举而为题，前后相续。①

虽不是"以小说取士"，但是，却出与小说内容有关的试题来取士。这真是令中国小说家倾心羡慕的事，因为中国小说家更多地只能在考场之外，借稗官野乘为"制艺新编"，试场之内只能逢场作戏、偶一为之。

朝鲜朝正祖时的沈绎（1624—1693）在《松泉笔谈》中写道：

> 《西游记》《水浒传》，文章机轴，稗书中大家数也。先辈或有发迹，于是书而成文章者。②

他还具体举例说，有人在答卷时引用《西游记》中的"人离乡则贱，物离乡则贵"等格言，因此获得了考官的称赞而被录取。

金万重在《西浦漫笔》中也说，如"桃园结义"等三国故事，"往往见引于前辈科文中"。《三国演义》《水浒传》《西游记》竟都成了"文章机轴"，乃至于"举而为题"，令士人们为小说人物立言。

朝鲜朝中期以来，朝鲜的不少进步文人极力为小说进行辩护，为给小说争得一席之地而努力。宕翁在《玉仙梦》中，借写明宣德间钱塘士子钱梦玉在京应会试的答卷，而特地撰作了《稗说论》。这是一篇针对朝鲜朝存在贬抑小说之倾向的专论。作品开头就指出：

> 圣人不以事细而忽，至理不以词拙而废格言，故鄙俚之谈，或有义理上感发狂愤之言，或有去就上微讽，唯在听者之审择而已。③

《稗说论》通篇高度评价中国小说：

> 世之论者以稗说为不足听，而吾独以为未也。何者？圣人没而微

---

① 参见郑沃根《中国古代小说在韩国的流传和影响》，《华东师大学报》1994 年第 4 期。
② 同上。
③ 《玉仙梦》，林明德主编《韩国汉文小说全集》第三卷，中国文化大学出版部 1980 年版，第 234 页。

言绝，处士横而稗说出，故好奇之家或有无稽之言、博识之门偏多不根之论者，盖以论淡泊而无味，杂说奇巧而易晓也。左氏倡为浮夸之辞，而史家有异同之论；《庄子》俑为吊诡之谈，而道家有荒唐之迹；以至于索隐行怪之徒、架虚凿空之流，踵以为谲慌没捉之文，而曰演义、曰杂记、曰琐录、曰别传、曰新语、曰类说、曰故事者，比比有之……

　　然而文人之口气好新而贪奇，虽欲别立门户、别设畦畛，而其肠胃则皆自《九经》中出来，故不敢背驰于秉彝之天，不敢没脚于蔑法之场，终归于彰善惩恶之一关捩也，则不可以其荒诞而都归于不紧之科者也。设为修善之方而必有善果之应，设为稔恶之迹而必有玷厄之报，见之者霍然有改过之意，读之者油然有洁行之志。由此观之，稗官之功，亦可微哉！何以明其然也？

　　陈寿作《志》而忠臣忘驱，《水浒》成传而义士奋身，《西游》之记出而怪鬼戢其妖术，《瓶梅》之书作而悍妇惩其妒心，演《楚汉》之义而英雄知历数之有归，倡《剪灯》之话而荡子知风流之有节，太史公所谓"言谈微中亦可以解纷者"，抑亦为稗官而说欤！①

　　宕翁追溯中国小说的历史渊源，论说其旨趣、艺术特点及社会功用，并评述六部有代表性的作品，从而做出全面肯定的评价。针对正祖李祘禁购小说，宕翁批评其"六艺之文，五经之语"比作"菽粟之饭"，那么"千奇万怪，华采彬蔚"的小说，便如"爽口之馐、娱肠之馔"的佳肴。宕翁执意小说不可偏废，提出："固不可退《韶》《◎◎》（此处指经传文字）而就《郑》《卫》（指小说）也，亦不可重吾砺而轻荆璞也。"

　　金万重等人也充分认识到了小说所具有的审美价值：

　　《东坡志林》曰：途巷中，小儿薄劣……听说古话。至说三国事，闻刘玄德败，顿有出涕者；闻曹操败，即喜唱快。此其罗氏演义

---

① 《玉仙梦》，林明德主编《韩国汉文小说全集》第三卷，中国文化大学出版部1980年版，第310页。

之权舆乎。今以陈寿史传，沮公通监，众聚讲说，人未必有出涕者。此通俗小说之作也。①

　　然而，小说肯定论者肯定小说的最大理由，则是小说可以"补正史阙"。朝鲜朝宪宗时文人李圭景说：

　　　世以稗官小说专归无征亦俗见也。或有可补史牒者。虞初酉阳之所录者，是已不可废也。如《广虞新志》，新安黄永增心阉所辑，余以人借见，则其中多异闻新见，故略记可考之目。②

　　如此评说小说，岂不近乎评史？如此读小说，岂不过于考据？喜欢用史家以至于考据家的眼光评小说、读小说的文人，在朝鲜朝时期并非只有李圭景一人。朝鲜也有许多人借读小说来了解历史知识，而且，《三国演义》等历史小说中的史实和掌故，经常出现在后期汉文小说的创作中。
　　为了抬高小说的身价，把小说与"史"相攀附，似乎攀上了尊贵的"史"，"小说"的地位也就不那么低下了。正是因为采取了"史"本位，许多本已颇具进步小说观念的文人学士，在观照小说价值时反而表现出矛盾与局限。
　　徐居正（1420—1488）在《太平广记详节》"序"中写道：

　　　予尝读太史公《滑稽传》，以为不作可也。圣人著书立言，足以裨名教、训后世，何尝采撷奇怪，以资好事者解颐哉。是固不可作也。及读《太平广记》，乃宋学士李防所撰，进之太宗者也。为书总五百卷。大抵收集稗官小说、间巷鄙言，非有关于世教，徒为滑稽之捷径耳。心窃少之。
　　　一日在集贤殿，亡友昌宁成和仲读之终日，砣不知倦。予举前说而告之曰："子方有志于文章，宜沉潜六经，规约圣贤。非圣贤之书，不可读也。"和仲笑曰："子诚确论也。然君子多识前言往行。儒有博学而不穷，能薄而能约之，庸何伤乎？况张而不弛，文武不

---

①　［韩］金万重：《西浦漫笔》下卷，通文馆 1971 年版，第 650—651 页。
②　参见［韩］李圭景《五洲衍文长笺散稿》第四十五卷，稗官小说亦有征补辩证说。

为，必皆圣贤而后读之，聘气有所未周，安能上下古今出入贯串，为天下之通儒乎？何子之示狭也？”

　　未几和仲下世，仆亦年衰气耗，虽有闲居之时，无暇讨索坟典，研究精致，诸子百家、奇闻异录，分然左右，欲先为之容，则和仲之言，未尝不往来于怀矣。顷谒和仲之兄重卿，出示《太平广记详节》五十卷，其去就悉当，削繁削冗，至简而要，贤于本记远矣。博而约之，张而弛之，重卿之志，即和仲之志，而能超予者君家伯仲氏也。后之好古博雅君子，能知吾伯仲之志，然后可与读是书矣。①

　　徐居正对于《太平广记》的态度经历了一个从否定到肯定，从鄙视到喜爱的转变过程，他采取现身说法，并引用朋友的话，表明了小说具有的娱乐性和认识功能。他是第一个公开表明对小说的见解和态度的朝鲜文人。

　　徐居正在《太平闲话滑稽传》“序”② 中说：“自己之所以写《太平闲话滑稽传》是因‘技痒’，是为了忘记世上的烦恼。”《太平闲话滑稽传》“序”以主客问答的形式，叙述其著述《太平闲话滑稽传》的来龙去脉，虽然形式为自问自答，但有关该著的内容，应该并非都是徐居正个人的想法。徐居正代表了朝鲜前期小说赞成论一派，也称其为“技痒论”派。

　　无独有偶，梁诚之（1414—1482）也有类似看法，他在 1482 年也写了《太平闲话滑稽传》的序文，文中说：

　　　　曰经曰史，固贤君贤相所以治国平天下之道也。至于稗官小说，亦儒者以文章为剧谈，或资博闻，或因破闲，皆不可无者也。前史有《滑稽传》，宋太宗命李昉撰进《太平广记》，即此意也。

　　从这里可以看出，从统治阶层的观念和行为上看不到轻视和贱待小说

---

① 参见［韩］成任等《太平广记详节》，学古方 2005 年版。
② ［韩］徐居正：《太平闲话滑稽传》“序”，《徐四佳全集》，晤晟社 1988 年版，第 572 页。

的倾向，反而有力地利用了小说的作用，用其维护统治秩序。

《太平广记》"详节"在朝鲜刊行后，进一步扩大了《太平广记》在朝鲜的影响，金寿童所云："《太平广记》《剪灯新话》之类其可尽诛乎。"一个"尽"字就透露出这样的历史事实。

如此境况，深受"文以载道"文学观影响的"正统"文人再也坐不住了，他们对小说采取了否定和排斥的态度，将小说视为洪水猛兽，认为它是"小逍""邪种""异端"，根本登不上文学的大雅之堂。在这样的思想氛围笼罩下，应该说，朝鲜小说的发展处在了步履维艰的境地。

就连在文坛上已经享有盛誉的朴趾源，也同样受到种种非难。朴趾源的儿子宗侃，在整理父亲遗稿时，就因为考虑到当时士大夫视小说为"稗官小品"的情况，特别为其父的《两班传》《许生传》等九篇小说的创作附上了简单的释说，为其开脱：

> 古来文家固有似此游戏之作，不必废也……①

其正是想要从假传这类"游戏之作"的创作渊源中获得支持。

中国通俗小说传入后，因其非正统性、非伦理性、非史实性，受到部分士大夫与文人的批评与排斥。在李德懋撰著的朝鲜"礼仪全集"《士小节》中对中国小说批判道：

"演义小说，作奸诲淫，不可接目。切禁子弟，勿使看之。或有对人，娓娓诵说，劝人读之者。惜乎！人之无识，胡至于此？"

李德懋认为"演义小说，作奸诲盗"，正因为小说起着败坏人的道德灵魂和社会风气的负面作用，李德懋不仅自己不看小说，还要"切禁子弟，勿使看之"。

除此之外，小说否定论者们还认为：小说有悖于正史，具有虚构性和非实录性，可能导致歪曲历史的不良后果。

> 稗官为说害人多，猛兽于人不是过。猛兽当头知畏避，淫书人手反摩挲。②

---

① 《放璃外传》，转引自朝鲜金明河著《燕岩朴趾源》，商务印书馆 1963 年版，第 114 页。
② 参见［韩］李相璜《桐渔遗集》。

近闻清人发令禁小说云，果然，则必有所惩者而然矣。其他淫亵荒怪之作，愈出愈奇，足以乱天下风俗耳。①

以朝鲜朝中期士大夫文人李颐命为代表的一些统治阶级的卫道士们，站在维护统治秩序的立场，视小说"为扰乱其统治根基"的洪水猛兽，因此从国家层面上开始禁止和大加挞伐。

丙午十年春正月，大司宪金履素奏言："近来燕购册子，多不经书籍，左道之炽盛，邪说之流行，职由于此，请严禁。"从之。②

欲禁西洋之学，先从稗官杂记禁之。欲禁稗官杂记，先从明末清初文集禁之。翌年教赴燕使臣曰："稗官小说姑无论，虽经书史记，凡唐板，切勿持来。"③

至于书册，则我国人家，溢字充栋者，无非唐本，虽于已出本耽看，足为该洽人，亦足为文章士，更安用多购乎？最所可恶者，所谓明末清初文集及稗官杂说，尤有害于世道。观于近来文体，浮轻嘁杀，无馆阁大手笔者，皆由于杂册之多来。虽不必设法禁防，为使臣者，若能禁其已甚，犹贤于荡然。此意令使臣知悉。至于杂术文字，元事目中别立科条，期于痛禁。

小说蛊人心术，与异端无异，而一时轻薄才子，利其捷径而得之，多有慕效，而文风卑弱萎靡，与齐梁间绮语无异。此如郑声佞人，圣人之所当放远，而主试者尤宜详察而黜陟之。不但文体之浮靡者，不置优等，笔画之鼓斜倾侧者，亦书笔怪，则不数年，当有改观之效。文以验治教之污隆，非细故也。心正则笔正，亦不可不慎也。④

---

① 参见 ［韩］李颐命《疏斋集》第十二卷，《漫录》。
② 参见 ［韩］《大东纪年》第五卷。
③ 参见 ［韩］《大东纪年》第五卷，《天主学大炽命改称》。
④ 参见 ［韩］《弘斋全书》第一六五卷，《日得录》。

其后，几乎所有朝鲜的儒臣、学者对中国通俗小说的传入及接受一直是恶评连连，中国的《水浒传》《三国演义》首当其冲，备受非议。

明末小说之盛行，亦一世变……足以乱天下风俗耳。①

作是书（《水浒传》）者，其必有阴贼之患……②

至于《水浒传》则极形容群盗猖獗横行中状，故明末流贼悉效此，其标立名称以阎天王之类，即梁山泊玉麒麟、九纹龙之遗法，其弊已明著矣。近闻清人发令禁小说云，则此必有所惩者而然矣。其他淫亵荒怪之作，愈出愈奇，足以乱天下风俗耳。③

如《金瓶梅》《肉蒲团》等书，无非诲淫之术。《西厢记》……《金瓶梅》《红楼梦》等小说，不可使新学少年、律己君子读也。④

李颐命认为《水浒传》详细描写了百姓造反的过程，这自然鼓吹人们批判现实、扰乱统治秩序，怂恿民众抗上、造反，为了不"乱天下风俗"，他强烈主张禁止阅读流入朝鲜的类似《水浒传》的中国明清小说。而后，很多朝鲜儒臣也主张禁止输入中国小说。

朝鲜人不但有不少人把小说混同于史书，而且不细辨稗史、小说与正史之别，有意无意中以读史、评史的眼光来读小说和评小说。宣祖时，定祖与近臣奇大升围绕《三国演义》进行的谈话，也说明了这一点，奇大升说：

闻在三国志衍义云。此书出来未久，小臣未见之。而或因朋辈闻

---

① 参见 ［韩］李颐命：《疏斋集》第十二卷，《漫录》。
② 参见 ［韩］《星湖僿说》，《经史门》和《水浒传》条。
③ 参见 ［韩］李颐命《疏斋集》第二十卷，《漫录》，《泽堂集著》，民族文化出版社1990年版。
④ 参见 ［韩］沈鋅《松泉笔谈》，《稽古类》和《西厢记》条。

闻之则甚多妄诞……但杂驳无益甚之事衍成稽之言。①

从中可见，奇大升虽为当时的硕学巨儒，但并未理解小说所具有的虚构、想象的特点，只认为作为小说的《三国演义》是歪曲正史的“无稽之言”。同奇大升一样，以读史、评史的眼光看小说、评小说的人，认为小说的最大害处就是歪曲历史。朝鲜朝中后期的文人李植，就曾出于这种畏惧心理而否定小说，他说：

> 演史之作，初似儿戏，文字亦卑俗……流传既久，真假并行……今历代各有演义，至于皇朝开国盛世亦用诞说敷衍。宜自国家痛禁之，如秦代之禁书可也。②

总之，朝鲜固守的是“崇儒政策”，视儒家思想为根本统治理念，文学上以“文以载道”的文学观为准绳，对他们认为的非儒教、非道德的文章一律予以排斥。

第二节　朝鲜汉文小说化叙事产生的渊源

朝鲜真正具有独立文体意义的小说，是迟至朝鲜朝中后期才出现的。不过，从其文体渊源来看，却呈现多源多祖的局面，既有神话的小说化叙事因素，又有史传叙事模式的孕育，还有散文、诗赋等浪漫诗心的培育，以及稗说的记言记事的虚化和假传体小说的范本意义，当然还有中国古代小说及中国古代文化的催生因素。在这些因素的合力下，最早的传奇体小说在朝鲜朝中期（15世纪末）宣告独立。

一　小说化叙事的出现

叙事作为人类的一种精神现象，是在一定的涵盖着“社会—历史”等诸多因素的语境中生成的。虽然“东海西海，文理攸同”，但是由于“朝鲜叙事文学的历史发展走着一条独特的道路”，这种独特“反映”却

---

① 参见〔韩〕《朝鲜王朝实录》，《宣祖实录》，首尔大学奎章阁藏本。
② 参见〔韩〕李植《泽堂集著》，韩国民族文化促进会1988年版。

不能不具有朝鲜自身的作风和气派，进而使自身的"是个什么样子"，与中国小说形成的路径如出一辙。

古代朝鲜小说的产生，本身就是一个漫长而多种因素结合的复杂过程，既有自身特定的历史、地理和社会文化的影响，又有中国文化和文学的浸染，所以它的一些基本特点，在孕育阶段就已初现端倪了。实际上，即使小说的起源还有争议，小说化叙事却可能早已出现。即使我们不认为早期的一些叙事文学就是小说，但也应当从小说或叙事文学的萌芽时期开始探寻。

这里说的"小说化叙事"还不仅仅指小说史通常会论及的早期小说。事实上，朝鲜初期的神话和大量的民间故事以及口头传承文学，已透露出丰富的叙事文学的信息。在神话故事里，叙述超越人类世界的实践和古代先民的状态，浓厚地表现了古代国家最高统治者——帝王的绝对神圣化权威。如《檀君神话》《解慕漱神话》和《朱蒙神话》等。

《檀君神话》中对天界、天神的描绘，使其充满了神话意味和传奇色彩。桓雄想到人间干一番事业，熊女祈求桓雄，想为他生下子女以及吃艾草和大蒜等描述，就是古代朝鲜现实人间男女精神与生活的生动写照，同时也展示了原始的生命观。

任何一个生命不是单一的，它和其他生命互渗，在某些关键时刻转化变形。而且任何生命都要经历磨难，如熊女，她由熊而化，坚忍有韧性，并充满爱的主动性。生命的磨难不是消极的，它锻炼出来的是一个更具神性的生命，死亡的同时也是新生命的开始。

同样，在《朱蒙神话》《朴赫居士神话》《金首露神话》中，它们所叙述的比箭、建屋、挖土等活动，更是古代朝鲜人实实在在的生活方式的记载。在《解慕漱神话》中，主人公解慕漱的形象体现着古代人民的愿望和志向，代表着具有勇敢、非凡的智慧和力量的古代英雄。而柳花则以勤劳、智慧的普通妇女的形象，体现了人民的风貌。在《解慕漱神话》中，叙述的事件比较复杂，设置了多样的人间关系，整个故事在丰富的艺术幻想和虚构中更加完美，人物的形象也比较生动。

二　史传文学素材及记言与记事的虚构

朝鲜古代小说的萌芽、形成和史传文学的影响与促进有密切关系。随着汉字和汉文书籍在朝鲜半岛的传播和影响，朝鲜史书如《古记》、博士高兴编纂的《百济书记》、居柒夫编纂的《国史》等都陆续面世。这些都是朝鲜半岛早期的汉文叙事作品。《古记》《百济书记》《国史》现虽已不存，但受中国史传文学影响的事实却是不容否定的。公元414年，高句丽长寿王臣琏为表彰其父好太王勋绩而立"好太王碑"①，碑文共一千七百余字，叙述高句丽始祖邹牟王创基的神奇过程，文章重在记载好太王的领土扩张、击退入侵的倭寇等史实。全文思路清晰，用语平实而不乏文采。该碑文与朝鲜半岛内的高句丽有密切关系。新罗借唐朝力量统一三国，"造成了汉文化对朝鲜的征服。"② 朝鲜半岛的汉文叙事文学也出现了可喜变化。

金富轼在《进三国史表》中谈到自己创作《三国史记》的动机时说：

> 今之学士大夫，其于五经诸子之书，秦汉历代之史，或有淹通而详说之者，至于吾邦之事，却茫然不知其始末，甚可叹也。③

金富轼模仿《史记》体例撰《三国史记》，分《本纪》《年表》《志》《列传》五十卷。其中在《列传》十卷中，不少是根据古代史书和历史传说改编、整理，塑造了一系列栩栩如生的人物形象，标志着朝鲜传记文学的发展。其中一部分作品具有虚构的成分，同时又受中国志怪小说叙事技巧的影响，形成了不同于正史列传形态的叙事作品。

史传为小说文体生成的重要源头的事实，在学界已得到认可，是因为自传奇小说产生开始，小说的文体特征在很多方面都与史传一脉相承。

> 史者，使也。执笔左右，使之记也。古者，左史记事者，右史记言者传者，转也；转受经旨，以授于后，实圣文之羽翮，记载之冠冕也。④

---

① 高句丽第19代王碑刻，位于吉林省集安市，发现于清末。碑身为角砾凝灰岩粗凿而成，方柱形，幅宽不等。四面环刻汉字，隶书。自右至左竖刻。此碑系高句丽第20代王长寿王为其父亲第19代王好太王所立。碑文涉及高句丽建国传说、好太王功绩以及当时中国东北同朝鲜半岛、日本列岛之间的关系。

② 李岩：《朝鲜文学史》，社会科学文献出版社1998年版，第51页。

③ 金富轼：《进三国史表》，吉林文史出版社2003年版。

④ 刘勰：《文心雕龙》第四卷，《史传》，范文澜注本，人民文学出版社1958年版，第283—284页。

　　所以史书篇目，多以"传""记""志""录"等命名，以示记载不虚、传录有据。而朝鲜小说以"记"或"传"，包括"志""录"等的命名非常之多，直到朝鲜朝后期，一直沿用不断。

　　　　大略而言，"录人物者区为之传，叙事迹者区为之记"，然"叙人何尝不称记""叙事何尝不称"，盖人、事之难以遽分也。①

　　当然，书名的特征只是有助于说明我们所讨论的问题，仅从书名还不足以说明小说的纪传形式。其真实的原因还在于"小说"为了摆脱"小"这一地位，从一开始就自觉不自觉地依傍正统的"史官文化"。

　　一个表现是小说向史书靠拢。"自成一家，而能与正史参行，其所从来尚矣。"而"羽翼信史"则成为小说家不懈的追求目标之一。因而不仅史书的品格与笔法影响了小说，史书的文体特点也影响着小说。

　　小说依傍于史官文化的另一个表现是强化劝惩功能。而且随着小说的成熟，在社会舆论与国家法令方面受到的压制加大，对此的强化也更突出，这同样对小说的文体产生了重大的影响。比如，在朝鲜朝后期受中国明清章回小说影响产生的很多的汉文小说中，在篇首、篇尾，都有对本篇作品道德劝惩意义的揭示或概括，它们构成了小说文体的一部分。

　　小说最初是用以"道德劝惩"，而附庸于史传的"尺寸短书"，其本质在于"实录"，任务是补正史之亡遗，因而历史故事、历史传说便成为古代小说创作的重要题材。陈平原教授曾经述及：

　　　　"史传"之影响于中国小说，大体上表现为补正史之阙的写作目的，实录的春秋笔法，以及纪传体的叙事技巧。②

　　陈平原教授的观点同样也见于朝鲜小说中的形成发展中。

　　薛聪和崔致远是新罗时期最有成就的两位叙事文学作家，尤其是崔致远，他成为朝鲜文人的一个象征。高丽时代著名诗人李奎报在《白云小

---

① ［美］汪荣祖：《史传通说》，《中西史学之比较》，中华书局2003年版，第41页。
② 陈平原：《中国小说叙事模式的转变》，上海人民出版社1988年版，第224页。

说》中写道："崔致远孤云，有破天荒之大功，故东方学者皆以为宗。"

"三韩处夏时，始通中国，而文献蔑蔑无闻，隋唐以来，方有作者，如乙支之贻隋将，新罗王之献颂唐帝。虽在简册，未免寂寥……至崔致远，入唐登第，以文章名动海内。"

崔致远创作的《新罗殊异传》，是朝鲜这一时期成就最高的汉文叙事作品，其《仙女红袋》是一篇典型的借鉴唐传奇，具有小说叙事因素的成熟作品，是"非长期濡染唐代'士风'与'文风'者所不能为"。

正如赵润济先生所言：

> 《崔致远》已经是一篇完全的传奇小说，同后代出现的《金鳌新话》相比毫不逊色。①

但崔致远的创作毕竟带有其特殊的个性原因，不能代表古代朝鲜国内当时的文学发展水平。崔致远毕竟在中国待了 16 年，前半期在长安洛阳求学，后半期则先后在溧水，淮南北官。他的汉文学水平是朝鲜国内文人所无法企及的。所以在本书中并不把其创作的《崔致远》看作朝鲜汉文小说的嚆矢之作。

《新罗殊异传》中所收《心火烧塔》《首插石楠》《金现感虎》《仙女红袋》等作品感情浓烈，充满生活气息，体现了朝鲜小说已有世俗化的倾向。《首插石楠》中首次出现了离魂情节。高丽时期出现了大量的带有史传色彩的人物传记，如金富轼《三国史记》中的《金庾信传》（描写名将一生）、《都弥传》（描写平民夫妻的爱情和节操），更有很多关于文人学士的传记，如《崔致远传》《金生传》《剑君传》等，在人物塑造上进一步摸索经验，刻画愈发传神生动。

在《三国史记》《三国遗事》等史传文学史书中，描写历史人物一生经历的作品为传记。如在《三国史记》中的温达、都弥、薛氏女、金庾信等人物传记，具有鲜明的形象性和完整的故事情节，既具有很高的审美价值，同时又具有较强的文学性。《温达传》是典型代表，小说结尾写道：

---

① 参见赵润济《韩国文学史》，张瑰琁译，社会科学文献出版社 1998 年版。

（温达）为流矢所中，路而死。欲葬，枢不肯动。公主来，抚棺曰：死生决矣，于乎归矣。遂举而窆，大王闻之悲痛。①

这种虚实结合，既充满传奇性，又富于现实性的叙事特征，除了"人神恋"和"人兽恋"的模式，在小说中，公主抚棺的"人鬼之恋"情节，则为小说最为精彩之笔，它把温达与平冈公主之间美丽真挚的爱情推向了极致，是东方早期大学中鲜见的超凡脱俗的恋爱。就文本意义而言，它已由"怪异奇幻"的民间故事前进了一步，在质的方面实现了相当程度的小说化叙事，这一新的模式被后期的汉文小说创作持续继承下来。

高丽中期的《调信传》《善律还生》和《金现感虎》等，尽管都侧重于"梦幻"描写，但却都不离开现实。《调信传》所描写的调信与金氏在梦境中所经历的诸如"大儿十五岁忽馁死、十岁女儿巡乞，乃为里獒所噬"② 等人生苦难，实际上是新罗末期广大人民群众生活的真实写照。《金现感虎》虽然充满浪漫主义、象征主义的色彩，但实意在于揭露统一新罗时代中期以来，身份等级制度矛盾日益尖锐的社会问题。《善律还生》在很短的篇幅内最大限度地描写了所谓的地狱，使整部作品披上了佛教的神秘外衣。然而，文末赞诗中的最后两句"爷娘若问儿安否，为我催还一亩田"③ 极具人间情态，这时的叙事文学创作已经趋于成熟。

就叙事文体而言，史传文学传统对东方小说的影响，主要在于其"拟纪传体"，包括纪传式的标题"某某传"，纪传式的开头"某时某地有某人"以及史书论赞式的结尾等。这样的"拟纪传体"的小说，述事似乎有根有据，使读者信以为真，读者也以读史的眼光来看小说，因此"真实"成为对小说的一种高度评价。一些史家观念和诸子思想就成为史学视界批评的观念源头：历史书写开启的叙事要合乎礼义规范、不违道义的向度，使人们从弘扬大道、有益人伦、裨益教化的角度去批评小说；历史书写开启的叙事要事记其实、崇尚实录的向度，使人们从推崇实录纪实、反对虚构虚妄的角度去审视小说。

①　［韩］一然：《三国遗事》第三卷，李丙焘译，广曹出版社 1981 年版，第 119 页。
②　同上。
③　同上。

我们不妨换一个角度，以新历史主义理论为基础，来分析一下《三国史记》《三国遗事》中包含小说因素的必然性。新历史主义认为历史与小说一样，都以叙事为主要任务，只要是叙事，就必然存在想象虚构。

新历史主义代表人物海登·怀特在《作为文学虚构的历史文本》中说：

> 没有任何一套随意记录下来的历史事件本身就可以构成一个故事，它们最多只能为历史家提供故事的元素。历史家将事件编制为故事时，对某些事件加以压抑或使之沦为次要，对某些事件加以凸显，而其所使用的方法则为人物描写、主题重复、语气与观点的变化、不同的描述策略，等等总之，都是平常我们认为小说家或戏剧家在编造情节时才会使用的方法。①

历史叙述中总有情节，也就是说，历史叙述与小说叙述一样，存在一个由"底本——真实的历史——进行加工、调节、选择、删略"这样的过程，最后形成的是符合作者的道德价值与文化意识形态的一个情节。

王靖宇先生说：

> 历史和小说之间之所以有如此密切的联系，主要是因为二者都是以叙述为文体特征，而既然有叙述，就难免会牵涉情节安排、人物描写、观点运用，等等。小说里的叙事固然如此，历史里的叙述也不能例外。②

历史学家的最终目的，绝不只限于对历史事件作流水账式的简单罗列，其著书的目的在于探究事件发生的来龙去脉，在众多孤立事件之间建立起某种联系，以便从中吸取经验教训，示鉴未来。像劝善惩恶、总结朝代兴亡、资治佐政，等等，都是历代史家著史的宗旨。所以说，"历史著作与虚构故事之间，只是一种程度上的区分，而不是种类上的区分"。这也就是西方著名史学评论家海登·怀特所谓的"情节的编造"。而历史学

---

① 转引自张京媛《新历史主义与文学批评》，北京大学出版社 1993 年版，第 165 页。
② 王靖宇：《中国早期叙事文研究》，上海古籍出版社 2003 年版。

家在编造情节时，往往如小说家一样，所考虑的是叙事的合理性与完整性，因此结果就不一定和事实完全相符。新历史主义强调历史与小说在叙事上的贯通，这与钱钟书先生所说的"'正史稗史之意匠经营，同贯共规'，须'泯町畦而通骑驿'"① 实际上表达的是一个意思。

从这个意义上说，《三国史记》《三国遗事》的再创作性质也可以得到合理解释。《三国史记》《三国遗事》中记载的许多含有虚构想象成分的传闻，就是最好的证明。

徐居正在其《东文选》中，对朝鲜传记体文学的创作有所说明：

> 记载事迹以传于后世也，自司马迁选作史记，创为列传，以纪一人之始终，而后世史家卒莫能易。嗣是山林里巷，或有隐德而弗彰，或有细人可法，则皆为之作传，以传其事，以寓其意也，驰骋文墨者，闲以滑稽之术杂焉，皆传体也。故今辨而列之，其品有四：一曰史传；二曰家传；三曰托传；四曰假传，使作有考焉。②

史传的异常繁富，遂使叙事经验最早在史传中得以积累，它也自然成为朝鲜叙事文学的渊薮，并为朝鲜汉文小说文体的最终生成，提供了可资仿效的叙述模式。所以在这个意义上，《三国史记》《三国遗事》中的再创作，使其中许多情节表现出明显的小说化特征。

三　稗说体散文素材与记事不合史法的小说化

明朝的绿天馆主人曾说："史统散而小说兴。"③ 朝鲜的史传文学本身未能给小说提供充分的虚构叙事的营养，朝鲜小说要独立自主的壮大发展，还要从其他早出文体中汲取更多"虚"的成分，以实现文学叙事化更快地向小说靠拢。这种营养主要不是来自史传，而更多地来自稗说。

稗说在古代朝鲜汉文学史很长的历史时期内，处于主流文化以外的边缘，一直是史学的补充和附庸，是与儒家的治国安邦之"大道"相对立的浅薄琐语。正如朝鲜稗说体作品集的种种名称，所谓的"杂记""漫

---

① 钱钟书：《管锥篇》第一册，中华书局1939年版，第347页。
② 参见［韩］徐居正《东文选》，首尔太学社1975年版。
③ 冯梦龙：《古今小说》"序"，江苏古籍出版社1993年版，第19页。

录""琐话""闲话""解颐"等，亦然反映出文人士大夫对待这些作品的态度以及这些作品在他们心目中的地位。

尽管如此，稗说在从口碑文学到记录文学、从说话文学到小说文体的出现，在这一漫长的叙事化过程中，淋漓尽致地发挥了其过渡的作用。它是一种从诗话杂录到随笔评论，从说话文学到小说的具有双重性质的过渡文学形态。这种文体不但是反映朝鲜新罗、高丽和朝鲜朝时期文化、历史、风俗等多方面的活化石，更蕴含着丰富的中国文化元素，并与中国的稗官文学有着一定的渊源关系。

但在很长的历史时期内，朝鲜稗说一直是史学的补充和附庸，是与儒家的"稗说体散文"不同的特殊的文学样式，它出现在新罗时代，兴盛于朝鲜朝时期。它不像中国传统的诗话那样属纯粹的文学批评著作，而更类似于笔记、野史、稗说，所以称之为"稗说体"。朝鲜稗说始于高丽末期李齐贤的《栎翁稗说》，此后李仁老的《破闲集》、李奎报的《白云小说》、崔滋的《补闲集》、朝鲜朝时期徐居正的《太平闲话滑稽传》、姜希孟的《村谈解颐》、成俔的《慵斋丛话》、鱼叔权的《稗官杂记》和柳梦寅的《於于野谈》等。

从朝鲜稗说文学的序跋中，可以看出，15世纪末期的"勋旧派"文人和"士林派"文人出现了"无补于世""文以自娱""著书垂世"等不同的创作态度。从以前的重经、重文转变为经术、文艺、政事兼顾。他们的治学与兴趣广泛，稗说体文学恰恰迎合了这一时期朝鲜士大夫文人对博学的追求。他们在社会上是承担责任的知识分子，为天下苍生谋福奔命；但回到个人的日常生活中，则拥有充满雅趣、享受闲情的私人生活。如此的双重身份，使他们对"文"具有矛盾的态度。他们虽然强调"文以载道"的一面，但无法忽视"以文为戏"的另一面。因此，他们一边写"文章"（诗词），一边写"杂说"（稗说），把责任与娱乐协调在一起，并行不悖，这一点反映了以稗说为"自娱"手段的朝鲜士大夫的创作心理和意图。

这些文人、士大夫与当时世俗社会中的道士、僧侣、医生、术士、画工、工匠之间也都有交流，如此广泛的社交活动，必然导致稗说受民间文学素材的滋养，尤其是稗说内容当中有很多来自"间巷之言""田峻之语""田夫樵史""田夫野老之言""野人畸士"等。稗说是"枯以为进戏"，不是经意之作，其写作意识都自学疏远于道德文章，创作态度也以自娱为主。大多数稗说作品在命名上就表明自己所作为杂、野、琐、闲、漫、稗、随等，是不经意之作。

朝鲜稗说的序跋文，有时虽然表明补史的意图，但其中仍充满了传闻、怪异等满足好奇心的内容，谐谑、滑稽的宴席之谈以及随意的议论，作者畅所欲言地写出自己想写的，这些内容反映稗说对闲谈的难以割舍的兴趣与爱好。但文人不再追求架空的理想世界，而是把目光更多地转向现实社会。稗说多有作者自己的见解、感受和议论，记载琐碎的日常生活情趣。稗说往往表露出作者的感情、观点，作者时常强调写作稗说是为了"破闲"，但稗说更多的是表达士大夫对理想人格的追求。稗说内容广泛，不再局限于奇事异闻、街谈巷议，更多地去有意识地搜集、记述各种内容，社会生活、朝野轶事、礼仪风俗以及草木虫鱼、人间鬼蜮，无所不包，其杂俎性可谓壮观。

朝鲜朝以前稗说多以记载国家大事、王朝大臣、著名人士为主，并没有大多数百姓的位置。到朝鲜朝时，稗说除记载文人生活圈内的人事以外，开始增多关于对普通百姓日常生活的记录。这反映了士大夫文人在看待周围、现实的视角上有所变化，也说明叙事文学发展到了一个新阶段，开始关注平常之人、平常之事。

徐居正在《笔苑杂记》中说：

> 盖法欧阳文忠归田录，又取国老闲谈东轩杂录而为之。①

成伣在《慵斋丛话》中说：

> 自汉以来记事之家非一，而皆记朝廷所无之事以资闻见之博……我国名为儒者亦非一家，徒知词藻之为文而不知著书垂范。唯李仁老、崔滋、齐贤著破闲补闲稗说等书，然唯录诗话而不能广记时事，可笑也已。②

---

① ［韩］徐居正：《笔苑杂记》，《徐四佳全集》，韩国民族文化促进会 1980 年版，第 717 页。
② ［韩］成伣：《慵斋丛话》，《虚白堂先生集》，《韩国文集丛刊》第十四卷，韩国民族文化促进会 1988 年版，第 474 页。

　　徐居正是第一个有意识地把诗话和"杂记"分开著述的文人。他的《东人诗话》是朝鲜第一本诗话集，而《笔苑杂记》和《太平闲话滑稽传》，则分别为专门的随笔集和笑话集。《笔苑杂记》主要记述了朝鲜历代君王的丰功伟绩和相关的趣闻逸事，还有朝廷大臣的文章、言行、道德、政治以及民间风俗中有利于教化的内容。《太平闲话滑稽传》则收录了自高丽末期至朝鲜朝初期流传于民间的滑稽故事。故事中出现的人物，不限性别和年龄，贪官污吏、"两班"、常民、僧侣等社会各阶层人物都包括在内。之后姜希孟的《村谈解颐》和李陆的《青坡剧谈》也收录了许多民间流传的诙谐、滑稽故事。比如对智慧的夸赞，对愚昧的鞭挞等。成伣的《慵斋丛话》堪称是朝鲜朝时稗说文学的精华。它收有各种杂文390多篇，记述了从高丽王朝以来流传的文话、书话、画话、史话、诗话、人物评论，以及音乐、地理、风俗、文物、岁时记、科举、佛教、俳谐、格言、传说等内容。它的特点是，尽量对朝鲜的民风民俗、人情世态进行生动的描述。其中嘲讽官吏和贵族、反对外来侵略、反映青年男女爱情的故事以及论述具有较高的叙事文学的思想意义。

　　朝鲜读者们有意识或无意识地模仿中国稗官小说的创作，在当时已成为一种时尚，而这种弥久的文学风尚，在朝鲜的本土化过程中浑然不觉地有了自己的特色，形成了杂糅着朝鲜汉诗中的诗句，记载着大量的逸闻趣事、故事传说，间或有作者的评论，而且涉及历史、文化、政治、地理等多方面的朝鲜稗说体散文。

　　今天，这种文体已是一块蕴藏丰富史料和叙事文学材料的珍贵文献。因为，新罗和高丽的许多诗人、诗作，就是借此才得以流传下来的；许多轶事掌故、文化习俗，也是赖此而有据可查。稗说体作品中的有些志怪、传说及笑话，其故事性较强，勾勒人物也较为生动逼真，对此后小说的产生和发展产生了巨大影响。

　　实际上，在自金时习的《金鳌新话》以来的汉文短篇小说中，有很大一部分是从笔记中分流而出的。鱼叔权在谈到朝鲜朝初期汉文小说创作时曾说：

　　　　东国少小说……我朝姜希颜的《养花小录》、徐居正的《太平闲话》、姜希孟的《村谈解颐》、金时习的《金鳌新话》、李陆的《青坡剧谈》……行于世。①

可见，当时的文人把《金鳌新话》与当时的稗说等量齐观，这固然可以归咎于鱼叔权模糊的小说观，但事实上在鱼叔权看来，两者之间的界限并不是很分明，这说明当时稗说的发展已经接近小说叙事。

四　假传及叙事记言的寓意化

高丽假传是朝鲜小说文体产生前的最后准备，在朝鲜小说发展史上起着承上启下的作用，它不仅对后世朝鲜叙事文学的发展影响深刻，而且它启发影响了朝鲜文人小说观念的形成。高丽时期，小说文体尚未成熟，朝鲜叙事文学尚处于所谓"稗说文学"的发展阶段，影响尚未形成气候，朝鲜文坛还未形成清晰的小说观念。但是随着大量中国志怪、传奇作品的输入，高丽假传作品陆续创作产生，文人们开始逐渐认识到所谓"稗说"，也即带有小说性质的文章具有使读者放松、消遣、娱乐作用的功能。

李奎报将假传视为"嘲戏之作"，而崔滋在《补闲集》中所说其可"资笑语……游焉息焉，有所纵也"②的观点，都从审美娱乐功能的角度肯定了假传等所谓叙事文学的价值。不仅如此，他们还看到了假传具有史传"镜人""龟鉴"的作用。崔滋说，其文中"有鉴戒存乎数字中"，而李奎报则盛赞进行假传创作的李允甫"真良史才也"。在朝鲜朝时期，文人们在此基础上，更加从"托物寓意""托讽"当中认识到假传的文体价值，这也是朝鲜朝大量假传产生的一个因素。

统一新罗时期，叙事文体进一步发展多样，出现了寓言、假传体叙事文学，里面富含了大量的小说因素，某些作品已经完全成熟。高丽假传这个文体生成之时，恰逢当时高丽朝社会发生武臣政变、武人专政的混乱时期，特殊的政治文化土壤，促成了高丽文人采用假传这种寓言形式进行文学创作。

中国学者李时人教授在评价朝鲜的假传时说：

---

① ［韩］鱼叔权：《稗官杂记》第四卷，亚细亚文化社 1981 年版，第 187 页。
② ［韩］崔滋：《补闲集》卷下，《高丽诗话选》，韩国民族文化促进会 1988 年版，第 186 页。

　　古代朝鲜半岛的汉文"假传"是在学习、借鉴中国文学、中国文化基础上形成的一种独特文体，尽管其基本上仍然属于"寓言"，但已经突破了寓言的文体框架，更多地借用了"史传"的形式和表现出"小说化"的倾向，成为以虚构情节、塑造人物为手段，以揭示寓意为目的的一种文学体裁。①

　　假传在题材上善于以动物、植物乃至抽象的理念为对象，以情感和寓意表达质朴率真，在精神上也极富朝鲜民族特征，凝聚着古代朝鲜民族的思想文化和精神心理。据现存资料记载，最早创作假传体小说的高丽作家林椿，就生活于仁宗与毅宗朝初期，林椿虽颇负文名，却屡试不第，只得寄情山水，将自己的抱负与政治理想寄托于小说《麴醇传》和《孔方传》中。再如李奎报多年宦海浮沉，屡遭贬斥、流放，晚年才得重任，其假传体小说《麴先生传》和《清江使者玄夫传》也是其有所寄寓之作。可以说，高丽后期的社会政治动乱为文人的假传体小说创作起到了客观上的推动与促进作用。

　　高丽中后期假传出现了以"拟人化"笔法为"物"立传，带有寓言、史传性质的叙事散文文体。和史书人物传记一样，一般先介绍传主的籍贯、名号、出身，然后是生平事迹，篇末还有对传主的评价，常用"史臣曰"这种口吻。假传者，假借、假托之传记，也就是为"拟人化"的事物作传。

　　假传这种文学形式源于中国的假传文学，在宋朝就有类似作品，如韩愈《毛颖传》，以拟人的方式为毛笔立传；苏轼的《黄甘陆吉传》，以黄甘和陆吉两位隐士分别代表柑与橘；秦观的《清河先生传》一笔两写，实为"酒"立传。对高丽的假传以"酒"为主题的《麴醇传》《麴先生传》等有直接影响；还有张耒的《竹夫人传》，因"竹夫人"之名而顺势将其拟人化，高丽李穀也有同名作品。

　　朝鲜的假传采用"一人一代记"的传记模式，在文体上既具有寄托性、讽刺性的寓言特征；同时又秉承了史传的"直书"与"隐笔"，寓褒贬讥刺于叙事中。虽然目前存世的高丽假传仅有作品不足十篇，但这些作

---

　　①　李时人、聂付生：《中国古代小说与朝鲜半岛古代小说的渊源发展》，《上海师范大学学报》（哲学社会科学版）2009 年第 1 期。

品从关心国计民生的角度出发，在思想上，敢于对当时黑暗腐败的朝政、社会上存在的丑陋现象进行大胆地讽刺与批判；在艺术上，具有驰骋想象、构思巧妙、寓意深刻的独特魅力，并且对朝鲜朝的叙事文学，特别是小说艺术的发展起到了承上启下的重要作用。它上有传承，其后更是沿着自己的轨迹发展，它既在朝鲜古代小说中独树一帜，最终形成了假传体寓言小说；又对朝鲜朝各种类型的小说产生了不同程度的影响和辐射。应该说，假传是朝鲜叙事文学诸种类型中，发展得最为充分，最为成功的一种。

朝鲜朝假传名作《花史》的跋文说："夫寓言托物，古人多用其体者……全以无情之物，托有情之事。"作品以"花之王国"三个王朝四代君王的荣盛衰亡，呈现了朝鲜封建王朝的社会现实，寄寓了作者的政治理想以及对朝鲜封建社会种种弊端的批判。托讽则是在此基础上对假传文体向小说文体转变的价值更深入的认识。这些作品篇篇皆有新意，虽然作家大都将故事发生的背景设置在中国，但是这些作品反映的思想内容均与朝鲜本国、本朝事紧密相连，展现了高丽朝中后期的时代风潮和思想变化。这些作品紧紧围绕所拟写事物的特征，通过为其立传，在字里行间蕴含了丰富的文化内涵。《麹醇传》《麹先生传》对酒文化、酒政的阐释；《孔方传》对货币经济政策演变的思考；《楮生传》对纸张在政治文化中所起作用的理解；《竹尊者传》《竹夫人传》《丁侍者传》对修竹文化的独特诠释；《清江使者玄夫传》对卜筮文化的追溯；等等。

高丽假传体文学采用的拟人化的艺术创作和人物形象塑造，为后期的小说文学提供了借鉴。其塑造人物、推进情节，使拟人化的人物活灵活现于时代历史的舞台之上，并且使没有生命的物具有了人的七情六欲、喜怒哀乐，将拟人化的艺术发挥到了极致。

这些形象虽是器物的拟人，但仍然来自现实生活，具有一定个性，是当时社会中某类人的象征，带有若干典型意义，同时也渗透、承载着作者的思想感情。这些都使得高丽朝假传在朝鲜从叙事文学向小说化发展的道路上迈进了一大步。高丽朝假传是在中国传奇文学、传记文学、唐宋假传体文学等相关文学艺术形式影响的基础上，在其本国悠久的寓言传统和勃兴的传记文学背景下孕育而生。它直接影响了朝鲜朝具有小说意义的汉文小说创作的产生，在朝鲜古代叙事文学发展史上起着承前启后的重要作用。

第三章

朝鲜古代汉文小说文体的历时性变迁

　　文学并非偶然创生的艺术样式，而是与漫长的人类社会的生产实践、形态发展相联系的。总结前述，朝鲜古代汉文小说文体的形成大致经历了新罗末高丽初，这一时期出现的"殊异传体"就是在唐传奇的影响下产生的传奇叙事，如《崔致远》《双女坟》《首插石楠》等。高丽后期，产生了新的叙事文学形式拟人传记体，它也是受到唐宋假传影响而出现的。代表性作品有林椿的《麴醇传》《孔方传》和李奎报的《麴先生传》《清江使者玄夫传》等。这一时期还出现了稗说体散文形式，它与中国的笔记小说很相似，其代表性作品集有李仁老的《破闲集》、崔滋的《补闲集》、李齐贤的《栎翁稗说》等。然而直到高丽末，朝鲜汉文小说还一直停留在"搜奇记异"的水准。直到15世纪后期，具有真正文体意义上的朝鲜小说才真正独立，出现了朝鲜传奇小说的嚆矢之作《金鳌新话》。

第一节　作意好奇：传奇小说作为文体的独立

　　朝鲜的传奇小说历经演变，是一种"传录奇闻"的文体，是参照了中国唐传奇的体式特征，把具有传奇要素的叙事文学作品统称为传奇小说。朝鲜的传奇小说自15世纪产生，一直到17世纪末消亡，其最大贡献在于它标志着小说文体的真正独立。

　　小说史上的"传奇"，在中国一般作为唐人文言小说的专称，我们借此则泛指朝鲜以志怪志异、婚姻爱情、英雄经历、人情世态为主题，记录"奇人异事"的文言汉文小说。朝鲜的传奇小说杂糅并发展了笔记和假传两种叙事文学的特点，多表现为"奇人异事"，"不仅包含超现实的怪异之事，也包含了现实生活中形形色色的怪异之事。"① 传奇之"奇异"是与正史之"正"相对而言。在正史中，一切无关大体（即无关于天下兴亡）的人、事都应被排除在外，而传奇则聚焦于无关大体的浪漫人生，在素材的选择上，传奇更多地接近人们的现实生活。

"一种文学样式的兴盛，有其文体内在的依据，也有外在的社会条件。"② 而所谓"外在的社会条件"对文学样式的影响，是应该以影响作者的文学观念为中介的。

朝鲜的好"奇"传统由来已久，其对传奇的喜爱早已有之。如出自中国唐朝张鷟之手的传奇作品《游仙窟》，在传入朝鲜之后便受到当时新罗人的欢迎。

> 鷟下笔敏速，著述尤多，言颇诙谐。是时天下之名，无贤不肖，皆记诵其文……新罗、日本东夷诸蕃，尤重其文，每遣使入朝，必重出金以购其文，其才名远播如此。③

受《游仙窟》影响所作的传奇作品《仙女红袋》，在艺术上已趋于精炼成熟。《仙女红袋》故事讲述模式也是书生遇仙、人神遇合。一如中国传统的刘晨、阮肇天台遇仙的模式。《仙女红袋》的作者是新罗（今朝鲜）文人崔致远，少时来到中国（唐朝时）求学，于乾符元年中进士，曾为当时宣州府溧水县尉。高淳县和溧水县（现属南京市）属宣州府署辖。崔致远在《仙女红袋》中所提到的双女坟就在今高淳县境内。作者将男主人公视为第三人称的方式，描述了一个情感动人的故事：崔致远在此任上时，来花山游玩，得知当地有古迹双女冢一座，傍晚时分就来凭吊，晚风清新，惜玉之情油然而生，现场赋诗，戏邀双女深夜于下榻的驿馆相会。当晚在驿馆，崔致远梦中忽见有仙女飘然而至，带来两只红袋，内装和诗两首，诗中悲切凄楚，诉说命运不公。两仙女一名为紫裙，一名为红袖，是同胞姐妹，乃宣州府开化城（今高淳顾陇乡）张姓富家女，幼亲笔砚，貌美才情，其父将二人许于当地一盐商之子，二女抗婚，遂抑

---

① 李剑国：《唐五代志怪传奇徐录》，《中国小说研究会报》第 26 号。
② 董乃斌：《中国古代小说的文体独立》，中国社会科学出版社 1996 年版，第 106 页。
③ 参见《旧唐书》，《张荐传》第一四九卷。

郁而死，唐天宝年合葬于此。崔听罢感慨万端，惆怅不已，摆出美酒佳肴邀二女共饮，席间诗来词往，两仙女遂与崔致远互相钦慕，浓情蜜意，男欢女爱，与仙女百般妩媚滋润，共浴爱河，结成连理。翌晨，崔致远醒来后，遂再次前往墓前追忆梦事，把这次阴阳情欲相恋之事写成《仙女红袋》，该文被收入《新罗殊异传》。

该传奇以第三人称形式描写崔致远与两个女子的鬼魂相遇、赋诗、爱慕、合卺以及梦醒之后的惆怅满怀，整部作品构思精巧，以四六骈文为主，并附有可圈可点的长诗，是朝鲜传奇文学的首次华丽现身。虽然新罗所见的成熟传奇不多，不比蔚为大观的唐传奇，但朝鲜传奇小说的起步并未落后。《仙女红袋》的出现与传记着重于记叙事件不同，主要着眼于托物以寓意。一件事、一个人，无论真实也好还是虚构出来的也好，都可借以表达情思，抒发议论，因此对于传奇小说事件是否真实这一问题是可以搁置的。

正如陈文新在《中国文言小说流派研究》一书中所引用评论：

> 好事者第以近事相闻，远不出百年，近止在数载，襞积于中，日新月异，盛习气所溺欲罢不能，乃援笔为文以纪之。[1]

作者在创作中只要达到述奇记异的目的就足够了，"其事之有无不必论"。

朝鲜朝中期传奇小说的进步、小说观念的进化，在总体上受到文学美学思想的影响。这表现在小说总体美学精神和形式美学上，具备了以诗为主体的叙事文学美学的基本特征。朝鲜朝时期受到中国唐代诗学传统的影响，受孔颖达"诗歌的抒情特质"的启迪，把情与志统一到一起，作者自觉地以抒情性为旨归，在叙述流程中展现主观情感世界，正如洪迈在评价"传奇小说"时所说：

> 小小情事，凄惋欲绝，洵有神遇而不自知者，与诗律可称一代之奇……大率唐人多工诗，虽小说戏剧，鬼物假托，莫不宛转有思致，

---

[1] 　陈文新：《中国文言小说流派研究》，武汉大学出版社 1993 年版，第 3 页。

不必颛门名家而后可称也。①

洪迈将传奇小说视为独立的一体，是建立在他对这种文体"小小情事，凄惋欲绝，洵有神遇而不可知"的认识基础之上。

夫传奇之作也，骚人韵士以锦绣之心，风雷之笔，涵天地于掌中，舒造化于指下，无者造之而使有，有者化之而使无。不唯不必有其事，亦竟不必有其人，所谓空中之楼阁，海外之三山，倏有无，令阅者惊风云之变态而已耳。②

凡变异之谈……然多是传录舛讹，未必尽幻设语。至唐人乃作意好奇，假小说以寄笔端。③

传奇者流，源盖出于志怪，然施之藻绘，扩其波澜，故所成就乃特异，其间虽亦或托讽喻以纾牢然，谈祸福以寓惩劝，而大归则究文采与意想，与昔之传鬼神明因果而外无他意者，甚异其趣矣。④

传奇小说在艺术上也体现了很高的要求，不仅"叙述婉转，文辞华绝"，而且意想丰富。传奇具有"尽设幻语""作意好奇"的虚构色彩；还有"无奇不传""无传不奇"的情节化取向，更有"游戏成文聊寓言"的寓言意蕴。⑤

古人对于小说"尚奇"的意义追寻与诠释，是不遗余力的。这表明他们并不赞成小说纯粹的审美性，而是强调小说审美功能与教化功能相结合。这种对意义的执着既受到儒家尚用文艺思想的影响，也反映出小说文体生存的尴尬状况。小说要获得存在的合法性，必须依附于圣人定下的文艺标准，"尚奇"的同时也要归于"义正"。正是基于此，对于"奇寓劝惩"的小说与纯粹荒诞不经的小说进行了区别。小说之奇寓劝惩不同于

① 参见《四库全书》本《容斋随笔》第十五卷。
② 参见（清）黄越《第九才子书平鬼传》"序"。
③ 参见（明）胡应麟《二友辍遗》。
④ 鲁迅：《中国小说史略》，百花文艺出版社 2002 年版，第 46—47 页。
⑤ 张文东、王东：《浪漫传统与现实想象》，中国社会科学出版社 2007 年版，第 22—23 页。

正寓劝惩，前者的艺术效果远胜于后者。

明代凌云翰《剪灯新话》"序"讲道：

> 　　是编虽稗官之流，而劝善惩恶，动存鉴戒，不可谓无补于世。矧
> 夫造意之奇，措辞之妙，粲然自成一家言，读之使人喜而手舞足蹈，
> 悲而掩卷堕泪者，盖亦有之。自非好古博雅，工于文而审于事，曷能
> 臻此哉！①

在儒家"尚用"文艺观的笼罩下，对于小说"尚奇"的审美娱乐意义的阐发，有一个转变过程。明代李祯在《剪灯余话》"序"中谈及他创作《剪灯余话》，开始"以其成于羁旅，出于记忆，无书籍质证，虑多牴牾，不敢示人"。② 朝鲜朝的传奇小说也正是在此认识基础上创作出现的，沿袭着《剪灯新话》《剪灯余话》，既有模仿也有创新。

金时习（1435—1493）仿照瞿佑的《剪灯新话》创作的《金鳌新话》即是一组开创性作品。《李生窥墙传》《万福寺樗蒲记》《龙宫赴宴录》《南炎浮洲志》和《醉游浮碧亭记》五篇组成的《金鳌新话》颇似中国唐代的传奇、志怪，以人与神相交通来表现作者的情思、体现作品主题，其表现内容和方法都说明其时朝鲜汉文小说的发展已翻开了崭新的一页，为朝鲜汉文小说的开启开创了局面。

《金鳌新话》通过作者合理地将现实和"艺术的假想"世界联结在一起，是文人有意识地创作。传奇小说的创作是以作者的自觉意识为基础的。"无者造之而使有，有者化之而使无"，是作者有意识地设定一个假想的情景，以寄托自己的意图，也就是"作意好奇，假小说以寄笔端"，可以说是创造性地虚构世界。正像当有人质疑《剪灯余话》的真实性，说它："幽昧恍惚，君子所未信"时，王英等小说评论者也有意回避故事可信与否的问题，转而说：

> 　　经以载道，史以纪事，其他有诸子焉。托词比事，纷纷藉藉，著
> 为之书，又有百家之说焉。以志载古昔遗事，与时之丛谈、诙语、神

---

① 丁锡根：《中国历代小说序跋集》，人民文学出版社 1996 年版，第 600 页。
② 同上书，第 604 页。

怪之说，并传于世。是非得失，固有不同，然亦岂无所可取者哉！在审之而已。①

　　文体有各自的规范，传奇小说这种文体，只要记录某事、某人达到托物以寓意的目的，"有资于世事"，就可以与经史等其他文体一样并传于世。王英的言外之意就是传奇小说中记载事件的真实性与否，是不必花时间去考校和讨论的。

　　传奇通过作品的内在世界，反映眼中所见之经验世界，并通过带有作家主观意识的话语，表达自己对世界的认识。对小说作者来说他们创作的根本目的不是讲述故事而是"托物以寓意"。朝鲜文人正是借传奇小说将仕途、功业化为南柯一梦，而将正史所忽略的士大夫的爱情婚姻、人生如梦的感喟，进行了浓墨重彩的渲染。实际上，在朝鲜传奇小说中，就是作者借小说深刻反映现实矛盾和作家社会理想的小说样式的。在作家意识方面，传奇小说表现的是现实性和历史性的结合。朝鲜的传奇小说"常常通过对作品的虚构，尝试表达自己'对现实的不满'或'改造现实的理想'"。②

　　依田百川（学海）称道金时习在"言鬼说怪"之中"洞悉人情"：

　　　　余读朝鲜人申叔舟《海东诸国记》、李退溪《经义录》诸书，叹服其学问渊博，才识超凡，殆与唐宋诸贤对立无愧色。从未知有丽情逸思、能洞悉人情如金时习《金鳌新话》者也。此篇盖拟明人瞿佑《剪灯新话》，而其才情飘逸、文气富赡、琦句瑰辞、璀璨如锦，有过之而无不及焉。

　　对《金鳌新话》的文辞之美，依田百川（学海）不免过誉，而蒲生重章的跋文言之较为准确：

　　　　如其《万福寺樗蒲记》《李生窥墙传》《南炎浮洲志》《龙宫赴宴录》诸篇，或情致缠绵，或感慨郁勃，或悲壮淋漓，或议论明快，

　　———————

①　陈文新：《中国文言小说流派研究》，武汉大学出版社1993年版，第117页。
②　参见［韩］张基槿《传奇小说及其发展》，《首尔大学论文集》第九集。

或豪怀肮脏，一读使人击节不已。但诸篇多唐初体，特乏圣贤正大之笔气矣。而独如《醉游浮碧亭记》一篇，其文则欧苏，而诗则老杜之忠愤，而许浑、刘禹锡之笔墨也。

《金鳌新话》同《剪灯新话》一样，具有文备众体的特点，其源于唐传奇自不待言，其中诗词多引传奇故事为典，其文则近于宋代古文易晓畅的风格。

朝鲜传奇小说反映出来的叙事实践，正如金宽雄教授所指出的那样："标志着朝鲜古代小说的成熟和文体的独立，《金鳌新话》是朝鲜文学史上第一部具有真正的短篇小说因素的传奇小说集。"[①] 反映到叙事上，则意味着"小说"已不再是由历史叙事话语来规定的一个概念，而是具有了自身特有的叙事属性，可以说是朝鲜古代文学文体叙事演进史上的一座里程碑。

应该说《金鳌新话》的传奇叙事成就对后期长篇小说的创作影响深远。有评论说，传奇小说的历史使命一直持续到 17 世纪，此后的小说创作，"依然沿袭着传奇的虚构手法，叙事委婉曲折、摇曳多姿，于引人入胜中完美收场"。

> 传奇小说充溢着改造现实的浪漫主义理想精神……试图表达对现实不满、怀有激昂理想的作家们，自然不会按现实原样描写，他们要根据理想安排故事。他们不描写现实存在的社会，而描写那些应该存在的世界……传奇作家为了诠释自己的理想，故意使用非现实的人物或奇迹。

> 现实是不可抗拒的，是无论如何都没有救济希望的，所以他们通过非现实的想象，进行自我救赎与解放。然而，传奇在批判现实方面，却又非常现实主义。批判，只有在认识到现实的残酷之时才能有批判，从真正的现实意识，即现实主义的角度看，传奇也是现实主义文学，由此我们完全可以说，传奇是融浪漫主义和现实主义于一体的

---

① 金宽雄：《韩国古小说史稿》，延边大学出版社 1998 年版，第 305 页。

文学样式。①

张学昕认为："一个作家所用的文体与形式，是作家与他所处的现实之间相互关系的一种隐喻或象征。"② 因此，文体与作家对世界、对现实、对自我的认识之间有着密切的联系，是作家对存在的整体理解和把握的想象性构建。

在朝鲜朝中期特定的社会环境下，传奇小说作者开始完全以文学性的叙事观念为旨归，即所谓的"始有意为小说"，进行小说文体的实践。朝鲜学者金光淳将朝鲜传奇小说的题材粗略地归纳为"神怪类"（神仙、鬼怪、妖怪）、"艳情类""寓意类"，意在既对题材加以分类，又同时揭示题材所蕴含的价值取向。传奇小说大多散见于各种文集中。《三国遗事》《三国史记》、徐居正的《太平闲话滑稽传》、成任的《太平通载》、成倪的《慵斋丛话》《浮休子谈论》、许筠的《惺所覆瓿稿》、柳梦寅的《於于野谈》、朴趾源的《热河日记》、金鑢的《藫庭丛书》、黄胤锡（朝鲜王朝英祖、正祖时期）的《颐斋先生遗稿》、李羲准（朝鲜王朝纯祖年间）的《溪西野谈》、作者不详的《鸡鸭漫录》《选谚篇》《东稗洛诵》《东厢纪纂》《记闻丛话》《奇观》《奇闻》《桥别集》《醒睡稗说》《秋斋纪异》《奇说》《海丛》《嘉林二稿》《逸士遗事》《里乡见闻录》《浣岩集》《东稗集》《壶山外史》《御（下加示）睡新话》《记闻拾遗》《秋斋集》《此山笔谈》《左溪哀谈》《东野汇辑》《青邱野谈》《破睡篇》《青野谈薮》《海东野书》（以上 31 本集子见林明德主编《韩国汉文小说全集》卷八和卷九）等都有数量不等的短篇小说。这类似于中国古代文人笔记。至于像崔致远的《新罗殊异传》、金时习的《金鳌新话》、申光汉的《企斋记异》等以纯粹的短篇小说组成的集子只是少数。

传奇小说题材丰富，涉及社会的各个方面。婚姻爱情、世情世态、英雄传奇故事是传奇小说表现的重点，其中又以爱情最引人注目。《新罗殊异传》中有《首插石楠》《心火烧塔》《虎愿》《仙女红袋》等，之后出现了《李生窥墙传》《醉游浮碧亭记》，16 世纪后期有《云英传》《崔陟传》《周生传》等叙述的都是一段段凄婉感人的爱情故事。围绕春香与李

---

① ［韩］张基槿：《传奇小说及其发展》，《首尔大学论文集》第九集。
② 张学昕：《当代小说文体的变化与发展》，《吉林大学社会科学学报》2004 年第 6 期。

梦龙之间的悲欢离合，就有柳振汉 1754 年作的《歌词春香歌二百句》，
睦台林写于 1804 年的《春香新说》，水山先生 1850 年作的《广寒楼记》，
尹达善（壶山居士）1852 年作的《广寒楼乐府》，吕奎亨作的《汉文演
本春香传》，李能和 1919 年作的《春梦录（汉诗春香歌）》等作品发表。
可见，文人对爱情题材的热衷。传奇小说的表现形式以短篇为主，中长篇
比较少见。上面所举文集里所载都是文言短篇，著名小说家金时习、朴趾
源、李钰等都是以创作短篇奠定其文学地位的。中长篇大致有《崔孤云
传》《洪吉童传》《洞仙记》等。这些作品大多以人物命名，如《英英
传》《崔孤云传》《柳渊传》《李泓传》等，也有以整齐七言或八言句式
为题者。林明德先生从《东野汇辑》《青邱野谈》《破睡篇》《海东野书》
《此山笔谈》等文集中收集了 48 篇，如《赤兔神将扫贼兵》《还狐裘新旧
合缘》《林将军山中遇绿林》《大人岛商客逃残命》等。

　　朝鲜的传奇小说可分为三个时期，即高丽时期、朝鲜前期、朝鲜后
期。比较有成就的主要有 15 世纪的《金鳌新话》，16 世纪的《企斋记
异》，17 世纪的《周生传》《崔陟传》《云英传》，18 世纪的《沈生传》
和《乌有兰传》等。①

第二节　史有文心：历史军谈小说②实录记事的消解

　　"一种文学样式的兴盛，有其文体内在的依据，也有其外在的社会条
件。"③而所谓"外在的社会条件"对文学样式的影响，是应该以影响作
者的文学观念为中介的。作为历史叙事与小说体叙事之间的过渡形态的历
史小说，在叙事观念上呈现历史与文学的双重特质。

　　历史，是对过去发生过的事件的记录与再现。同时，作为一种文本，

---

　　①　参见［韩］柳载根《韩国传奇小说史》，月印社 1999 年版。

　　②　金东旭先生在他的《韩国小说史》中将"军谈小说"分为两种情况：基本上有史实依
据的作品称为"历史军谈"，这类作品多出现在早期、中期及后期的作品，多没有史实根据，全
凭想象、虚构的战争作背景，称为"创作军谈"。这两类"军谈"，在主题思想、情节模式、人
物形象等方面，均有差异。韦旭升先生在他的著作《朝鲜文学史》中则将"创作军谈"名为
"军功小说"，而将"历史军谈"名为"讲史小说"。金东旭和韦旭升两位先生都将有战争史实根
据的小说与只以战争作背景的小说明显地区别开来，分类相似，命名不同。本书的"历史小说"
内容接近于金东旭先生所称的有史实依据的"历史军谈小说"。和中国古代小说中依据史实创作
的历史演义小说相同。见金东旭等编《韩国小说史》，现代文学出版社 1990 年版，第 282 页。

　　③　董乃武：《中国古代小说的文体独立》，中国社会科学出版社 1995 年版，第 106 页。

它又与一切其他的文本一样，是由历史学家编纂完成的，说到底，历史也是一种个人言说的文本。然而这种文本的特殊性在于它总是不可避免地体现着后人对逝去时代的态度与观点，这就注定了它不可能原封不动地复制和还原曾经发生的真实，历史学家所处时代的主流意识形态及其自身的价值观，在很大程度上决定了何种材料得以进入历史（文本），而何种材料必须从历史（文本）中剔除，从而极大地影响了历史的真实性与可信度，因此历史（文本）本身就是值得怀疑的。正如福柯所说：重要的不是话语讲述的年代，而是讲述话语的年代。历史成为体现所处时代主流意识形态的"当代史"。

虽然朝鲜汉文小说发展到历史小说的出现，基本标志着小说的文体独立发展，但是在朝鲜朝的"社会—历史"语境中，仍然存在着将小说从历史叙事的角度来予以定位的认识。无论是早期出现的历史军谈小说，还是已步入转型期各文体相互交错轨道的历史小说，"史论情结"始终左右着作家和评论家的审美视野，成为一条不成文的文体标准。历史小说属于野史稗乘，是流传最广影响最大的小说类型。小说家可以根据自己的政治理想、价值观念重新建构历史，总结历史兴亡的教训，抒发兴亡之悲。作者无论是否具有史官背景，都必然要使小说创作攀附历史叙事形态。以"传""记"或"录"命名的现象，就可以说是直接表明了对历史叙事体例的模仿。

作为古代范式性的叙事形态，历史叙事以儒家道德观念为旨归。正如章学诚先生所言："史之本原，本乎《春秋》，《春秋》之义，昭乎笔削，笔削之义，不仅事具始末，文成规矩已也。以夫子'义则窃取'之旨观之，固将纲纪天人，推明大道。"[①] 历史除了忠实记载之外，还须详人之所略，异人之所同，重人之所轻，而忽人之所谨，不拘泥既定历史标准、体例，而后方能独断于心，通古今变迁之大道，而成一家之言。从这一前提出发，作为古代主导性的叙事形态，历史叙事对所叙事件真实性的追求，最终指向，是要通过儒家道德观念确立"立法以垂教"，"劝善惩恶"的道德话语权威的立场。

朝鲜历史小说在一定程度上突破了历史叙事的文体规定，从一个"采事者"的立场出发，来进行叙事时序的操作，这样一来，在其作品

① 参见（宋）朱熹《朱子语类》第八十三卷。

中，作者就从"采事者"的角度，让人物作为"见证者"或"亲历者"，自行讲述其内容，以此营造出一种对事件的"征实"效果。这样的"过去时"的叙述内容，只有可能是以倒叙的形式展开。这种倒叙并非是像历史叙事形态那样，是不得已而为之的结果，也是历史小说的采录传闻性质的题中应有之义。正如杨义所指出："倒叙不仅是一个简单的时间顺序错综的问题，而是通过时间顺序的错综，表达某种内在的曲折感情，表达某种对世界的感觉形式，具有强烈的文学性意味。"那么，基于其叙事观念上的文学性特质，历史小说的作者也会利用基于"事件"的采录性质而产生的"亲历者"或"见证人"的倒叙来进行文学创作。"不是首先注意到一人一事的局部细描，而是在宏观操作中充满对历史、人生的透视感和预言感。"

朝鲜朝的历史小说的叙事者是基于承传历史叙事传统的真实性要求而设置的。尽管这种叙事者的叙述，通过作者在叙事流程中出面，从表面上证明了其真实性；也通过作者模仿历史叙事体例，在篇末发出的道德性的叙事声音，来使自己获得某种道德的意蕴。但是，基于文学性的叙事观念，作者这样的为靠拢历史叙事形态而进行的努力，最终在具体的叙事实践上被消解，只是作为一种并无实质意义的文体特征而存在，并不意味着其所设置的叙事者的叙事行为符合历史叙事的真实性要求，能够发出道德性的叙事声音。由此也就说明，历史小说的历史叙事特征，并不能制约其自身审美意蕴的表达，因此其叙事者在叙事流程中所凸显的，必然是文学性的本质内涵，带有作者内心的叙述意图。

朝鲜汉文历史小说中的军谈小说，是受中国《三国演义》《东周列国志》等历史演义小说的影响而形成的。它主要以军事为题材，表现朝鲜民族的英雄精神和民族感情。在题材选择上主要表现为三个方面：第一，以本民族的历史事件和历史人物为表现对象，如《泗溟堂传》《壬辰录》《甲辰录》《林庆业传》《郭再祐传》《金德龄传》《赵雄传》《苏大成传》《刘忠烈传》《越王传》《黄云传》《张风云传》《张国镇传》《张敬传》《杨丰传》《玄寿文传》《双珠奇缘传》《玉珠奇缘》等。这类题材以反映民族精神为宗旨，激励国人的爱国感情。如《壬辰录》对著名义将赵宪等奋杀倭寇的描写，场面壮烈，充分体现了军谈小说所表现出来的民族精神。在《林庆业传》中，将领林庆业在与胡国的对垒中，英勇善战，出生入死，成为偶像而被民间所崇拜。第二，在中国史料中寻觅素材，如

《帷幄龟鉴》谨依《汉书》，又作合理的虚构，如范增的死，在《汉书》中仅有"行未至彭城，疽发背死"简短介绍，但在该作中被扩为六百余字的篇幅，把范增穷途末路时的凄惨情景描摹如画，且运用演义的写法，诸如"且说""看官听说""花开两朵，各表一枝"等章回小说套语，采用夹叙夹议的表达方式和通俗化的语言，基本摆脱了史传文学的束缚而成为民众欣赏的军谈小说。第三，以中国的历史演义为蓝本重新结构故事，如纯为虚构的《汉唐遗事》，全书88回，叙李唐帝国纲纪紊乱，天下不宁，圣明起义建立南汉，经历数帝以后，又被青帝推翻，建立南唐。温圣起义，为汉报仇，改国号为大汉，天下重归太平。在结构上明显受《三国演义》影响，旨在陈述"合久必分，分久必合"的道理。

朝鲜历史小说创作的材料来源于史实，又不同于史实，因为历史小说创作者会以自己对历史事件的理解和认识，对纷繁的史料进行有意识的选择，融入自己的思想精神，从而反映一定的史学观念和思想价值观。作者有意将纷繁复杂的历史人物或历史事件通俗化、条理化、故事化和传奇化。这样，它们作为"小说"的艺术特性，也就随之突出、鲜明起来。

但是初期的朝鲜历史小说，在构筑文本时有一个潜在的文体模式：小说情节的铺衍，严格依赖于历史的实有进程；小说矛盾框架的确立，直接制约于社会矛盾的基本形态，以社会的本质矛盾来规范作品的艺术矛盾。所以朝鲜初期历史小说的素材，都是大家耳熟能详的，以发生过的实有战争为基础的素材，像《壬辰录》以历史上的"壬辰倭乱"为背景，《林庆业传》以"丙子胡乱"为背景等，所以又叫历史军谈小说。读者在阅读历史军谈小说作品的时候，可以将其与历史史实对照，进而评判其思想、艺术之得失。所以最初的汉文版历史军谈小说，大多是依据史实，虚构的成分相对要少得多。而根据汉文版二次翻作的朝鲜国文历史小说，其中虚构成分就多得多了。这其中的主要原因是当读者与小说家意见相左时，读者完全可以自己做个"历史小说家"，重新对已成型之小说进行"二次演义"，以达到符合读者自己思想价值体系之新的历史小说。比如通过《壬辰录》《林庆业传》等作品的汉文版本和朝鲜国文版本的比较就可清晰地看到再虚构基础上的二次创作。

所以，朝鲜历史小说与其他类型小说的不同之处，也在于这方面的区别。对于其他类型的小说，由于大多是小说家个人虚构的产物，读者对作者的虚构基本上是接受的，因为没有固定的依据，即使有依据对原作进行翻刻或改写，大多抑或是书贾为谋利而大肆删改，或是别有用心者之所为，而非读者依据史实修撰之后正当的二次创作。像朝鲜朝后期的《帷幄龟鉴》《薛仁贵传》等都是对历史小说的重构和再创作。

朝鲜历史军谈小说与史传的一个重要区别就在于，史传的记言、记事或记人，大多"文古"而"旨深"，只有通儒夙学、完全掌握汉文字的人士才能够读懂，故其即使有裨风教，范围也有限。与此相对，以史实为背景的历史小说，却文近（通俗）而义浅，"入耳而通其事，因事而悟其义，因义而兴乎感。不待研精覃思……是是非非，也然于心目之下"。①具有形象感人的特征，天下之人，都能读懂，"裨益风教，广且大焉"，故曰："羽翼信史而不违。"

> 史氏所志，事详而文古，义微而旨深，非通儒夙学，展卷间鲜不便思困睡。故好事者以俗近语，檃括成编，欲天下之人，入耳而通其事，因事而悟其义，因义而兴乎感，不待研精覃思，知正统必当扶，窃位必当诛，忠孝节义必当师，奸贪谀佞必当去，是是非非，了然于心目下，裨意风教，广且大焉，何病其赘也？②

16世纪末至17世纪中叶，朝鲜历史上处于多事之秋，连续发生了"壬辰倭乱"（1592—1598）、萨尔浒战役（1619）、"丁卯胡乱"（1627）、"丙子胡乱"（1636），对朝鲜的政治、经济、文化皆产生了重大的影响。战争结束后，朝鲜文人依据几次战争的史实创作了《壬辰录》《姜虏传》《林庆业传》《帷幄龟鉴》等历史军谈小说。而在壬辰、丙子战争前后，中国通俗小说大量传入朝鲜半岛，《三国演义》等中国历史演义小说的影响，加之战后民族情绪高涨等因素，于是一些朝鲜文人以中国历史演义小说为模本，以朝鲜本国或中国的历史为背景，进行历史小说创作。自肃宗至英祖，朝鲜汉文历史小说创作达到高潮。这些小说内容比较复杂，有的采录史料和文人笔记连缀成文，内容基本符合史实；有的以历史史实、历史人物为题材，在历史真实的基础上虚构情

---

① 黄霖、韩同文：《中国历代小说论著选》上篇，江西人民出版社2000年版，第115页。
② 参见（明）修髯子《古小说本集成》，影嘉靖本。

节。《壬辰录》开创了朝鲜历史小说之先河，依托于历史史实、以战争为叙事焦点，虚构故事或英雄人物。

这些小说对历史史实进行了一定程度的虚构，在思想上以儒家思想为主，表现了作者的历史观念，即明君贤臣的政治理想、个人英雄史观；同时又有新的社会思潮影响下的新因素、个体意识以及浓厚的民族意识。在艺术上主要借鉴以《三国演义》为主的中国通俗小说的创作方法，从叙事结构、叙述模式、人物描写、情节细节描写等方面，都可看出因袭的痕迹。但是朝鲜汉文历史小说在因袭借鉴的同时，又体现出自己的民族性特点，即小说在整体上透露出的独特的民族性格气质。主要表现在，浓厚的民族意识和强烈的民族自尊心、忧郁感伤的民族文化心理和浪漫抒情的宗教文化色彩。

同时他们又不约而同地"顺应时代发展的要求"，大大强化了其历史小说中的政治意义，从而使历史小说演绎成了政治话语的传声筒、意识形态的表演场。简单的二元对立、忠奸斗法、故事情节模式化、人物形象脸谱化、小说结构简单化都成了这一时期的显著特征。对于先期的历史军谈小说作品而言，"英雄"是一个无法回避的情结。这是一个产生英雄与向往英雄的时代，历来总是将关注的焦点放在王侯将相身上，且对于英雄形象的塑造常常是以典型化、正面颂扬的模式来完成，这就不可避免的导致了"高、大"式的人物形象的产生。而且这些描述都带有强烈的意识形态特征与宏大的历史叙事为背景的特征。

在历史军谈小说创作的过程中，英雄主题确实有一种很强势的话语权力，塑造的英雄形象大都具有高贵的品质、崇高的精神和完美的道德，或者去挖掘战争本身的政治内涵与主题意义。而随着历史小说的发展和演变，建立在意识形态基础上的历史观念逐渐被弱化，与之相关的一整套的历史表象体系和叙事策略也发生了根本的变动，到"壬辰倭乱"和"丙子胡乱"时期，先期英雄式的主题逐渐消解，英雄们逐渐走下神坛，继而是透过政治与历史，去直接透视战争本身，去展示人性与战争之间的激烈冲突，而且作品中增加了虚幻环节，如梦幻情节的引入，这就使作品还原了历史史实本身，被表现为残酷的厮杀与人性的毁灭。溢满浓重的血腥味，掩盖住了可能生长出的悲壮情怀和英雄气概，战争的残酷性彻底撕毁了人们旧有的"正义"或"非正义"的战争观念，战争的合理性在这里受到了质问，从而使小说的艺术表现力得到了大大的增强。显然在这里，主流的、强势的话语已经被抽窄了，取而代之的是一种具体的、个别的、独特的、未经选择和提炼的、原生的历史。

第三节　虚实参悟：梦游录小说叙事的演进

朝鲜古代汉文小说中所显示出的大量的梦幻内容与梦幻形式，使朝鲜古代汉文小说在内容上与梦结下了不解之缘，还在形式上形成了一种鲜明的梦幻叙事。在某种程度上，这种梦幻叙事消解了真与幻的区别，模糊了现实与梦境的界线，并使整部作品都弥漫着"梦即是真，真即是梦，曰真即真，曰梦即梦"虚实相渗的叙事。

"虚实相半，方为游戏三昧"（谢照渼）、"虚者实之，实者虚之"（李日华）、"不必尽真，亦不必尽赝"（冯梦龙），"事事皆虚则过于诞妄，而无以服考古之心，事事皆实则失于平庸，而无以动一时之听"。[1] 朝鲜朝的梦游录小说即"是假借梦境的一种虚构的文学形式，以梦为基本题材，通过梦游的形式表现作家思想和寓意的故事"[2]；"是朝鲜时代知识阶层的作家们利用寓言的修辞手法，将他们对现实的批判意识借助虚幻的梦境表现出来，以此吐露心怀，以梦铭志的一种特殊的文学形式"[3]。主人公认识世界、认识自我的过程，虽具有一定的循序渐进性，但梦醒后的顿悟具有关键性的意义。梦虽然是虚幻的，但梦境却与现实有着或多或少，或松或紧的联系，是现实人生的折射，是社会政治的体现。朝鲜梦游录小说是朝鲜汉文小说的主要类型之一，是朝鲜文人在借鉴继承中国梦游小说的基础上而创作的具有朝鲜政治文化特色的小说作品。中国古代梦游小说虽在《太平广记》中已单独成类，但在后世的小说中，以梦游命篇的小说并不太多。而在朝鲜汉文小说史上，以梦游命篇，且以单篇传世的梦游小说有二十余种，自成体系，无论是思想内容还是叙事方式，均在中国梦游小说的基础上有所突破。

梦游小说作为类属概念最早见于《太平广记》梦游类（卷 281—282）。朝鲜成任编纂《太平广记详解》，删繁就简，在卷二十五保留了梦

---

① 参见（清）钱彩《说岳全传》"序"。
② 参见［韩］申海镇《朝鲜中期梦游录的研究》，图书出版社 1978 年版。
③ 参见［韩］柳钟国《梦游录样式的构成原理》，《朝鲜言语文学》第四十四辑。

游这一类型，收录《樱桃青衣》《独孤遐叔》《沈亚之》《张生》四篇小说。《太平广记》中的"梦游"概念对于朝鲜梦游录小说创作是否产生直接影响，难以考证，但中国梦游类小说对于朝鲜文人的文学创作影响非常明显。在朝鲜文人文集中，有些诗文直接叙述中国的梦游故事或小说，有的诗文借用中国梦游故事的典故，这些中国梦游小说以多种形式影响了朝鲜文人的社会生活。

弗洛伊德在其自传中提到：

　　我把想象的领域，看成是为了提供一种替代物来代替现实生活中已被放弃的本能满足，唯乐原则向唯实原则痛苦地转变期间所产生的一块"保留地"。艺术家就像神经症患者一样，他退出无法得到满足的现实世界，进入一种想象的世界。但是，他又不同于神经症患者，他知道如何寻找一条回去的路径，并在现实中获得一个坚实的立足点。

　　艺术家的创造物——艺术作品——恰如梦一般，是无意识愿望在想象中的满足。艺术作品像梦一样，具有调和的性质，因为它们也不得不避免与压抑的力量发生任何公开的冲突。不过，艺术作品又不像梦中那些以自我为中心的自恋性的产物，因为艺术作品旨在引起他人的共鸣，唤起并满足他人相同的无意识的愿望冲动。[①]

我们可以把这段话，通俗地理解为以下内容，即弗洛伊德认为：艺术是人满足欲望、宣泄情感的"游戏"手段和结果，且不像儿童的游戏那样不加任何掩饰，而艺术要选择这种形式来表达，是基于"唯乐"原则在现实生活中的受挫，艺术家只有在艺术这一虚构的世界来实现自己的快乐。快乐对于艺术家而言就是欲望的满足，在虚构的世界他们可以肆意宣泄自己的愿望、尽情地满足自我。这一创作方法在朝鲜梦游录小说的创作中得到了有力的验证。

梦游录小说在朝鲜汉文学史甚至在朝鲜文学史上，因其独特的结构形式和内容而占据了重要的文化地位。正如韩国学者柳钟国所言：梦游录小

　　[①]　［奥］弗洛伊德：《弗洛伊德自传》，顾闻译，上海人民出版社1987年版，第94—95页。

说是借助梦境的形式，利用寓言的修辞手法表现出来的对现实社会的一种批判意识，是一种"以梦铭志"的特殊的文学形式。梦游录小说虽然是对"虚幻"的梦境的描写，但其实质是借作者在梦中的经历，关注社会历史问题，其中蕴含着作者的批判和反省。

中国台湾学者林明德先生在《韩国汉文小说全集》卷三《梦幻梦游类》本卷简介中，对于朝鲜汉文梦游录小说的创作进行了介绍：

> 梦游录作品之主角或其作者大都是奇特不凡、豪放不羁、遭时不遇、愤世嫉俗的人，借作品托言讽喻，以偿平生宿愿，于梦中或似梦非梦间，梦游人间以外的他界，或有许多非凡之人与事。异梦将毕，总因声响或刺激，而自梦中惊醒，始知为南柯一梦。中韩两国自古设科取士，读书人多怀学而优则仕之思想，然有屡试不第、心灰意冷者，亦有金榜题名，而官途坎坷，乃感人生虚无，厌倦尘世者，是辈乃以文字表达其入世思想、避世思想或虚无思想。①

在林悌《元生梦游录》之前的朝鲜梦游录小说创作主要受中国唐代传奇小说《枕中记》《南柯太守传》的影响，模仿痕迹非常明显，多注重士子文人自我情感的抒写，没有关注政治社会现实。而其后创作于"壬辰倭乱"和"丙子胡乱"之际的朝鲜朝汉文梦游录小说，以"借梦说事"的虚幻手法，正好避开了不断发生的政治事件。这一时期曾被朝鲜历史描绘成最动荡不安的年代。然而，社会的黑暗不仅没有熄灭他们心中的希望之火，反而激起了他们改变现实的强烈渴望和对美好未来的憧憬，在某种程度上还可以说是满怀激情地梦想。小说作者开始关注朝野政治生活及发生的重大历史事件，如"壬辰倭乱""丙子胡乱"、明清易代等这些皆为朝野市井最为关心的社会话题，作品通过描写国家危难、朝代更迭、人生际遇等展现了更为复杂的社会空间，世态冷暖变幻于倏忽之间，繁华于眉睫之间化作焦土，忠臣义士烈女嫠妇常怀扼腕捶胸之叹。朝鲜朝中后期的这些重大历史事件，成为梦游录小说表现的主要题材，士子文人自觉地用梦游录小说评述历史，阐述自己的政治观念、文化观念。因此，重大政治

---

① 《梦幻梦游类》，参见林明德主编《韩国汉文小说全集》第三卷，中国文化大学出版部1980年版，第7页。

历史的书写成为梦游录小说最为重要的题材特征，也是梦游录小说成为一个独立类型的标志之一。作者借对虚幻梦境的描述，或是在梦境中构建一个理想的王国，或是遇到一位理想的国王，等等，这都是作者对社会政治中的不公平的一种批判和反抗。

朝鲜朝后期舫山先生许薰（1836—1907）在《梦游录》"序"中称：

> 然观其丛荟历代，低昂人物，宏于庀材，明于辨淑慝卒泽之雅，非喻于道不能也生乎千载之下，剧论千载之上，黜异教，阐义魄，扶冤家，剿奸徒，快则快矣！无是事，有是书，无或近于诞欤？晦伯色怃然 余曰：无伤也稗官诸说，构虚撰无，使读者往往丧志而荡情。是录虽游戏乎翰墨，叙事奇持论正，非喻于道，做是梦不得；非能于文，做是录不得。①

文章以为稗官小说虽然荒诞不经，但小说作者却借梦叙事，立足于儒家之道，劝善惩恶，非喻于道的人不能出入梦幻，以幻警示世人。从朝鲜士子对于梦游录小说的寓言特质的论述来看，朝鲜梦游录小说的创作者有意识地将寓言作为梦游录小说重要的表现方式，借助梦幻塑造人物，反映社会现实，寄寓作者深厚的思想情感，而不是自然主义的梦幻现象的写真。

在古代朝鲜汉文学作品中，以梦游为题材的作品有很多，这些作品可分为：梦游传奇类、梦幻类和梦游录类。梦游传奇类主要指《企斋记异》中的《书斋夜会录》，《金鳌新话》中的《醉游浮碧亭记》《南炎浮洲志》和《龙宫赴宴录》等。梦幻类主要是指17世纪之后的《九云梦》《玉楼梦》《玉仙梦》等长篇作品。梦游录小说以1568年的《元生梦游录》为开端，到1907年的《晚河梦游录》结束，大致可以分为现实历史题材：《金华寺梦游录》《元生梦游录》《何生梦游录》《醉隐梦游录》《安凭梦游录》《浮碧梦游录》《大观斋梦游录》等；战乱题材的有《达川梦游录》《江都梦游录》《皮生冥梦录》《龙门梦游录》等篇；描写文人士子的有《寿圣宫梦游录》《琴生异闻录》《锦山梦游录》《谩翁梦游录》《乌有居士传》《晚河梦游录》等篇。

---

① 参见［韩］许薰《梦游录》"序"，《舫山集》第十五卷，载《韩国文集丛刊》第三二八卷。

值得一提的是反映历史题材和战乱的这些梦游录小说，是在前期历史军谈小说的基础上发展、演进形成的，这些作品在一定程度上有着相似或相近的思想内涵。克罗齐认为："一切历史都是当代史"，认为人首先是历史的阐释者，所谓的历史作为一个客观存在是已经消逝了的，现有的作为史料的"历史"都是人的主体意识介入的结果，根本就不存在所谓历史的"本质"，而历史只存在于人们对它的讲述，因而"每一部历史都必然呈现为叙述话语形式和历史文本，人们只能在叙述形式之中而不能在它之外把握历史"。① 由此，我们发现这一理论被用来分析以反映现实和战乱题材的朝鲜朝梦游录小说，就存在着极其契合的地方。

作者把过去历史军谈小说中所谓单线大写的历史史实，叙述分解成众多直线小写的历史事件，叙述的视角也采取个人化、主体化姿态与立场，从而把那个"非叙述、非再现"的历史拆解成了一个个由叙述人讲述的历史故事。对于历史事件的讲述不是不作参与、不作评判的附和，而是力图消解历史客观性，在历史的讲述过程中显露个体的声音。个人化历史叙事视角的选取首先表现在作家喜欢以第一人称来叙述历史，以"我"的个人观点来讲述事件的发生。还在故事的讲述中夹杂着大量的心理独白，让人在不知不觉中便进入了作家于文本中所设置的叙述情境，以为自己已处在了历史真实的旋涡之中。而有的作家已不仅仅满足于以"我"的口吻来讲述历史，强烈的阐述个人历史观的意图还使他们迫不及待地频频亮相于故事之中，常常运用"我想""我以为"等在历史故事中加入自己的评论并以亲身目睹的事实为依据，使作品个人化的历史意识愈发显得浓烈。

如在《江都梦游录》中，作者借将帅夫人之口，谴责了在"江都防御战"中失职、失节的众多将帅，有防守江都失职的大将、有临危脱逃自保的朝中重臣、有背叛国家之恩义的将士、有无功受封的官员，谴责了男人们在危难面前各色各样的无能和卑怯丑态。作品中的女性无视社会禁忌，以正气凛然的态度对无能的"两班"阶层提出了控诉和揭露。历史叙事的庄严感与客观性在完全被排除在社会统治阶层之外的女人的眼中被彻底颠覆。作家虽然通常以颠覆正史、消解崇高的反叛姿态出现，但他们对构建理想人格与理想社会的期待，却不时地在作品中流露出来。

---

① 刘进军：《还原历史的语境》，《山东省青年管理干部学院学报》2005 年第 1 期。

第四节　醒心教化：家庭小说叙事的转向

小说不仅可以被用于劝惩，而且还因其具有通俗感人性而更利于劝惩教化的实现，更为重要的是其可以作为"引人于忠孝节义之途"[①]的工具，既可娱目，又可醒心。朝鲜朝时期家庭小说创作的目的非常明确，那就是要通过日常家庭生活之"因果报应之理，隐寓于劝惩教化之内"，达到"俾阅者渐入于圣贤之域而不自知"，而这也成为朝鲜朝后期家庭小说大量兴盛的理由。"劝惩教化"是朝鲜朝汉文家庭小说创作的主旨，"积善之家必有余庆"是作家为世人开出的治家良方。

家庭小说总是以家道的兴衰消长、人物命运的悲欢离合，以一个家庭或家族的命运为视窗，描摹时代变迁或国家兴衰。作者曲尽家庭日常生活诸态，把夫妻之间、妻妾之间、母子之间的一切洋相，进行了浓墨重彩的暴露。文人们所描绘的封建家庭伦常不兴，恰恰就是社会的一面镜子。在"家国同构"的文化体系中，家庭中因不贤的妻妾的叛逆反抗，男性家长的软弱无能，使得传统礼法所倡导的"男尊女卑""夫为妻纲""三从四德"的伦理秩序遭到动摇。这种纲纪无序、伦常不兴的混乱秩序的家庭图景，影射着整个国家社会等级秩序的混乱，家庭伦常的败落，其实就是整个封建社会秩序混乱、道德崩溃的缩影，作者希望通过对"大国小家"的关注，企图对封建末世的混乱和无序进行挽救。

朝鲜朝家庭小说的创作者和评论者非常重视儒家的"教化"思想，并且将小说的教化功能作为一个基本原则遵循着，教化民众是他们的责任。家庭小说的教化作用还重在强调女性"贤、贞、节、烈"观的教化上，这其中的原因还在于，随着朝鲜朝中后期儒家"三纲五常"伦理教化的进一步加强，中国《烈女传》的传入和女性教训书的发刊、普及，让朝鲜朝的统治者们和小说的创作者们感觉到，要通过小说的形式，把具体的对女性的孝行、贞节的标榜，以通俗易懂、易于接受的阅读方式普及到闺阁女性中，以加强家庭伦理的教化，将是一种更为可行的办法，所以家庭小说创作的另一个目的实际上是出于对女性的教化。

韩国学者禹快济在他的《韩国家庭小说研究》中指出：

---

① 参见（明）自怡轩主人《娱目醒心编》"序"。

　　高丽时引进刘向的《古烈女传》对《三国史记》的影响很大，能看出女性列传的出现与当时稗官文学的创作相融合。另外《古今烈女传》的引入对《三纲行实图》的编纂起到影响的同时，出现了强调以家庭伦理为主题的孝烈型新小说创作的逐渐成型，逐渐发展成为现代意义上的家庭小说。家庭小说是强调以孝烈为目的的儒教家庭伦理，把儒家的三纲五常作为对女性价值观的要求。①

　　朝鲜家庭小说充分吸收了中国儒家文化的内核，以弘扬强化儒家思想为己任，强调以伦理为内核的"政治、伦理、道德"三位一体。相对于以往的历史小说、传奇小说，是以绝对的权威性建立在宗法制基础上的伦理观念，支撑着民族的社会意识；以伦理训条为基础的统治思想，维护着封建社会秩序。"文以载道"的使命感使得朝鲜文人自觉地将"劝善惩恶"的伦理道德主题融入家庭小说的创作过程中，通过这种柔和的更有趣味性的方式"寓教于理"，匡正社会风气。正是因为家庭小说有这样感人至深的教化功能，也与文人们依奉的儒家思想相吻合，所以在阐发小说家思想的序跋文字或者在作品里，不遗余力地张扬"教化为先"的原则。儒家传统的文艺价值观自上而下的教化、自下而上的讽喻在朝鲜朝后期的汉文家庭小说中被创作者们自觉地延续着。朝鲜朝后期的 17 世纪，以《谢氏南征记》为发端，产生了一批出于"教化"目的的汉文家庭小说作品。

　　洪成男在《梦游野谈》中写道：

　　《玉麟梦》……皆所以叙闺范内行，而节节有奇闻异说，足令人家为妇女者，鉴戒而劝惩焉。此虽闾巷稗说，所以补风化者不可谓小矣。②

　　在《一乐亭记》的序跋中，作者也明确感慨：

　　世之谓小说者，语皆鄙俚，事亦荒诞，尽归于奇谈诡谲，而其中

---

① 参见［韩］禹快济《韩国家庭小说研究》，高丽大学民族文化研究所出版部 1988 年版。
② ［韩］洪成男：《梦游野谈》上，高丽大学民族文化研究院 1994 年版，第 228 页。

所谓南征感义录数篇，令人说去，便有感发底意矣。①

如韩国学者车溶柱在《玉麟梦研究》中强调：

> 稗官之设，有辅于世教者大矣。《玉麟梦》一部，与《谢氏南征记》略同规范，真稗说之可观者也。吕氏之嫉妒无所不至，毒流其夫之骨肉，其稔恶难容于覆载之间，而终为悔改，享其令终，此关后人选善之路，柳张两氏之倍尝难厄，未享福禄者，使善人增益其所不能，而益坚其心志也。②

　　家庭小说与才子佳人小说有明显的不同。才子佳人小说主要以年轻男女的爱情为描写对象，重在展现爱情追逐的过程，一般不讲婚后家庭生活；而家庭小说虽然有对恋爱婚姻的关注，却主要是将婚姻置于复杂的家庭琐事当中，并且着重展现整个家庭内部的矛盾纷争、人伦关系，甚至于在大的社会背景下描写家庭的发展和兴衰；它也与艳情类小说不同，家庭小说虽有对情欲的描写，却未以专写人欲为好，小说之中虽有对人欲的点染，却立意于突出人情，以表现真实生活；也与写青楼女子的小说不同，家庭小说中有个别人物出身青楼，但故事情节展开的主要背景环境却是在家庭内部，主要人物也都是家庭成员。无论是《谢氏南征记》中描述贵族官宦人的家庭生活；《彰善感义录》中所展现两班贵族家庭的生活；《玉麟梦》中描摹朝廷官宦柳氏家族三代人的生存境遇和家庭家族的兴衰变化等，是家庭小说区别于其他类型小说的根本性特征。朝鲜汉文家庭小说按照类型可以分为：争宠型家庭小说、继母型家庭小说、逐出型家庭小说、友爱型家庭小说等。

　　金万重创作的《谢氏南征记》是最早的家庭小说，讲述的是书香门第刘延寿一家的矛盾纠葛，其后的《彰善感义录》明显受《谢氏南征记》的影响，叙述世代名门贵族花氏家族的兴亡盛衰故事。这两篇作品都以中国明代嘉靖朝为故事发生的背景，但所反映的是17世纪后半叶朝鲜朝门

---

① ［韩］张孝铉：《一乐亭记》"序"，《家庭家门小说》，高丽大学民族文化研究院2009年版，第15页。

② ［韩］车溶柱：《玉麟梦研究》，《岭南大学校论文集》1975年，第40页。

阀家族争斗的社会历史。对其后 18 世纪李庭绰的《玉麟梦》、李颐淳的《一乐亭记》、郑泰运的《鸾鹤梦》、沈叔能的《玉树记》、金绍行的《三韩拾遗》、徐有英的《六美堂记》、南永鲁的《玉楼梦》和无名氏的《九云记》以及《何陈两门录》《林氏三代录》等汉文"家庭小说"，也可作如是观。《鸾鹤梦》开头即点明题旨："积善之家，必有余庆。子恭其职，臣致其节，妇尽其敬，修善之道也。是故忠孝之裔，天资以福；悖逆之人，天降以殃。善恶感应之理，岂可诬哉？"可见与此前家庭小说的关联。《玉楼梦》和《九云记》应是《九云梦》的改写和扩写，但去掉了《九云梦》的梦游模式，直接展开对杨少游传奇一生和其家庭矛盾的描写。尽管作品的重心已移至表现主人公对朝廷的忠贞，但妻妾矛盾仍是作者描写的焦点，与作品人物为国效力的壮举相映成趣，这是对家庭小说的丰富和发展。

　　朝鲜古代家庭小说叙事的魅力在于：它揭示了家庭成员的生存样式，展现了人世之繁杂、人性之丰富。叙事中的人物，因其家庭结构和人物身份的一致性，形成了几种类型：父权家长形象、继母形象、贤妻恶妾形象、家庭叛逆者形象、婢女形象等。而且在这些形象系列中，不少形象是作为观念符号出现的。

　　一般来说，在家庭家族叙事作品中，只要写到家庭就不能不写代表一家之长的父权形象——父亲或是丈夫。由于朝鲜是家国同构、三位一体的宗法社会（家长、族长、君王），父亲实际上是指扩大了性别与辈分的父亲；家长实际上是指增加了族权，或许还有神权的父亲；君主是指增加了君权的父亲。因此，父亲这个原型符号可以扩展为家长、族长甚至君主。父亲的强大权威是父权制社会的产物。由于韩国一直是以血缘关系为基础的宗法社会，所以父亲在血缘伦理中的天然尊崇地位不仅没有消失，反而在不断发展。又由于古代朝鲜社会一直是以儒家思想为正统，可以毫不夸张地说，儒家文化是一种父亲文化，它强调一种对父亲的绝对敬畏，因此，在父子关系中，父亲是处于绝对统治地位的，儿子没有独立性和自主权，必须为父亲而活。

　　孔子反复强调的就是"父在观其志，父没观其行，三年无改父之道"。[①] 也就是说，"孝"的核心是服从父母及长辈的意志，民间广泛地在

---

① 参见《论语》，《学而第一》。

"孝"字后面加一个"顺"字，就形象地说明了这一点。血缘伦理和社会伦理的双重屏障，使得儿子在感情、责任上均臣服于父亲。在日常生活中，父亲并不像上面所分析的那样，是一个干巴巴的概念，它更多的是凝结着人伦之情的生动形象。在父权社会，特别是在家庭观念和家庭伦理都深深植根于社会及其文化传统中的国家里，父亲作为专制家长，凭借旧家族制度和传统观念所赋予的权力，像君主一样统治着属于自己的"家庭王国"。专制家长们，不仅把握着整个家庭的经济大权，而且还掌握着所有家庭成员的前途与命运，因此，在作为以家庭生活为创作母题的家庭小说中，有关专制家长的人物形象塑造也带有作者深刻的叙事意图。

作为中国儒家文化的传承者，朝鲜朝的作家们对父亲以及父权的态度是复杂的。一方面，以中国文化的新思潮和西方文化的影响而言，父亲作为家庭成员之一，其父性的权威和"特权"应该被打破，父亲应该和其他家庭成员一起，和平共处，相互尊重、相互信任、相互关爱；另一方面，深受儒家思想影响的贵族士子们，又存在着深深的"恋父情结"，传统士大夫的观念，责任感等。父亲在这些人的内心深处，永远是"家"的核心和代表。一方面是对父亲形象的仰视，另一方面则是展现父亲面对社会制度和文化冲击之下的软弱与无力。

在"男主外，女主内"的社会分工下，女性在家庭领域内，统摄着家庭事务，掌管家内工作，扮演着举足轻重的角色。女性的生命历程与"母亲"息息相关：为人女时接受母亲的教育，为将来出嫁作准备；为人妻时需扮演好妻子的角色，与同处于"内"的婆婆或其他家庭成员共同管理好家事。在古代朝鲜社会重宗嗣的传统观念下，女性必须接续夫家的香火、延续子嗣、养儿育女，这成为女性生命历程中最重要的环节。翻阅朝鲜朝时期的史料，可以发现家训与女教的重点，比较注重女性为人"妻"与为人"妇"之道，而不多见对母亲的规训。女性在小说中主要被描写的身份为女儿或媳妇。

女性形象实质上是一种社会集体的想象物，是一种文化的建构。古代女性形象的创造主体和阅读主体是男性，对女性的塑造，言说的是男性的意识与欲望，是男性的自我，女性的存在一直是一种"非自主的存在"。由于对女性行为规范的严格约束，大多数女子便长成了有"女性气质"的人，她们拥有共同的优良品质：温柔、顺从、贤惠等。形成所谓"女性气质"的过程，正好印证了波伏娃所说的话：女人并不是生就的，而是逐渐形成的。在女性身上的这些特质，都是她们对处境的一种反应。但是正如早期的人们曾经相信奴隶是天生的一样，长期以来大家也一直认为：女人应当具备这样一些属于女性本质的共同特性，当某些女人超出这些认定的特性时，就会得到警告或被迫"改正"。

就女性主义的观点来说，身份是一种角色，性格特征不是自制的品质，而是多种社会力量和文化相互作用的结果。这就意味着：并非像我们的作家和评论家所认为的那样，他们是用一种独立的艺术化的语言来表达某种意义，塑造出某个独特的艺术形象的，而是与之相对的，他们正在言说的都是那一时代的文化意蕴。因此可以说，从文学中，我们能读到文化和意识形态；从女性形象中，我们能读到女性处境与女性的文化构成。古代文学作品中的女性形象都是应男性主体的要求而设计的，在设计的过程中，往往漠视女性的自主性，而代之以男性的期待性评判，因此充斥在女性形象设计当中的，实际上是男性欲望与男性的生存经验。在各种宗法礼教和道德禁忌、权力与性别中将妻妾收编为压抑的符码。

在朝鲜朝后期家庭小说所塑造的人物形象中，不再是以往那种"恶则无往不恶，美则无往不美"的绝对模式，而以写实的手法、质实的笔墨表现了人物性格的多方面、多层次性。"正邪两赋"的人物形象一道成为典型，并透视着一定的社会文化内涵。尽管在古代宗法专制政权下的女性生存状况和男性话语中心下的女性形象大多卑屈而逆来顺受，但在作品中把女性的人格自主同封建礼教、娼妓与奴婢制度的冲突提升到情节发展的显要位置，在情与礼的紧张对峙中，塑造的女性群像都带有其时代的意义。

女性形象的描摹正因为是以"从"与"卑"的地位认定，使女性完全依附于男性生存，所以产生了大量男性性别文化所标榜的理想人格的妻子形象。家庭小说作品中以更多命运多舛、生活悲苦的女性形象为我们展示了女子艰难的生存处境。低于男人的地位，依附于男人的生存状态，使传统社会的女性作为"从者"与"卑者"的形象展现出她们温顺、谦卑、退让、柔弱、易感、彷徨无主的形象特质。而与之相反的特征如果表现在女性的身上，那么她们就不成其为女人，而是妖魔的化身，当现实当中的女性与之不符时，搞错的绝不是作品当中的形象，而是现实当中的女性。

在朝鲜朝时期的家庭小说中，作家以家庭为中心，通过家庭成员的生存状态、人际交往和社交关系，向人们展示了一幅广阔的社会世态和人生图景。在家庭这个网络中，每一个点（人物、事件）都要有其"必然规定性"，都要各司其职，坚守在自己本分的礼法规范下生活。作者曲尽家庭生活诸态，把夫妻之间、妻妾之间、母子（继母与前妻子女）之间的一切洋相，进行了浓墨重彩的暴露。

第五节　寄意时俗：爱情小说情理叙事的世俗表达

寄意时俗是对发愤而作与教化而作的调和。首先，寄意既有发愤的意思，又有教化的目的。其次，由于它对"时俗"的特别强调，使得发愤与教化的命题暗度陈仓式地转移到了小说的现实性命题上。以"市井之常谈，闺房之碎语"的日常现实生活描摹，寄意小说实现"世道风化，惩戒善恶，涤虑洗心，无不小补"的社会作用。这种寄意，不仅可以使人获得教化之"理"，而且使人"以理自悟"，从而达到警醒世人的作用和效果。

朝鲜朝的汉文爱情小说中，寄意似乎更多了一层市井的色彩，由于朝政上的混乱，科举竞争的激烈，一些自负有才能文之士自觉地"有寄"：

> 古之隐君子，不得志于时，而甘沉冥者，其心超然而出尘张之外矣，而犹有寄焉然后快盖其中有所不能平，而借所寄者力与之战，仅能之而已。或以山水，或以纱莫，或以著述，或以养生，皆寄也。①

从《云英传》《周生传》《折花奇谈》等作品对世俗生活向往的描写，我们大致可以判断，与寄山水，寄养生等不同，这些作者们是"有寄于世俗"。作者通过对"情"的参悟，对于这种"起于情"的创作动因，意在为世俗女子作传。《云英传》中的宫女、《周生传》里的妓女、《折花奇谈》中的市井妇女，"于人情中讨来"个体人生的体验，实则是对社会当"时"（时俗）的劝谕与影射。写小说时面对的是社会现实，深入其中，而写完之后，心思用尽也心得平静，不得不面对悲悯的现世，所以这些反映世俗的爱情小说作品大多以悲剧结尾。实际上按照朝鲜的传统

---

① （明）袁中道：《赠东岳李封公序》，载《坷雪斋集》，上海古籍出版社 1989 年版，第423 页。

惯性心理，大多希望求得一个"大团圆"结局的，这是朝鲜民族文化心理的一种趋向，但唯独在描写这些世俗女性的爱情小说中，几乎篇篇都以悲剧终结，这不能不让我们关注其中的因由。

在儒家正统思想中，"形而上者谓之道，形而下者谓之器"，对于广大的文人士子们来说，对"道"的追求才是正途，而留心于"器"就是与"淫器奇巧"为伍，是谦谦君子不屑为之的，从这个角度看，朝鲜朝的爱情小说正反映了小说家们在"道、器"之间安身立命的某种焦虑："不安于'器'，又不能晋之于'道'，于是低徊不已。"

在这一时期形成的爱情传奇小说的作者群体，正是过去被统治阶级排挤或者属于社会底层的平民阶级，即对社会现状抱有强烈不满的没落阶层或者懂文字的平民阶级。他们既有对现有体制的批判，也有对百姓疾苦的深刻认识和理解。他们通过被囿于闺阁中的女子或者被困在家庭生活中的女性，来表现世俗生活中追求人性自我解放和主体意识独立的体验。然而理想和现实之间产生的矛盾，又使小说家产生了质疑，自身强烈要求自主与自尊，在与社会压力相抗争的过程中，面对矛盾和冲突很难找到平衡点，于是，要么对传统观念产生妥协（男女分离），要么在自我认同中彷徨（其中一方离开人间）。

小说家们在创作意识中能够以"普遍时俗中的人性"为关注点，并将市井俗人的"与时俱化"写入作品中，并通过由"俗"及"理"的表达，企图更加深刻地反映和揭露社会问题和人生问题。实际上，则完全陷入"物态人情"的世界中，对之进行细致的描绘，使之具有感人的力量，成了作家直接的、唯一的目的。因此，广大的"时俗"之事，就再也没有遮拦、不受限制，甚至无原则地涌入文学作品中，成为自足的本体，而不再从属于更高的政教大事。性质变了，视野也就大大开阔，题材不只再限于民生疾苦，而是包括世俗人生的衣食住行、娱乐、精神与肉体等全部内容，作家也不只是站在之外和之上对世俗人群表示同情，而是完全走入和融于时俗世界之中"恣其点染""穷摹极写"，三教九流、各种人物，五花八门、各种情事，尊卑善恶、各种观念，无一不入读者耳目。

朝鲜的汉文爱情小说主要出现在 17 世纪，进入 18 世纪后达到高峰，19 世纪开始逐渐衰落。主要作品有：《云英传》《周生传》《折花奇谈》《红白花传》《淑香传》《洞仙记》《崔陟传》《相思洞记》《王庆龙传》等。

朝鲜如中国一样，自古遵循"夫唱妇随""三纲五常""父母之命、媒妁之约"。这些封建伦理实际上在一定程度上束缚了人性对于爱情的追求，所以在生活中鲜见的一些反封建伦理纲常、反世俗情节，就很自然地出现在了文人笔下的爱情小说里。像早期的梦游录小说中的爱情主题作品，男女相爱还遮遮掩掩、红娘牵线；而这一时期，小说里两情相悦、私订终身、相约私奔的内容层出不穷，小说里对于男女爱情的描写，对于世俗观念而言，基本不可接受，甚至有悖封建伦常。究其原因是在漫长岁月中所形成的封建思想体系正面临着各种挑战，但它仍战战兢兢地摆出唯我独尊的面孔，依赖盘踞历史舞台的政治优势，步步为营，层层设防，以维系其破绽百出的儒家正统领地。但随着民主思潮的发展和资本主义因素的涌入，各种异端思潮也出现并日趋活跃，再加上介乎正统与异端之间企图以不偏不倚姿态来对二者进行调和的思想的出现，人们围绕着"天理"与"人欲"所进行的激烈论争，广泛波及市民阶层并直接影响着人们日常生活中的爱情婚姻领域。

在小说、戏剧中所反映出来的这种思想的搏击，不仅在某些方面已走在思想的前头，而且也更为普遍和更加具体，更容易为市民大众所认识和接受。因为爱情婚姻问题是一个涉及千家万户、特别是与广大青年男女幸福息息相关的现实问题，所以很容易引起作家的关注和激发他们的创作情感，并根据各自不同的审美感受，为人们描绘出各色各样的恋爱婚姻生活。

发展到 18 世纪，朝鲜朝后期的爱情小说在其漫长的丰厚积累过程中，既有一些消极因素沉淀下来，也有许多闪烁着个体自觉思想光辉的珠矶凝聚其中。这里有两方面的淀积：在当时的社会环境和人们的心理环境中，还能够继续找到那些封建性的积淀、消极与社会观念和社会心理相迎合而居于守势地位存在的母体。但从总的趋势来看，在对封建反叛进步思潮的催化下，这些思想已经在不同作家或不同作品的创作倾向上有所反映。不过这种进步与守旧相搏的势态，造成了朝鲜这一时期爱情小说内部出现了裂变的痕迹。

千百年来封建婚姻的要害，主要是以父母之命和门第观念两大绳索扼杀了青年男女自主权利和自我价值的实现，所以凡在爱情作品中的传统思想也多体现在反对两大绳索束缚和要求，寻求获得这方面的自主权利。而新思潮中爱情至上主义者的大胆宣言和对程朱禁欲思想的公开挑战，提高了青年男女特别是女子在婚恋中作为个体独立"人"的存在的价值观念的肯定，也反映了文人和市民阶层的结合，从作者的创作意图中试图寻求到市民阶层在封建社会母体里争取自我地位提高的一种意向。

首先，最基本的一点是，不少作品在表现"情"与"礼"的冲突时，已经不同程度地提高到了"借男女之真情，发名教之伪药"的自觉阶段。从这一时期的爱情小说大量出现情痴、情种的现象来看，在不少作家的情感激发中，都蕴含着对情的理性思考，他们已经意识到男女之情应作为人的自我价值实现的组成部分并要加以肯定。因此，人们应该顶住各种伦理纲常的压迫和压力，努力去争取实现顺乎自然的这种自我价值。

其次，在"贞"与"情"、"情"与"淫"的关系问题上，不少作品探索和揭示了其间的各种矛盾、对传统观念进行了有力的冲击，并试图在自我反省中寻求一种适度的新的道德规范。朝鲜朝时期对妇女的贞操束缚最为严锢，也是产生节妇、烈女人数最多的年代，同时也是强烈要求冲破这种禁锢的年代，贞与情的矛盾异常突出。这种情况在小说作品特别是在家庭小说和爱情小说创作中有着鲜明的反映。

由于对爱情中自然欲的合理性和人的主体精神的强调，使传统的贞操观念在市民阶层及受其影响的部分知识分子中，大大失去了光彩和约束力，有的作家或通过对传统题材的加工改造和重新肯定，或根据耳闻目睹的素材而进行艺术虚构，比以往任何作品都更为大胆而彻底地否定封建贞操观念。贞操观是封建纲常礼教强加给妇女的片面要求，是在"一夫多妻制"下对妇女的单方不平等的约束。对贞操观念的打破，也就首先体现在男子怎样对待不"贞"的女性的态度上。在封建社会里最无"贞操"可言的莫过于妓女，男子可以满足一时的兽欲而任意践踏她们，有的也可能对她们产生某种春风一度的怜爱，甚至于可以娶她们为妾，但要明媒正娶，让她们作为正室，不仅为舆论所不齿，也为当时律令所不容。而在此时的某些小说中，却毫无保留地肯定了不同阶层的男子对那些风尘女子的专一之情和婚娶之事。通过颂扬市民和中下层知识分子与妓女的痴恋和婚姻关系，更为突出地反映了这种贞操观念在男子心目中的破产。还有的作品对女子主动突破这种礼教束缚贞操的行为，也从某种角度给予同情和肯定。这些都表现了对受禁欲思想毒害女性的同情，并要求将他们从片面的贞操观念的束缚下解放出来，恢复她们在两性关系中作为人的自我价值。在这些方面，显然注入了属于市民意识范畴的新的思想因素。不过，在反禁欲主义、反贞操观念的浪潮中，也在一些作品中出现了一股让自然欲过度舒张、以致有淫秽描写的思潮。尽管这类作品有时也带有一条劝惩的尾巴，但总的来看，应该视其为在冲击中世纪禁欲主义过程中失去了道德平衡的一种逆反心理。同时也暴露了在反禁欲、反贞操过程中所面临的新的社会道德问题，特别向人们提出了如何区分贞与情、情与淫的问题。

最后，由追求男女条件不对等的婚姻自由到追求相对对等的婚姻自由，是这一时期爱情出现的新因素。在以往那些主张婚恋自由的作品中，从男女双方各自的条件来看，大都脱离不了郎才女貌、才子佳人的婚配模式，争取婚姻自由是双方对等的共同意愿，但从双方各自的价值来看，女方主要只能以天生的姿色、人品、才学取悦于有才的男子，她们在后天社会实践中的价值是得不到承认的，也不允许表现出来。于是，在这些作品中便出现了婚恋虽可争取自由，男女价值却并不相等的矛盾。在这种自由婚配的理想中，实际上仍然包含着严重的男女不平等因素。

发展到朝鲜朝后期的18、19世纪，这种观念发生了明显的改变。如《周生传》《折花奇谈》《崔陟传》等作品中，都在探求着一种比郎才女貌更为合理一些的男女婚配观念，最突出的是提出了才、貌、品、情四者并重，男女双方互为要求和互相对等的新的婚恋模式。它又主要体现在男子对女子的要求已不再是单纯的容貌美丽或"姿淑令德"。以"德"而言，在不少作家的审美观中，已不只是欣赏那种"甘于卑""服于弱""以柔顺静专为德"的温柔和顺之美了。在这种价值取向引导下，"年岁十三，德行已成。论其姿色，真是天仙谪降，世无其比。女红之事，无一不善"那一套以男权文化为中心的道德标准，已被抛在一边，而着重于肯定女子的行止见识，并常以男子来作为她们的反衬。用那些平庸空疏的男性之辈来反衬女子的卓识奇才，即使连女子钟情、痴情的情侣也不能与女性的才华相颉颃。有不少作品以不同角度、在不同程度上，肯定了女子在诗文及琴棋书画方面的才华，在男女正常的伦理夫妻关系中，注入了相对平等的因素。在这方面，朝鲜文学（包括中国文学）在那个时代，虽不如西方文学作品所描写的那样突出，但与以往的作品相比，毕竟是一种带有突围性的进步。

从以上分析可以看出，这一时期的爱情小说，既继承了以往同类题材作品中的传统因素，又在新的社会思潮影响下有所丰富和发展。从文学内部的整体机制来看，是这一时期小说创作的发展，但是，在传统儒家礼教束缚下，体现在作家对"情"与"礼"冲突的矛盾心理上，作家既为令人迷醉的新婚恋观念所吸引，又无法断绝与守旧观念的联系，于是便期望寻求一种两者之间的和谐路径，梦想出现一种既能保持礼教体统，又可使"天下有情人终成眷属"的理想婚姻，因而一些依违于两者之间的作品便应运而生。它们既反映了市民阶层反禁欲主义，要求情欲舒张的心理状态，也可以看出他们在寻求一种道德杠杆，以便使低层次的性欲上升为高层次的爱欲。但在当时的历史条件下，市民阶层即便有自己的道德观念，但也不可能用超越一切旧观念的理论来构筑独自的道德体系，因而也就是作品的主人公不得不接受一个悲剧的结局，或者是在道德说教中走向绝境。还有相当多的作品，一方面肯定了自由自主的婚恋观，另一方面又对剥夺了女子在婚恋中平等权利的一夫多妻制加以美化，甚至把一些具有浓厚封建意识，布满精神奴役创伤的女性作为正面典型来进行歌颂。对于女性悲剧的一生，作者虽然同情，但更多的是把这种同情化为对女性贞节和奴隶道德的表彰。从这类作品中，可以更多地看到封建道德观念的积淀在作品中产生的反向作用。

第四章

朝鲜古代汉文小说叙事的宗教文化因素

正与人们所说的"文者道之器"一样，随着汉字传入朝鲜，作为文字载体的儒、佛、道思想观念也随之被传到朝鲜。历史上的朝鲜封建王朝曾推行"国教"政策，如三国时代的新罗及其以后统一的新罗和高丽王朝都定佛教为"国教"，而其后的朝鲜王朝则采取"抑佛扬儒"政策，儒教获得统治地位，佛教则由国教降为民间宗教。

从最早的儒学传入直至高丽后期，在古代朝鲜儒、佛、道基本处于互融共进的状态。《三国史记》中有记载：

> 苏文告王曰，三教譬如鼎足，缺一不可。今儒、释并兴，而道教未盛，非所谓天下之道术者也。①

新罗在原有的民族传统思想基础上，在政治思想领域更加崇儒，并杂糅道、佛思想，形成有利于国家统治的道德理念。

《新罗本记》中记载了崔致远的一段话：

> 国有玄妙之道，曰风流，设教之源，备详仙史，实乃包含三教，接化众生，且入则孝子家，出则忠于国，鲁司寇之旨也，处无为之事，行不言之教，周柱史之宗也，诸恶莫作，诸善奉行，竺乾太子之化也。②

---

① 参见［韩］金富轼《三国史记》，宝藏王二年条。
② 参见［韩］金富轼《三国史记》，《新罗本记》。

三国时期的"花郎道",是作为肩负政治任务的政治军事组织集团,吸收了儒、佛、道三教之精髓,建立了从形式到内容都充满了一种"合和"精神的"花郎道"精神。"不仅包括了儒、佛、道三教……而且将三教在更高阶段上加以活用。"① 随着佛、道的盛行,到了高丽后期,作为儒家统治者的官方阶层,也存在排佛思想,但是总体上还是三教融合发展,互相渗透。

在朝鲜朝建国初期,为了适应儒教治国的需要,李成桂开始极力排斥佛、道。在李太宗(1412)时,司谏院上疏曰:

> 今我盛朝,凡有所施为,一遵古昔,生民利害,靡不兴除,独神佛之弊为有尽革者……佛者去君臣,无父子,乃以浮诞之事,妄托报应之说,惑世诬民,而伤风败俗,吾道之害孰甚于此?②

因为佛教讲"空",道教崇"无",虽然提倡的"窒欲主静""皈依寂无"等能消除人民对封建统治者的反抗意志,但同时佛、道二教不讲"君臣、父子、上下"的"空""无"理论,却不利于以"重建纲常、匡正等级秩序"为目的的朝鲜朝初期的国家统治,所以从朝鲜朝开国,就出现了排佛的现象。积极主张维护专制政治的"入世"儒学与强调消极待世的"出世"佛、道之间的矛盾比较尖锐。尤其在"两乱"尖锐的社会矛盾与民族危机中,三教之间的矛盾显得更为突出。而儒教在发展到朝鲜朝后期处于官方统治地位,以"三纲五常""性理学说"为主要内容,"仪章制度,皆效中华"的朝鲜半岛迎来了儒学的振兴 。

儒教对朝鲜的影响可以说是多方面的,甚至是全方位的。

其一,儒教奠定了朝鲜国人基本的世界观。中国的儒学传入朝鲜始于秦末,而真正对朝鲜产生影响是在汉代,汉儒在天道观上主张"天人感应",主要表现在人类社会的治乱与天道之间的关系,主张"圣人受命""天降符瑞""推德定制""封禅告功""王朝德衰""天降灾异"等信条,并以此解释国家兴衰、战争胜败以及人生祸福。在朝鲜,这些思想都被吸

---

① 韩国哲学会编:《韩国哲学史》上卷,白锐译,社会科学文献出版社 1996 年版,第 154 页。

② 参见 [韩]《朝鲜王朝实录》,《太宗实录》,太宗十二年,首尔大学奎章阁藏本。

收，并延用于官方和民间统治。

其二，儒学对朝鲜国人伦理观的影响。"忠孝"思想是儒学的基本思想之一，被认为是人人应当遵守的基本准则，并且把"大国"与"小家"联系在一起，所谓"齐家、治国、平天下"。在朝鲜朝社会，忠是对国家的顺服，孝是对家族先辈的服从。忠孝一致就意味着把家族伦理推广到国家的伦理秩序，把国家看成一个大家庭，就像尊重父母那样去尊重君主。古代朝鲜的整个儒家伦理系统就是建构在这样一种朴素的伦理情感和生命关系之上的。表现在三个方面：一是重视家庭伦理，二是重视政治伦理，三是重视道德教化。在古代朝鲜社会，父亲作为家长，一定要成为妻子和子女尊敬与效仿的典范，长幼有序，兄友弟恭，家族、家庭利益至上。在国家里，强调君主与大臣之间的"义理"和"忠诚"，尊卑有等，下级服从上级，国家、集体利益至上。无论家庭还是国家，均强调伦理道德，忠孝、仁爱、礼仪等品德备受推崇和褒扬。真兴王时代创立的"花郎道"，其中便有一条以"事君以忠，事亲以孝，交友以信，临战无退，杀生有择"为修养要义。诸如"君臣、父子、夫妇、长幼、朋友之大伦，修身、齐家、治国、平天下之大经"，"忠孝仁爱，信义和平"等儒学基本理念在朝鲜家庭中代代相传，已经成为朝鲜民族的精神基石。

其三，儒学形成了朝鲜传统思想文化的基本框架。在朝鲜传统思想文化的形成过程中，儒学是最早传入的外来文化，并且很快被朝鲜的学者吸收、融合、消化，在朝鲜传统思想文化形成、发展的每个阶段，儒学都占据主导地位，即便是在佛学鼎盛的统一新罗和高丽时期，也概不例外。从朝鲜三国到高丽时期的一千多年时间里，都在儒学思想的熏陶和影响下，建立了教学机构，如太学、扃堂、国子监和乡学等，并像中国一样采取科举制度，为管理国家和社会培养了大批的有用人才。儒家的伦理秩序思想极易被统治者利用，用以维护封建统治秩序，其思想中的宗法家族制度、官僚制度等都强调上下等级分明，非常符合统治者建立合法统治的理念，因而传入朝鲜半岛后，就受到历代封建统治者的推崇，被确定为正统思想并大力推广。

基于朝鲜王朝建立前政治混乱、王权衰弱的现状，李成桂建立朝鲜王朝后立即着手进行改革，主要目的是通过重建国家机构强化王权。他改变了高丽时期的崇佛政策，采取了独尊儒术的方针。儒家思想推崇的忠孝节义、三纲五常、反对犯上作乱等成为朝鲜朝强化王权、维护统治秩序的强有力的思想武器，为切实推动儒学发展，朝鲜朝多位皇帝采取了多种措施。李成桂建立文庙并设立了成均馆大学，他还让郑道传编著《经国大典》；为更好地研究儒学经典，世宗在宫中设立"集贤殿"；中宗时期更是刊行了《朱子大全》，儒家经典也成了朝鲜朝时期科举制中文、武两科的必考科目。因此，朝鲜朝时期官员都精通儒学，儒学的地位得到了巩固和发展，成为正统思想，统治朝鲜王朝五百多年。

王朝更替过程中带来的国家动乱，给当时的家庭和社会也带来了严重损害，民风亟待整顿，为了改变这一状况，维护社会稳定，李成桂即位后，确定了用儒家伦理秩序整顿民风的思路，并以儒家理学学说为蓝本制定了家庭及社会规范，我们可以从朝鲜朝的《经国大典》和《大典实录》等关于"礼"的规定中发现和探求。朝鲜朝家庭的"礼"主要以《朱子家礼》为基本模式，是以家为单位的"家礼"，家庭礼法的中心是祠堂，和中国古代一样，封建家长制具有绝对权威，十分注重强调冠、婚、丧、祭"四礼"，强化"忠""孝"在思想中的地位，以此来规范家庭、社会。

李成桂在位时设立仪礼详定所，世宗继位后为了使深奥复杂的"礼"学便于百姓理解接受，他大力发展有关"礼"的普及性读物。一方面创制了《训民正音》，用文字普及的方式来推介"礼"；另一方面出版了《三纲行实图》等书籍，并配以图画，以便文化水平相对较低的大众百姓也能理解；成宗时实行五服制并刊行《国朝五礼仪》，王朝还特别将"四礼"作为法律制度，强制设立家庙，极力推行《文公家礼》，在统治者的大力倡导和推行下，在朝鲜社会中形成了崇尚礼仪的民俗，影响至今。朝鲜朝民众的婚姻家庭制度及行为文化也受到了程朱理学思想的影响，例如，朝鲜朝时期的家长制主要是以男性家长为中心，遵循"长幼有序""男尊女卑"和以"孝"为核心的家庭伦理道德观念，规定父母去世后厚葬而且必须守孝三年、妇女即便丈夫去世也不能再嫁等。

其四，儒学成为推动朝鲜社会发展的基本动力。朝鲜社会的发展过程也就是儒学在朝鲜的传播和发展的过程。古朝鲜迈进文明时代与儒学的传播有着直接的关系，毫无疑问，秦汉时期的儒学与当时世界上任何一个地方的文明相比都是最先进的文化，它的传入对于朝鲜来说，无疑是一个催化剂。此后，儒学在朝鲜的传播基本上都是在朝鲜社会处于社会变革的时期，顺应其发展的需要。朱子学说一传入朝鲜就被掌握在以郑道传为首的改革派手里，成为他们为推翻高丽王朝和建立李氏王朝的工具。朝鲜王朝建立之初，朱子学说又成为国家推行政治、经济、军事制度改革的理论基础，成为李氏王朝实现改朝换代、重整社会秩序的思想武器。阳明学说在朝鲜的传播和发展对朝鲜更是产生了深远的影响。阳明学说的"良知"说以及在此基础上产生的平等思想对朝鲜的影响具有划时代的意义，它不仅成为推翻日益没落的朱子学说的思想武器，而且对朝鲜的意识形态以及整个社会的变革起着开路先锋的作用，为朝鲜实学的产生以及接受西方近现代文化奠定了思想基础。

　　而就朝鲜文学创作的基本情况来看，儒家传统文化心理始终占据着主导地位，与佛道思想互补渗透于小说创作的诸环节之中。如创作动机中的神道设教，借佛道观念对人生的深入思考；如艺术构思中的地狱冥界，虚实相生；如人物性格中既有儒家思想因素，又有佛道思想因素等。比如在历史军谈小说包括英雄传奇小说中，往往以儒家伦理道德观念为指导，以佛道教义观念为小说构思的构架布局，丰富着人物形象塑造的内涵，在叙事结构中有助于情节转换，并力图解释变化不定的历史现象。传奇小说中也大多出入佛、道，但其根本旨意已从"明神道之不诬"转变为对现实人生的探索与思考，对佛、道观念已不单纯是信仰崇拜，而更多的是用来表达自己的见解，阐释对社会人生的喟叹。而在家庭小说和爱情小说中，大多以悲欢离合之事，间杂因果报应，描摹世态，体现世态的炎凉。作者基本上是站在儒家伦理道德的立场上，对社会、对人生作出批判。许多作品突出了儒家的"仁义忠贞"，肯定了圣君贤相、君臣相得的社会理想。

　　从文化思想发展来看，儒家与佛、道两教既有矛盾斗争的一面，又有取长补短、相互吸收、共同发挥社会作用的一面。儒家思想是朝鲜朝的统治思想，主张积极"入世"，讲求"正心、诚意、齐家、治国、平天下"之道。佛教传入朝鲜，经过本土化之后，尽量吸取儒家的名教学说。道教为了依附儒教发展，更是大力采纳儒家政治伦理学说。佛、道的"出世"又可缓解社会矛盾，成为儒家"入世"不可缺少的补充。这种相互补充与融合，成为整个朝鲜朝时期社会中儒、释、道互补存在的主要样态。

第一节　儒家的政教叙事

　　儒学与儒家思想，可以说是中国古代文化思想的根底。蔡尚思先生说："以孔子为祖师的儒家学派，在中国历史上流传最广，影响最大，其思想影响之所及，连一些目不识丁的妇女童稚也在所不免。"① 同时，儒学又是在不断传播与发展变化的。朝鲜半岛的儒学思想传自中国。儒学传入朝鲜的时间，学术界没有确定的结论，现在能见到的有关儒学可能东传的最早资料是《三国志》。

> 其箕子之后朝鲜侯，见周衰，燕自尊为王，欲东略地；朝鲜侯亦自称为王，欲兴兵击燕以尊周室。其大夫礼谏之，乃止。使礼西说燕，燕止之，不攻。②

另外一条即公元 372 年，高句丽小兽林王（371—383 年在位）曾下令建立"太学"。历史文献并没有记载"太学"讲授的主要内容，但高句丽的"太学"与中国中原的大学密切相关，这是可以肯定的，那么讲授有关儒学和史籍是必然的。《北史》记载高句丽流行的书籍主要是五经和三史。现存的中国吉林省集安的《好太王碑》的碑文就表现了浓厚的儒家思想。

> 顾命世子儒留王，以道兴治，大朱留王绍承基业，沓至十七世孙国岗上广开土境平安好太王，二九登祚，号为永乐太王。恩泽洽于皇天，威武振被四海，扫除不□，庶宁其业，国富民殷，五谷丰熟。③

"顾命世子儒留王"的"顾命"源于《诗经·商颂》的"顾视天之明命"。"恩泽洽于皇天，威武振被四海"源于《尚书·尧典》的"光被四表，格于上下"。从碑文的句式和词语的运用，可以窥见碑文的执笔者对儒家经书相当熟悉。"以道兴治"的"道"应当是儒家之道。

朝鲜接受儒学思想，没有出现过任何阻碍。如同儒学在中国经历了先秦元典儒学、汉唐经学、宋明理学、近代新学等不同阶段一样，朝鲜儒学也经历了新罗高丽时期的儒、释共生，到朝鲜朝性理学大兴并生发出众多学派的

---

① 参见《文史知识》编辑部编《儒佛道与传统文化》，中华书局 1990 年版，第 5 页。
② 参见（晋）陈寿《三国志》，《东夷传》第三十卷。
③ 参见（南朝）《梁书·列传》，《东夷》第五四卷。

发展历程，这一历程也同样在朝鲜文学的创作中留下了或隐或现的印记。

> 为了适应朝鲜封建的政治和经济的需要，作为意识形态的儒学，在政治思想领域始终扮演着重要的角色……朝鲜三国，统一新罗时期，儒、佛、道三教并尊，但政治法度，文化教育是儒家的。①

总结不同时代的儒学，其根本在于：

> 为天地立心，为生民立命，为往圣继绝学，为万世开天平。②

> 厚人生，黜彼岸，明伦理，主自律，合人群，辨等差；尊理性，重经验，参天邀，育万物等。③

这些概括了儒家学者的宏伟志向、强烈的社会责任感，以及其道德观、伦理观、哲学观等，应该说是比较全面的。朝鲜学者柳承国指出：

> 高丽时代宋学的传来，即朱子学的输入，不只对高丽时代，并对朝鲜整个思想带来重大的转换与影响。④

儒学作为构成朝鲜传统文化重要的组成部分，在朝鲜经历了一个本土化、民族化的过程，成为其民族文化形成的深层动力，对其民族精神的形成有着深刻的影响。

金富轼（1075—1151）在儒家思想合理历史观的基础上编写了《三国史记》，标志着儒家思想在学问上已正式走向成熟。

《三国史记》载：

> 及壮自知读书，通晓义理。父欲观其志，问曰："尔学佛乎？学儒乎？"对曰："愚闻之，佛世外之教也。愚人间人，安用学佛？为

---

① 张西平：《中国与欧洲早期宗教和哲学交流史》，东方出版社2001年版，第478页。
② （宋）张载：《张载集》，《近思录拾遗》，中华书局1978年版，第376页。
③ 《文史知识》编辑部编：《儒佛道与传统文化》，中华书局1990年版，第5页。
④ ［韩］柳承国：《韩国儒学史》，台湾商务印书馆1989年版，第81页。

愿学儒者之道。"……遂就师，读《孝经》《曲礼》《尔雅》《文选》。所闻虽浅近，而所得愈高远，魁然为一时之杰。①

　　显然，儒家文化已经进入朝鲜日常的生活意识之中，成为朝鲜的主导意识形态，并为各朝统治阶级所运用，成为治国的基本思想。高丽时期虽然是儒、佛、道三家并存发展的时期，但其中儒学在统治理念、社会制度以及学问上都发挥了重要的作用。郑道传曾就儒、释之不同谈道："释氏虚，吾儒实。释氏二，吾儒一。释氏间断，吾儒连续。"他始终将"儒"相对于"佛"称为吾儒，因而对于朝鲜来说，儒学已经内化为民众的根本思想，而非如佛教一样，是外来的思想。正是由于这样的认识，儒学真正成为朝鲜的统治意识形态。

　　张维也曾描述儒学在古代朝鲜一统天下的状况：

　　　　中国学术多歧，有正学焉，有禅学焉，有丹学焉，有学程泉水者，学陆氏者，门径不一。我国则无论有识无识，挟笑读书者，皆称诵程朱，未闻有他学焉。岂我国土习果贤于中国耶？曰非然也。②

　　而儒学对朝鲜社会变革起决定作用的时期是丽末鲜初，这一时期社会的主导力量——士大夫们，吸收了当时的朱子学思想，并且实现了由贵族为中心的中世社会向士大夫为中心的近世社会的历史转换。朱子学传入朝鲜之后更为炽盛：

　　　　东儒之崇奉朱子，实非中国之所及，虽然唯知崇奉之为贵，其于经义之可疑可议，望风雷同，一味掩思，以箝一世之口焉。③

　　朝鲜儒学不仅注重纯粹的道德性，而且还追求实现这种道德性的现实制度以及力量的实践性，这是朝鲜儒学的特征。换言之，朝鲜儒学追求理想道德和现实实践的和谐发展。这一点在朝鲜时期的儒学中很鲜明地体现了出来。儒学在朝鲜各朝强弱不同，但是却一直贯穿于整个古代社会。儒

---

① 参见［韩］金富轼《三国史记》，《列传第六》第四十六卷。
② 参见［韩］张维《溪谷漫笔》第一卷。
③ 参见［韩］洪大容《湛轩书外集》，《干净录后语》第三卷。

学作为国家意识形态，对文学产生了莫大的影响。

朝鲜士大夫们在实践儒教理念的过程中，将当时社会的问题点用朱子学说的语言和理论来解释并克服，同时对朱子学说进行了重新构成，发展成为朝鲜性理学。理学家实现儒家理想的唯一途径，只能是让君主接受理学的观念，只有这样才能争取士人的政治地位。从表面上看起来非常纯粹的哲学论争的异面也包含着许多政治性的矛盾和冲突。这与当时的官僚兼学者——"两班"主导朝鲜建国的事实不无相关。对"两班"阶层而言，"政教合一"还会产生另一个恶劣的后果。当朝廷以富贵利诱士人时，"两班"阶层还有安贫乐道的可能性。一旦皇帝接受理学，获得"道统"，他就可以宣布"两班"必须为"道"所用，事实上也就是为皇帝所用。这样，"两班"阶层就从自愿做臣仆，进一步沉沦为必须做臣仆的悲惨境地。马克思认为，哲学的"问题在于改变世界"；西哲马克斯·韦伯也认为，社会科学研究必然以研究者自身的"价值关联"为前提。如果此论不谬，我们可以理解并相信朝鲜朝时期所构建的儒家性理学思想世界是为了重建人间的政治秩序。

17世纪初叶朝鲜经历了"壬辰倭乱"和"丙子胡乱"，以此为契机实现了由"勋旧派"向"士林派"的政权交替，并且社会走向近世后期。长期的"士祸"和"党争"，使朝鲜儒学走上了谈空说玄、脱离实际的歧路，只追求形而上，而放弃形而下，丧失了经世思想。这也促进了性理学理念实现社会制度化。"士祸"频发，使朝鲜朝的"士子"们必须思考这样一个问题，即人性善恶的问题，或者说如何使人性能够去恶从善，达到儒家所规范的君子理想人格的要求。

韩国高丽大学编写的《韩国民俗大观》序言中说：

> 至今，儒教在韩国社会中仍占有绝对的比重……事实上，儒教不仅改变了韩国人的思想和性格，而且使社会构造、习惯、制度也发生了重大变动。直至当今现代化、西洋化的思潮中，韩国在东亚三国中仍然是一个父家长制、血缘文化最强的国家。韩国人所具备的纯韩国式的性格、思维方式、行为规范，皆以此为准绳。儒教至今仍深深扎根于韩国社会的基底。①

---

① 转引自张敏撰《儒学在朝鲜的传播与发展》一文，载《孔子研究》第3期，齐鲁书社1991年版。

一　儒家"文以载道"的传统文学观

朝鲜朝时期的汉文小说家大多是在以儒家思想为主的传统思想哺育下成长起来的，"治国平天下"的入世思想是大多数作家共同的人生目标。在这种环境中，以诗文为教化手段的"文以载道"的文学功用观成为他们最重要的文学观念。这种思想强调了文学的教化功能，同时也体现在朝鲜朝逐渐兴起的小说创作中。为朝鲜古代小说的创作注入了政治热情、进取精神和社会使命感，使作家重视国家、重视群体利益。一是忧国忧民，对儒家仁政理想的不懈追求，对国家人民命运的深切关注；二是表达了追求功名事业、实现人生价值的理想。即使在纯属个人抒情的作品中也时刻不忘积极有为的人生追求。"文以载道"的艺术观把培养良好的道德、疏导心理能量、维护心理平衡、协调社会关系当作文学作品的首要任务，并形成了文人自觉的忧患意识和强烈的历史使命感与社会责任感等优秀的文学传统。

朝鲜朝汉文小说的作者大多是士大夫阶层的儒者，在他们的人生实践和文学创作中，大多都忠实地继承了孔孟的"仁义忠孝"思想，并笃实地在道德践履方面下功夫。他们在"下学"中努力践行真善美，在实践修炼中"上达"圣人标准，他们不是单纯的模仿、学习，而是以心去追求、以身去殉自己所信仰的"圣人"。这种精神成为朝鲜本土化儒学的基本精神。

儒家"文以载道"的思想对朝鲜作家的影响是深刻的，这是不争的事实。朝鲜的汉文小说得到了"文以载道"文学观的有益的滋养，作为他们理论建构和文学创作的一种借鉴和材料。在"理性"的旗帜下，"文以载道"成了小说家利用小说创作来表达思想，进行匡正时弊的思想武器。他们对社会、人生的参悟、对中庸之道的奉守、对人性善的张扬，都实现了与这种精神的"契合"。

重视文学的教化作用，通过文治教化将儒家思想和文学直接连接，郑道传在论述儒家教化思想时说：

> 道德蕴之于身心，斯谓之儒，教化施之于政事，斯谓之吏。然其所蕴者，即所施之本，而所施者自其所蕴者而推之，儒与吏为一人，

道德与教化，非二理也。①

郑道传从教化的角度理解儒与吏，也以同样的角度理解君与民的关系：

> 盖君依于国，国依于民，民者国之本，而君之天。故周礼献民数于王，王拜而受之，所以重其天也。②

以儒家思想认识文学，产生的是儒家的文学观。文学的价值就在于它的教化作用。

据现有文献记载，郑道传是第一个明确提出"文以载道"的朝鲜文人。他指出：

> 日月星辰，天之文也。山川草木，地之文也。诗书礼乐，人之文也。然天以气，地以形，而人则以道。故曰"文者载道之器"。言人文也，得其道，诗书礼乐之教明于天，顺三光之行，理万物之宜，文之盛至此极矣。③

通过文学教化天下世人，表明了他对中国文学"文以载道"论的认同和接受。郑道传是辅助李成桂推翻高丽建立朝鲜朝的开国功臣，同时又是新王朝学术思想的设计者，他力主"文以载道"，为朝鲜朝的文学发展确定了方向。当然，郑道传当时所说的"文"主要指诗歌和散文，并没有包含小说，因为当时的 14 世纪还尚未出现小说史意义上的真正的汉文小说。

朝鲜也是以"文以载道"定位文，这与中国的文道关系完全相同。道要使文为自己服务，成为载道之器；文则力图按照自己的特点发展，不愿做道的附属品。这样，它们之间就必然要发生矛盾和斗争。道若胜利，文就有被吞没的危险；文若胜利，就存在排斥道的倾向。但道离不开文，

---

①　参见［韩］郑道传《三峰集》，《送杨广按廉庚正郎诗序》。
②　同上。
③　［朝］郑道传：《陶隐文集》"序"，参见成均馆大学大东文化研究院编《高丽名贤集》第四卷，成均馆大学大东文化研究院 1987 年版，第 371—372 页。

必须通过文才能明道；文也离不开道，离开道的文很容易走进形式主义的
死胡同。所以，文和道有矛盾，又要求统一。文学的发展也就是在这样的
斗争中不断前进、变化的。

文与道的关系是儒家文学思想的根本，人文、天文都是道之表征，所
谓道者便是儒家的"诗、书、礼、乐"。在文道关系的发展过程中，儒家
之道对文学发展的危害是明显的。它不仅有反对文、排斥文、扼杀文的特
点和作用，而且视文人为俳优，以文辞为小技，并总是企图把文纳入道的
规范，用种种封建伦理道德观念来束缚文人的思想，这就给古代文学的发
展造成严重的思想障碍。所以，文学也正是在这种相互矛盾——统一——
再矛盾——再统一的不断演进过程中，突破儒家思想的束缚之后才发展起
来的。

许筠（1569—1618）在《惺所覆瓿稿·文说》中说：

> 古者文以通上下之情，以载其道而传。故明白正，谆切丁宁，使
> 闻者晓然知其指意，此文之用也。当三代，六经圣人之书，与夫黄老
> 诸子百家语，皆为论其道。故其文易晓，而文自古雅。降及后世，文
> 与道为二，而始有钩章棘句，以险辞巧语争其工者，此文之厄也。①

但是，纵观朝鲜文学发展史，之后的朝鲜朝中后期的文学家普遍接受
的"文以载道"思想，成为促使朝鲜朝小说形成、生存及发展的原动力。
在儒家文以载道的文学创作观念指引下，小说家的作品不可避免地被打上
了时代和阶级的烙印，其反映于小说文体中，并产生了一系列影响。

儒家思想是为统治阶级服务的，其政治主张都尽可能地适应统治阶级
的需要，而儒家的文学观又是以政治教化为目的的，这就决定了文以载道
就是要求文学为统治阶级服务，宣传封建伦理道德，进行封建教化。朝鲜
社会如同中国社会一样，是以群体协调均衡意识为主导心理机制，表现出
鲜明的泛道德色彩和浓厚的宗教意味。以伦理为本位、以道德为重心，在
处理人与人、人与社会的关系上，呈现个体与宗族乃至整个社会不可分离
的等级秩序和伦理规范。这种等级顺序、宗法关系，把个体行为的各个方
面都纳入血缘关系和等级秩序这张无所不在的网络中，将个体与群体结成

---

① 参见［韩］徐居正《东人诗话》下。

牢不可分的整体，个人必须以绝对忠诚的服从方式来维护自身与群体的关系。因此，以群体道德模式为准则而制定的社会行为规范，已内化成为朝鲜民族的众趋人格，成为社会的最高价值标准。这种占主导地位的泛道德意识，深深地渗透社会生活的各个方面，具有强大的制约力和持久的稳定性。

而文学自然成为维护上述伦理道德最有力的工具。小说中的传奇、轶事、寓言、伦理、讽刺等诸种样式成为宣扬教化、整饬朝廷和塑造人格的重要工具。倡导治国齐家、忠孝节义、恪守伦理规范等人格修养的行为准则，在各种文艺作品的思想内容当中占相当重要的地位。特别是在一些家庭小说、社会小说中，从作品的序跋中就能见到这种教化思想。朝鲜以道德劝诫为主题的"劝善惩恶"小说大体上均以儒家"三纲五常"作为伦理准则，其内容主要是善人必有善报，恶人最终受惩。

朝鲜朝汉文小说中的主人公们，在改朝换代之际表现出的"一仆不侍二主"的"忠孝"精神；在国家和民族面临难机之际，视死如归的"忠烈"精神；在个人修养方面的追求真善美的"义理"精神。儒家文化成就了朝鲜古代汉文小说的思想精髓，以伦理化、政治化为特征的，注重封建社会的秩序化，追求人格道德的完善化，人伦关系的规范化。《九云梦》开篇中性真萌动尘念之时就表明了这种心态，他认为文人墨客的理想就是成功名享富贵近美色，出则做"三军之帅，入则为百揆之长""目见妖艳之色，耳听幻妙之音，荣辉极于当代，功名垂于后世"。杨少游的一生也正是遵循这一理想而奋斗的，作者将自己所憧憬的尧舜之君政治理想，通过荣华富贵的一生得到实现。《玉楼梦》中的杨昌曲，在新天子即位广招天下英才之时，则明显表露出"事君泽民""兼善天下""先天下之忧"的儒家入世理想。

在历史小说中，又往往是忠奸斗争，而斗争的最后结果，大多是正义的一方取得了胜利，邪恶的一方受到了应有的惩罚。正面人物大多是儒家伦理道德的典范，反面人物则是不仁不义之徒。如《壬辰录》中的李舜臣、《林庆业传》中的林庆业等英雄人物，大多能够建功立业，甚至封侯拜相。因为在儒家提出的文以载道中，所载之道就是儒家的政治教化、伦理道德、纲常名教等，当然要为统治阶级服务，宣传封建道德，提倡封建教化。小说家对封建君主和封建制度的肯定和忠诚，决定了他们对君主制度统治下的罪恶，不可能进行深刻的揭露和批判，即使现实的罪恶刺痛了他们的眼睛，囿于时代和阶级的局限，他们也不会将其归结于封建制度。尽管有时现实的黑暗唤醒了作家的良知，迫使他们将这些再现到作品中，但作家主观上又站在文以载道的基石上，这就形成了社会现实与作家主观上的矛盾。

在《金鳌新话》的《南炎浮洲志》中，主人公朴生梦中来到阎罗王统治的地狱——南炎浮洲，与阎罗王就政治、哲学问题展开探讨。作家借阎罗王之口强调"有国者，不可以暴劫民""无德者，不可以力进位"[1]，主张"对问世间之事，既斥邪归正，而高论治乱之由，又述其平生之志"[2]。金时习力主民本，批判对百姓的压迫和统治者之间的篡权夺位；林梯反对武力杀戮和党派斗争，要求君王实行仁政；郑泰齐则告诫君主和士人应该诚敬修身；许筠指出封建用人制度的种种弊端；朴趾源揭露理学的虚伪和不人道；等等。可以说，这些小说的作者既是作家，也是思想家，他们敏锐地觉察到当时社会的种种弊端，借助小说揭露这些问题，表达自己的观点。反映到作品中，就呈现揭露与歌颂并存的尴尬局面，联系自身，就出现了"出世"和"入世"的矛盾，而后者往往处于优势。

尤其是壬丙之乱之后，小说家们为了避祸，往往在小说中宣称自己的作品是维护当时的伦理道德秩序的，有助于统治者移风易俗，匡正社会风气。朝鲜的汉文小说家们十分自觉地选择重大的社会题材，把他们的创作视线集中于关系国家命运、世风道德等重大问题上，通过这些作品表现出以伦理本位为核心的世界观，即以传统儒家思想之"立德、立言、立功"为根本的世界观，及引申而来的"家国同构"的世界观。他们竭尽全力在自己的文学实践中对这种儒学"文以载道"的精神加以表现和宣扬。

二　儒家的政治道德观念

儒家强调治国应先正心，朝鲜朝君臣无不兢兢以此互勉。在《定宗实录》中，司宪府上疏曰：

> 夫人主一心，万化之源，政治之得失，民生之利害系焉。若人主先正其心，无一毫私意行乎处事之间，而政平讼理，则人心和天帝泰

---

① 参见〔韩〕金时习《南炎浮洲志》。
② 同上。

矣，复何灾异之足患哉。①

英祖三年（1727），副司直金有庆痛陈时事，亦曾论及正心之重要，曰：

> 噫，殿下以今日朝廷为正耶，为不正耶？如其正也，逆臣遗孽何其布列于左右也？如其不正也，何不思正之之道，而一任其籔弄坏乱，使义理日晦，纲纪日紊耶？臣请言正之之道。古语曰：正心以正百官。又曰：正己而后物正。今日正朝廷之本，唯在于殿下之正己，而殿下正己之要，宜自善继述，懋诚信，严宫闱，杜邪径始。伏愿殿下念兹在兹，无少忽焉。②

李谷培启曰："古之论致治者，莫不以存心为重"，故董子曰：

> 人君正心以正朝廷，正朝廷以正百官，正百官以正万民。然正心之要，唯在于敬。敬者，圣学所以成始而成终者也。③

国君治国由治及乱的过程，其实是"心"在"人欲"的产生与驱使下，若不知约束，"七情"便会发而为恶，使人沉迷于外界恶习中，迷失清明之本心的道理。栗谷在《圣学辑要》里指出：政治的根本是国王修德的事，在国王的职分等同于百姓父母的视角上，需要确保其本分和行为的标准。

> 纪纲者，国家之元气也。纪纲不立，则万事颓堕……夫为政而能立纪纲，如学者集义以生浩然之气也……必也君志先定，典学诚身，发号举事，莫不粹然一出于大公至正之道，使群下咸得仰睹君心。如青天白日，观感兴起，然后尊贤使能，黜憸去邪，考绩核实，信赏必罚，施为注措，无不顺天理合人心。大服一世，则纪纲振肃，令行禁

---

①　参见［韩］《朝鲜王朝实录》，《定宗实录》第二卷，元年十一月，己酉条，首尔大学奎章阁藏本。

②　参见［韩］《朝鲜王朝实录》，《英祖实录》第十三卷，丁未三年十月，壬申条，首尔大学奎章阁藏本。

③　同上。

止，天下之事，将无往而不如意矣。①

　　郑泰齐的《天君演义》中即为统治者简述了如何让人正心、明德、治国、平天下的道理。天君初即位时，喜怒哀乐爱恶欲氏皆"率职于内"，这是"七情"未发之时，"心"所呈现的生而禀赋的善与初始状态。随着即位日久，天君稍有懈怠，常乘车马漫游于天下，而不再专心处理朝政。这是人心随年龄增长，各种欲望开始萌芽的前兆。天君率广文都督与四友争战于荆围之中，凯歌而还，自此志满气溢，有识者皆为其担忧。这是人在学习成长的过程中，"七情"逐渐感发。此时，五利将军欲氏推荐了部下欲生，欲生的出现与获宠是天君由治及乱的转折点，在宠信了欲生之后，天君疏远了惺惺翁，这意味着人在欲望的滋蔓之下逐渐丧失了清明之心。清明既丧，随之而来的便是外界各种诱惑接踵而来，在美色与酒的诱惑之下，"六情"也受到引诱，于是"七情"冲破了"四端"的规范之后，泛滥为恶。接下来的天君平叛拨乱反正过程则是对性理学修身方法论的阐述，论述了如何使"人心"重归"道心"，使"人欲"合乎"天理"，最终达成儒家所追求的圣人境界，那就是：持"诚""敬"之心，以"志""气"相约束，遏人欲，以归"天理"。

　　在儒家这种政治道德观念的影响下，朝鲜人民形成了强烈的爱国意识以及自强不息的民族性格。朝政废弛对朝鲜朝时期的文人文化的影响可以从两个方面来理解：它影响了文人士大夫的人生道路；它塑造了文人士大夫的文化品格。第一方面关乎士大夫的生存状况和内心动机。文人士大夫浸淫儒家学说，没有不以追求读书出仕，建功立业为自己人生的目标的，况且古代社会并无职业化问题，士、农、工、商本来选择的可能性就不大，社会和价值观同时造就了他们对前途出路的选择。因此，仕宦理所当然就是唯一立身做人的目标，至于日后弄起词曲小说，或者以著述、评点自娱，无不是退而求其次的不得已然。

　　朝鲜朝前期的政治荒怠、世事无常，在士大夫的人生中投下了浓重的阴影。"以天下为己任"这种忧国忧民的儒家使命意识，每逢乱世，便转化成时代的感召，在士子文人内心激起巨大的波澜，使他们不由自主地跻身于救亡图存的历史洪流中，一心为国，死而后已，追求崇高的

──────────

　　①　参见［韩］《圣学辑要》，《为政》第四卷，《立纪纲》。

精神理想。"以天下为己任"的儒家入世精神和拯世救民、舍我其谁的强烈使命意识是儒家文化熏陶下文人士子的人格和价值追求。这一思想同样深刻地影响了朝鲜文人士子的人生价值取向。朝鲜历史小说的产生正值国家动荡、内忧外患之时，文士子带着这种时代的国之忧愤，自然地将入世精神寄于历史小说的创作中，《兴武王演义》《壬辰录》《林庆业传》等历史小说中的主人公，无不处在国家多事之秋，他们有感于时代的需要，主动请缨，毅然以一己之力量，尽匹夫之责。《薛仁贵传》中的薛仁贵、《帷幄龟鉴》中的张良都是在国家危难之时，挺身而出，以一己之能，为国家安危而献谋献策，而《姜虏传》则从反面对这一问题进行了思考。

三　劝惩教化的道德诉求

朝鲜朝的汉文小说在不同程度上，都流露出一定的伦理观念和社会功利倾向，而这些观念和倾向，无一例外都是来自小说家儒家思想的影响。朝鲜朝的小说家们在儒家思想的束缚下，更注重小说的社会功用，所谓匡正风教、规范人心，表扬忠孝、激劝节义，几乎成了他们的口头禅。这与当时的社会文化语境是密切关联的。

在封建时代的王权统治下，往往将伦理道德与国家政治视为一体。朝鲜朝开国君主李成桂在篡权夺位之后，在全国范围内，大肆提倡孔孟之道，积极倡导朝鲜朝"儒教"治国，以纲常礼教来改造社会。这是有缘由的：由于高丽朝不重用儒道，以使"三纲五常"大行其道，所以作为高丽大臣的李成桂，才能最终夺取政权。李太祖心知肚明，如果不改弦易辙，大搞"三纲五常"之道，李氏政权亦随时可以为不守"安分""非礼"的大臣篡夺。这就是说，固国首先要规范礼制，要用礼仪、份位来确立一种崭新的社会秩序。

朝鲜朝以"君臣、君民、臣民"关系和"礼治"为核心，建立起的儒家社会政治秩序和以"忠""孝""节""义"为核心的儒家伦理道德。在朝鲜人的眼里，儒家的社会秩序和人伦道德思想本身就是法律、规定、命令。切实地遵循还是彻底违背儒家的社会政治秩序和人伦道德思想，是一善一恶的分水岭。这就使得小说的创作者们总是以儒家的"善恶"观点来寻找社会政治矛盾的根源，试图通过积极奖励、宣扬善，而极力惩治、劝诫恶来解决社会政治矛盾。朝鲜古代小说中的善恶思想，本质上是善儒家之所善，恶儒家之所恶。

从小说叙事的道德内涵来看，传统的"颂美"与"刺恶"形成了较强的美丑对照观念，比照儒家的道德观，并以颂扬"善"、揭露"恶"为目的。

人必然有欲望、感性需求，这就是人欲，如饮食男女之需并不是非要全部扼杀的，正当的欲望须得到正常的满足。只是，过分的利己情欲或感情欲念，须置于"仁、义、礼、智、信"的规范之中，受其引导并加以限制和克服。"道心应支配人心，人心应服从于道心"的正确引导，因为"仁、义、礼、智、信"反映的是人心的理性精神或道德理性。就情感而言，儒家所重视的是道德情感。道德情感发自道德本性，通过"仁、义、礼、智、信"的引导，最终达到"仁"的境界。

理学家李滉（1501—1570）认为：

> 大抵制作因一时气象，故三代文为，如此其有异。三代相改之意如此，而其所不可改者，乃三纲五常之道也。三纲五常为本，而忠、质、文乃所以行三纲五常之制度也，是乃文为之末矣。①

> 文学岂可忽哉！学文可以正心也。②

通过学文之途以正心，反复强调的重点是人心。"饮食男女，至理所寓，而大欲存焉。君子之胜人欲而复天理。"由此，"小人之灭天理穷人欲，亦由此。故治心、修身，以是为切要也"。

朝鲜汉文小说在主题意识上最突出的特征之一是劝惩教化，劝惩教化几乎贯穿整个古代小说的始终。也正是因为有了"劝惩教化"的保护色，所以在朝鲜文学史上才逐渐有了"小说"的一席之地。

劝惩教化作为一种伦理诉求，绝非道家或道教的专利。从历史上看更是儒学思想的一贯传统，夸大一点说，乃是中国传统伦理思想的一个重要特质。劝惩教化、劝善惩恶尤其注重"改过""省身"的道德实践。然而，不论是儒家理想人格的塑造还是君子修身的实践，其思想主旨就在于

---

① 参见［韩］李滉《退溪先生全书遗集外篇》第七卷《策》，《陶山全书》第四卷。
② 同上。

以道德劝善重建社会秩序。事实上，"劝善"乃是儒家思想文化史上十分突出的重要观念。在朝鲜朝时期，随着中国宋代善书的传入，劝善惩恶思想很快便在社会上下两层打开了一条通道。相传在中国北宋末南宋初出现的第一部善书《太上感应篇》是最早传入朝鲜的善书，李德懋的《青庄馆全书》卷五四（《盎叶记》中《中国西来东国》）记载：

> 朝鲜王朝太宗十七年（1417），得明成祖赠送《善阴骘书》等600部，如《玉皇宝训》《感应篇图说》《三圣训经》《功过格纂要》等。

世宗十六年（1434）朝鲜依照中国的善书刊行了《孝顺思实》《为善阴骘》。其用意正如南宋著名儒者真德秀（1178—1235）"序"之云：

> 常喜刊善书以施人……顾此篇，指陈善恶之报，明白痛切，可以扶助正道，启发良心。[1]

在《一乐亭记》的"序言"中，作者也明确感慨：

> 小说虽出于架空虚构之说，但亦福善祸淫底理。世之谓小说者，语皆鄙俚，事亦荒诞尽，归于奇谈诡谲。而其中所谓《南征感义录》数篇，令人说去，便有感发底意矣。[2]

重视小说的劝惩教化作用。在研究者的述评资料中，我们也能找到对小说"劝惩教化"的阐述。如洪成男在《梦游野谈》中写道：

> 南征记……其辞激切惨恻 足以感动人心 警励薄俗……玉麟梦……皆所以叙闺范内行 而节节有奇闻异说 足令人家为妇女者鉴戒

---

① ［韩］真德秀：《西山先生真文忠公文集》第二七卷《感应篇》"序"，《四部丛刊》初编第 209 册，韩国民族文化促进会 1988 年版，第 11 页。

② ［韩］张孝铉：《一乐亭记》"序言"，《家庭家门小说》，高丽大学民族文化研究院 2007 年版，第 15 页。

而劝惩焉   此虽闾巷稗说 所以补风化者 不可谓小矣。①

如韩国学者车溶柱在《玉麟梦研究》中，引出：

> 盖福善祸淫，天道之常也。至于冯托玄妙真人之说，极涉无据。
> 然此稗笔者之例套也，不可质其必无与必有也。薛生之事，始见于柳
> 范两家无事之日，此谩笔也，及其夺衫投药之时，何其见入曲径，而
> 回谩作真也。至于收军功于北漠，率在郊于南方之时，何其入坦道。
> 而作读者之着眼处乎，此其尤奇绝处也。一夫一妇之处室也，尚多反
> 目之日，况如齐桓之如夫人者六，而能成齐家之道乎，此诚为人
> 夫妇者……②

在《鸾鹤梦》的"序"中，作者写道：

> 吾闻之也，正莫易于天下而莫难于一国，正莫易于一国而莫难于
> 一家，正莫易于一家而莫难于一妇。一妇正一家正，一家正一国正，
> 一国正天下正。由此言之，天下以一国为本，一国以一家为本，一家
> 以一妇为本。然则妇人者实天下之本，家国之基也。此一编之书，所
> 以多载妇人之善恶而微含劝惩之意也。③

> 达孝显忠之士，慕烈殉贞之妇，非世有之而名彰节，立于凶祸蹇
> 难之际良可寒心哉。余近蛰蓬户之下，出门无与人接，而仰感昔人诚
> 善之事，俯叹今世功利之辈，著述此书以寓一时之意云尔。④

金时习以孔子著经时保留"荒诞无稽"的内容为例，提出只要能够
感化人心，有助世教，内容怪诞的小说也有存在价值。《一乐亭记》的作
者李颐淳也表示：

---

① ［韩］洪成男：《梦游野谈》上，高丽大学民族文化研究院宝库社 1994 年版，第 228 页。
② ［韩］车溶柱：《玉麟梦研究》，《西原大学论文集》1975 年第 4 期。
③ ［韩］张孝铉：《鸾鹤梦》，载《家庭家门小说》，高丽大学民族文化研究院 2007 年版，
第 608 页。
④ 同上书，第 434 页。

　　　　是书之作，虽出于架空构虚之说，便亦有福善祸淫底理，则此岂非罪我知我者乎？①

　　他秉承了金时习的观点，认为小说虽然出于虚构，如果能够劝善惩恶，就功大于过，具有创作价值，这是不少文人从事小说创作的主要原因。

　　时至 19 世纪，随着小说的创作和阅读日趋普遍，很多文人对小说有了更为深刻的认识。崔晚成对小说的劝惩教化表示了完全的肯定，《玉仙梦》的作者宕翁也明确表示：

　　　　小说"或有义理上感发"，"或有去就上微讽"，可以包含"至理"，其价值不可否认是为了更好地表达"至理"，他们"虽欲别立门户，别设畦珍"，肠胃则自九经中出，故不敢背驰于秉彝之天，不敢没脚于蔑法之场，终归于彰善惩恶之关板也。②

　　这一论述立足于"文以载道"思想，全面肯定了小说的价值和虚构的作用，认为小说具有阐发义理、批判社会、教化人心等功能。

四　儒家"忠、孝、节、义"的恪守

　　儒家文化中的核心道德观即"忠"和"孝"。这一道德价值观念被朝鲜文人接受并加以强化。在朝鲜朝的汉文小说中，"忠"强调"一心报国，不贰于君"。既要忠于国家、忠于国君，又要以"大家"（国）为第一要义，强化"家国同构"的政治伦理和家庭伦理，体现"齐家、治国、平天下"之目标，"孝"即善事父母。李退溪认为：

　　　　然则所谓道者，何待乎他求哉？即忠恕而尽其理，则忠恕即道；即仁义礼智而尽其理，则仁义礼智即道。今以忠恕则云未尽于道，以

---

　　① ［韩］张孝铉：《一乐亭记》，载《家庭家门小说》，高丽大学民族文化研究院 2007 年版，第 15 页。
　　② 《玉仙梦》，参见林明德主编《韩国汉文小说全集》，中国文化大学出版部 1980 年版。

仁义礼智则难名于道，乃欲别求他物以为道，此则尤非浅陋所及也。①

由此可见，李退溪价值观念的核心是仁爱，由仁爱统率"仁"、"义"、"礼"、"智"、"忠恕"、"孝悌"，等等。他又格外推崇"孝"，强调"忠"和"孝"在道德本质上是一致的。

人有孝思，百行之则。苟能竭力，未学谓学。②

虽然孝为百行之原，一行有亏，则孝不得为纯孝矣。仁为万善之长，一善不备，则仁不得为全仁矣。③

退溪弟子柳西涯甚至认为"忠孝之外无事业"。④ 作为朝鲜朝后期社会意识形态的儒家思想和家礼体系，对人们的日常生活产生着深刻的影响。道德伦理方面，特别重视"孝"的思想，以儒学的"仁"与"礼"结合而成的"三纲五常"为道德规范，并结合古代朝鲜"子孝父"的孝道思想，提出了对父母尽孝道是"天之经、地之义、民之行"的大义明道思想。

故治国本于孝、悌、慈以及于仁让忠恕之属。平天下亦本于三者。⑤

李穑则以"忠、孝、中、和"四字概括儒家重要价值，认为：

孝于家，忠于国，将何以为之本乎？予曰：大哉问乎，中焉而已矣。善事父母，其名曰孝。移之于君，其名曰忠。名虽殊而理则一。理之一即所谓中也。何也？夫人之生也，具健顺五常之德，所谓性

---

① 张立文：《退溪书节要》，《答金思俭希禹》，中国人民大学出版社 1989 年版，第 305 页。
② 参见［韩］《增补退溪全书》，成均馆大学校出版部 1985 年版。
③ 张立文：《退溪书节要》，中国人民大学出版社 1989 年版，第 462 页。
④ 同上书，第 523 页。
⑤ 同上书，第 462 页。

也，曷尝有忠与孝哉？寂然不动，鉴空衡平性之体也，其名曰中。感而遂通，云行水流性之用也，其名曰和。中之体立，则天地位；和之用行，则万物育。圣人忝赞之。妙德性，尊人伦，叙天秩，粲然明白，曰忠、曰孝、曰中、曰和，夫岂异哉？①

由此出发，进而主张"家国一致、孝忠一致"，把国家作为扩大了的家庭，主张以孝的精神忠于国君。而统治阶层反过来利用孝道，通过各种方式宣传儒家的伦理规范。他们尊重"仁爱、诚敬、忠恕、孝悌、信义"等价值并身体力行，尤其对"仁""孝""诚""敬"等德目有所偏重。

朝鲜朝小说家们，从国家兴衰的大义出发，渴望救世的忠孝之臣出现，他们同时又受实学思潮的影响，从本国历史事实出发，在本国历史中寻找民族英雄，彰显他们的历史功绩，以唤起国人的忠君爱国之情。特别是壬丙两乱后，朝鲜士人精神上承受着沉重的压力，他们一方面贬斥清廷为夷虏，另一方面以忠义观念勉励自己，对清廷愈是仇恨，对忠义的体认就愈是强烈。《三国演义》中的忠孝节义观念便为朝鲜文人士子所推崇，他们推崇蜀汉政权，赞同"尊刘反曹"的正统观，并把诸葛亮、关羽等英雄作为忠孝节义的道德典范。《兴武王演义》即继承了《三国演义》的忠义观念，把金庾信塑造成"东国诸葛孔明"形象，将东国的智勇忠义的将士比拟为中国三国时期的将领。《壬辰录》中李舜臣以身许国，极尽民族大义，始终以国事大局为重，是忠孝节义观的实践者。《林庆业传》中，更是塑造了林庆业这一忠臣形象，他以身救国，以忠义自许，蔑视功名富贵，时刻以国家君王为系念，而最终为奸臣所害，在史实上和艺术上造成英雄悲剧，这其实也是对《三国演义》中忠义英雄悲剧的因袭与思考。《林庆业传》的忠孝节义观念同时又蒙上了时代色彩，即作品中体现出的明显的"尊明抑清"思想，这即作者也是历史人物林庆业所具有的思想观念，降服清朝即对有"再造之恩"的明朝的背叛，朝鲜自建立始历代国王都"以诚事大"，忠孝观念不仅包含对朝鲜本国和国王的忠孝，还包含了对明朝的忠孝。

在"家国同构"的儒家伦理规范下，由国而及家，侧重"孝""节"

---

① 参见［韩］李穑《牧隐文稿》，大东文化研究院本，第十卷。

"义"等德目，进而衍生出对女性的"贞""节""烈"等的规范。把"明纲常"作为对民众进行教化的主要目标，倡导全社会实现"家家是孝顺之子，人人都是尽忠之臣，妇女都是贞节之妇"的愿望，把儒家"三纲五常"作为规范各阶层人民的礼法，"夫妇是人伦之始，万福之源"，因为先有夫妇然后有父子，有了父子以后才有君臣，所以"忠臣不事二君，烈女不更二夫"成为当时朝鲜朝社会的两大价值观。

在家庭小说中以强调"节、孝"为核心。《谢氏南征记》通过一个贵族家庭中的妻妾争宠斗争，作品重在张扬家庭和睦与否，是妻妾是否"贤贞"的论断，从而揭示封建宫廷与官场明争暗斗的局面。这是一部以儒家"贤贞"思想来描写"夫妇、妻妾之间"关系的作品。《玉楼梦》展开了对杨少游传奇的一生和其家庭矛盾的描写。前半部重心在主人公对朝廷的忠贞，后半部则描写了"五女共事一夫的"的妻妾矛盾，与之前作品人物为国尽忠效力的壮举相映成趣。《彰善感义录》重在对"孝悌"的张扬。

朝鲜人恪守传统的道德观念和家庭伦理，儒家思想成为朝鲜民族精神结构中较为厚重的部分。"忠、孝、节、义"观念，"三纲五常""五伦"是朝鲜古代社会关系的基础观念，儒家文化所强调的家庭伦理、社会伦理、道德自律、礼仪待人、和谐处世等基本思想，在当时的社会生活和经济发展中起到了稳定的、积极的作用。儒家的"忠、孝"思想以其深刻的文化蕴含和强大的渗透力，对朝鲜朝社会的家庭生活产生了巨大的影响，尤其是在上层社会和两班出身的家庭，占据着统治地位。家庭中实行父权家长制的男权专制，父亲、丈夫说了算，婚姻以"父母之命，媒妁之言"为主，朝鲜传统社会重视"孝"，看重孝行孝道，表现出一种向心力和凝聚力，孝的观念不仅维护着家庭的稳定，还促进国家和社会的稳定与繁荣。

第二节　佛道的劝善伦理叙事

佛教是在公元 4 世纪的后半叶传入朝鲜的，当时正是高句丽、百济和新罗并存的朝鲜三国时代。高丽时代是半岛佛教的极盛期，高丽太祖王建笃信佛教，常以为半岛的统一大业为受佛教的加护，"我国大业，必资诸佛保护之力。故创禅教寺院，差遣主持，各治其业"①。虽然高丽将佛教定为国教，使其成为王室和贵族们的祈祷工具，以此来保护国家，但对佛教的研究却并不深入，仅翻刻了一部《大藏经》为其显著成绩。到公元668年新罗统一三国时，佛教已被尊为朝鲜的国教，随后的高丽王朝（918—1392）也奉佛教为国教。到1392年朝鲜王朝成立之后，此时朱子学被作为与佛教论战的有力武器为士人所推崇。朱子学反对"出世"，主张"入世"，注重实际，对于佛教中的"观空寂灭""离世绝俗"之类的更是强烈反对。高丽末期和朝鲜朝时期的士大夫们研究性理，注重实际，关心现实问题，并且按照朱子学的教义去认真解决建国初期所面临的燃眉之急，并对佛教进行了批驳。朱子学中的立纲常、扶名教也为朝鲜王朝构建社会秩序奠定了理论基础。学者们把批判的锋芒都集中指向了佛教背弃三纲五常的伦理道德。例如，高丽末期成均馆生员朴础在给恭让王的上疏中贬斥佛教"以倡无父无君之教，以成不忠不孝之俗，以毁我三纲五常之典"。② 再如郑道传，其排佛思想主要集中体现在《三峰集》中的《佛氏杂辨》篇里。他认为佛教是夷狄之教，"毁人伦，去四大，其分于道远矣"③，使人"臣不君其君，子不父其父"④。郑道传指出佛教蛊惑人们"食在自立则为不义，而在乞则为义"。⑤ 他提出佛教教育人们对于至亲至敬之人都视作路人，那如何会去帮助与其毫无关联之人呢？在此篇中，还多次以梁武帝崇佛但不得善终为例，劝诫世人莫信奉佛教。虽然实行了斥佛崇儒政策，但是，佛教并没有销声匿迹。由于儒家文化缺乏宗教特质，因此，上至贵族下至平民百姓，人们的精神生活仍然依赖于佛教。佛教已成为朝鲜的民间信仰，根深蒂固地在人们的意识中起着作用，对整个民族的哲学观、人生观、世界观的形成，产生了重要作用，推动了朝鲜宗教文化的发展。

　　有关佛教传入朝鲜最早的文献是中国《高僧传》中的记载：

---

① 参见［韩］《太祖》二，《高丽史》第二卷，韩国奎章阁影印本。
② 参见［韩］李可堪等《恭让王》二，《高丽史节要》第三十五卷，韩国奎章阁影印本。
③ ［朝］郑道传：《三峰集》第九卷《佛氏杂辨》，《朝鲜群书别集》第五辑，朝鲜古书刊行会1990年版，第250页。
④ 同上书，第254页。
⑤ 同上。

（支）遁后与高丽道人书云：上座竺法深（竺潜），中州刘之弟子，体德贞峙，道俗纶综，往在京邑，维持法网，内外具瞻，弘道之匠也。①

朝鲜文献记载的佛教传入时间是在东晋简文帝二年（372），秦王符坚派使者及僧人顺道把佛像、经文送给高句丽。《东国通鉴》卷十八又载，小兽林王四年（374），阿道来东国，次年创立肖门寺，使顺道居之。朝鲜文献的记载比中国文献的记载晚了十几年。

道教传入朝鲜也是在三国时代。道教传入高句丽的记载见于《三国遗事》：

丽季，武德、贞观间，国人多奉五斗米教。唐高祖闻之，遣道士，送天尊像，来讲《道德经》，王与国人听之。即第二代宋留王即位七年、武德七年甲申也。明年遣使往唐，求学佛老，唐帝（高祖）许之。②

佛、道自传入朝鲜，经过与儒家传统文化思想和宗教习俗长期磨合融摄，已经具有了超越宗教的意义，沉淀于人们的人生理想、价值判断、审美趣味中，对当时的社会文化，包括文学有着特别的影响。特别是由于"小说"文体的叙事性及故事性较强，更容易显示其对佛、道观念的明显表达。

儒家影响下的佛、道，在朝鲜社会生长发展的过程中强调"随缘任运""随顺为善"，更倾向于"知命"，但在事实的运用中，实际常常表现为对无奈现实的"宿命"解释及心理慰藉。这样的心态在观照国家兴亡时常以"期运推迁"来作出近于自然循环的解释。而在关注个人的生存状态时，又往往用"命运天定"宣说一种淡泊超然的处世态度。但事实上表达的则往往是对现实不公的排遣，甚至常常流露出一种反讽的意味。

佛教文化的伦理化倾向，"主要是指佛教作为一种出世型宗教，在宗教主张上、在宗教实践过程中，表现出的对人的问题的关怀，对道德问题

---

① 参见（南朝）慧皎《高僧传》之《竺潜传》。
② 参见［韩］一然《三国遗事》之《兴法第三·宝藏奉老》。

的关心，对世俗伦理的关注。"① 这是其儒化的主要表现。佛教传入朝鲜本土化后最突出、最典型的表现就是伦理道德的儒学化，即强调"孝道"。印度佛教虽然也有涉及忠君孝亲的著作，但是并不居重要地位。中国佛教和朝鲜佛教在伦理道德方面主要表现为重视忠孝，朝鲜佛教尤其是集中表现在"以戒为孝、戒即孝"的独特格式上，以孝道为核心，调和儒家伦理。"佛子情可正，而亲不可遗也。"②

另外一点是以儒家仁义等附会佛家慈悲、布施，从而肯定儒家之仁义礼乐，忠君爱国。智圆言："非仲尼之教，则国无以治，家无以宁，身无以安。国不治，家不宁，身不安，释氏之道，何由而行哉？故吾修身以儒，治心以释，拳拳服膺，罔敢懈慢。"③ 国家之安宁、天下之太平也成为佛教关注的对象，佛教引进了"天下国家"和"忠君忧时"的观念。

佛、道经过长期的磨合，更是有意无意地吸纳着彼此的思想观念，时常达到混杂难辨的程度。朝鲜的道教多方面地吸取了佛教思想，如引入佛教的色空、涅槃概念，因果报应、五道轮回以及天堂地狱说等思想。朝鲜小说的作家们时常没有严格的佛、道意识，佛、道观点常常被同时引用来表达自己的思想。以人生为苦，显为佛家观念，而炼道教术法，更明确地并举佛、道。佛教和道教的神灵混杂，常常难分彼此。佛教故事中常有的异类报恩、地府等，又涉及诸多道教仙人，西王母、玄妙真人、葛洪、麻姑，佛教故事中又以僧人之口点明诸仙身份，佛、道神灵混杂于文中，已看不出教派的区别。道、僧相混的作品非常多，具体表现为释子、道徒身份难辨，这不仅表现于理论上的佛、道兼习，更表现为信仰上的相互接纳。

佛道文学创作以超现实幻想的浪漫主义表现方法，对现存秩序采取了一种虚化、摆脱、否定的态度。这样，浪漫幻想与批判现实就异名同实，成为逆反机制相互联系的两种方法了。朝鲜朝时期的小说家，有感于儒教在严峻现实面前的无能为力，而将希望寄托于佛、道两家。在他们的笔下，当儒家从中心位置旁落时，而佛、道就显示出其贴近民心，迎合大众文化心理的一面，更容易为大众所接受。这一点是有着极其深厚的哲学思

---

① 王月清：《中国佛教伦理研究》，南京大学出版社 1999 年版，第 219 页。
② 石峻等：《中国佛教思想资料选编》第三卷，中华书局 1987 年版，第 279 页。
③ 同上书，第 125 页。

想根源的。

一　因果报应——联系现实的善恶观念

一切事物都由因缘和合而成，都产生于因果关系。人的命运，都是自己造因，自己受果，即所谓的善有善报，恶有恶报。在中国人看来，因果报应是佛教的实理和根本，否定因果报应就等于摒弃了佛教。同样，在通过中国而接受佛教的朝鲜人心目中，因果报应说成了佛教的基本思想，这在朝鲜古典小说中反映得淋漓尽致。

佛教所鼓吹的"因果报应"说，与朝鲜社会的"惩恶扬善"的儒家伦理道德不谋而合，随着佛教的大行于世，更加坚定了文人士子的"善有善报，恶有恶报"的伦理逻辑观。古代朝鲜和古代中国一样，是一个伦理型文化的社会，用伦理文化的标准来看世界，世界就是由"善"与"恶"二元组成的。伦理社会的一切冲突都是"善"与"恶"的冲突，而不管这种"善"与"恶"的具体内容如何。在"惩恶扬善"的道德追求中，"惩恶"还只是一种手段，一种方式；"扬善"才是终极的目标。佛教的因果报应说自中国传入朝鲜之后，迅速融合了朝鲜传统文化中的一些固有观念与本土的报应观念，发展成为一种具有朝鲜民族特色的因果报应思想。在古代朝鲜社会中，得到上至圣人先哲，下至贩夫走卒的广泛承认。渗透人们的思想行为、民俗信仰乃至文化的各个层面，这其中自然也包括文学作品尤其是小说创作。因果报应思想介入小说，最初是出于宣佛辅教之目的。

朝鲜的文人们，构筑了一种囊括了天、地、人"三位一体"的大观照、大审美的整体思维，在他们眼里，天与地与人都是同一的，所以，三者虽不同形状，但其实质是一样的，就像黄皮肤、白皮肤、黑皮肤的都是人一样。因此，天能知人意，地能明人心。

在古代的朝鲜，文化只是少数人的特权，当时的汉文不被朝鲜社会所有人掌握，只有贵族阶层的人们能够识得汉字，所以广大的民众由于无法得到文化教育的机会，而成了一个不可能有什么思想深度和文化修养的群体，这就使得他们在思考社会问题时表现出简单、质朴、浅显等特征。"善有善报，恶有恶报"正是以其简单浅显直观好懂的特点而易于被广大的民众所理解、所接受的。同时，人有一种"趋吉避凶"的本能，正是这种本能使得人们更乐意去相信"善有善报，恶有恶报"的伦理道德说教。

儒家文化赋予了朝鲜古代小说道德教化的主题，但在表现这一主题时，显然，仅靠儒家说教是无法圆满完成的。儒家说教只是劝人为善，至于为什么为善，或者说，是善行给人带来什么样的利益，则语焉不详。只是劝人止恶，至于恶行给人带来什么坏处，也述之不明。儒家讲人的道德动机是由于先天本有的善行，而扬善止恶也仅限于道德上的褒贬，既缺乏动力机制，又没有奖惩机制。因此，儒家的道德是缺乏可行性或者说是缺乏可操作性的道德。与儒家道德相比，因果报应思想为个人的道德提供了一个有效的基础，将道德与功利结合起来，也为儒家道德提供了有效的保证。它将行为与由此带来的结果当成因果关系，任何行为都会受到报应，而且这种报应的程度和性质都是由于行为本身作为前因决定的，不能改变，因此绝对公平，有什么因，必有什么果。

朝鲜汉文小说的主旨是戒"妒、恶、自私、贪婪"，宣扬"忠、善、孝悌"等。作者借此警示后人，改变时风与社会道德伦理，使之归于淳厚。作品中广泛地运用了传统的"善恶报应"观念及改造的佛教因果报应观念，以此为武器严惩贪官污吏、歹恶之徒，以此为手段来促人改过自新，来鼓励善行，树立道德范例。其中善恶报应作品具有强烈的神秘性、喜剧性、恐怖性，强化了劝惩效果。通过人物所体现出来的"道德力量"达到劝导善行，惩戒邪恶，匡正民俗，复淳世风。

显然，小说家们意识到了因果报应思想的这一特点，他们将它引入小说，使之成为抑恶扬善的有力工具。但值得注意的是，作为佛教的重要思想之一的因果报应说，实际此时已经历了一个儒学化的过程。因果报应的外壳依旧是佛家的，而其内涵——报应的尺度、善恶的标准等都已儒学化了。一篇作品展示的情节，往往就是一个有因有果的道德实践过程。各环节的前因后果环环相扣，不但昭示着某种道德观念，也显示着结构的谨严有序。对小说家来说，唯一始料不及的可能是，因果报应是为了劝惩而设的，但有时它却淡化了劝惩的道德意义。

朝鲜第一部传奇小说《金鳌新话》中《南炎浮洲志》，便反映了因果报应思想。小说中的南炎浮洲是地狱，那里的百姓就是"前世弑逆奸凶之徒"，而小说的主人公朴生则因"正直无私，刚毅无断"和"著含章之质"而"有发蒙之才"，死后成为阎罗王。同样，小说《雍固执传》中的主人公因虐待和尚而被假雍固执赶出家门，最后悔过自新，成为善良之人。

在家庭小说《玉楼梦》中，当恶妾黄夫人洗心革面，悔改由恶从善之时，也不免发出感叹：

> 人之贵贱不在于外，只在于心，故坐于高台广室，其心恶则其身卑，长于锦衣玉食，其心贱则其身亦随而贱……吾以父母恩德，生长于富贵门下，眼下无人，入舅家以后，无一分妇德，但怀骄亢之心，欲扫灭妾，思独享恩宠，此真卑贱之心。①

在《玉麟梦》中，吕氏在悔改之时也有相似的忏悔之心。正如《金瓶梅》第一百回中，普静禅师所道：

> 我见此忏悔，各把性悟彻。照见本来心，怨慰自然雪。②

以本心与浮生相映照，把情欲之念归于心性之悟。写法虽是因果轮回式的俗套，强调"善有善报、恶有恶报"，但却突出了作者的"人心自悟"的意图。

儒家思想对心的体认，对朝鲜影响极大。中国化的佛教对朝鲜的输入，更强化了这一思想。"诸行无常"，外界为虚幻，"心"才是实在。退溪和栗谷在继承中国道学、心学的基础上，又提出了关于"中理"和"中节"的两个层次。"中理"是指合乎"天理"，又过而不及。"中理"的过程就是使"人欲"服从于"天理"，"天理"制约"人欲"，而不至于违背"天理"；"中节"是借《中庸》的话。退溪说："子思谓喜怒哀乐之未发喟之中，发而皆中节谓之和。"③"中节"就是一切都合乎一定的法度。大凡做到"中理""中节"便是"人心"中好的因素。栗谷认为："人心道心虽二名，而其原则只是一心。其发也或为理义或为食色，故随其发而异其名。"④ 同为一心而异名，于是"人心道心通情意而言者也。

---

① 《玉楼梦》，参见林明德主编《韩国汉文小说全集》第二卷，中国文化大学出版部 1980 年版，第 346 页。

② 参见（明）兰陵笑笑生《金瓶梅》，第一百回。

③ 引自张立文《退溪书节要》，中国人民大学出版社 1989 年版。

④ ［韩］引自《栗谷集》，载裴宗镐编《韩国儒学资料集成》，延世大学出版社 1996 年版。

人莫不有性，亦莫不有形，此心之知觉均由形之寒暖饥饱劳逸好恶而发，则谓之人心。初非不善，而易流于人欲"。从心的知觉而发而言，原初是善的，人欲是后来的。佛道教义本身就含有伦理教化的因素，小说家将其与儒家文化相结合，通过小说的故事化、形象化，得道成仙以劝善，阴谴冥诛以惩恶。神灵鬼怪、花妖狐魅、异域仙境、阴曹地府虽不断出现，但其最终目的并非为宣扬宗教，而在于现实人生。人们都有惩恶扬善的良好愿望，但现实社会并不总能满足人们的这一愿望。佛、道观念以其虚幻的方式使这一愿望得到实现，因而就被小说家所广泛使用。

二　人生无常思想

道教在理论上把"得道"视为人生的最高境界，宣扬得道之人就能长生成仙，却无法在现实中解决有形与无形、有限与无限的矛盾，即以有形质之身躯合虚无之道，以有限之生命去追求无限的道，对这一问题的虚无主义的回答形成道教独特的人生价值观，在主张生道合一、长生久视的同时，又认为人生如梦，视现实感性的生活为虚幻。人生如梦，这一道教理论命题有丰富的审美内涵，其影响超越了道教的范围、学理的范围，为广大的文人士子所接受，成为理解人生对待现实的一种态度，并沉潜到朝鲜民族文化心理的深层。历史上显贵如君王朝臣，平常如文人白衣，当他们仕进不顺、身世零落或感到精神孤寂之时，无不自然而然地发出人生如梦的喟叹。

佛教也认为，世间的一切都是变化无常的，都是过眼烟云。人生也是无常的，人的生老病死是必然的。对待人生的无常，人们会有两种态度：一是超脱人生；二是感伤人生。前者可在另一个世界寻求解脱，如佛家所倡导的那样，经过修行进入涅槃境界。实际上，这是肯定了来世而否定了现世人生。与此相反，感伤则来自对现世人生的执着和留恋。反映在朝鲜朝小说作品中的大多是后一种思想，表现为对"人生无常"的感伤，原因是由社会的各种弊端造成的。如果世事太平，人生也就不会有那么多的无常了。

朝鲜朝的文人士子们，以文章来实现自己的政治抱负，视其为经国之大业，不朽之盛事。他们大多集文学与政治于一身，将"立德、立功、立言"的"三不朽"作为人生价值的体现和生命存在的意义。他们在仕途顺利或处于社会发展时期，就积极入世，为治国平天下努力。反之，他们在无法实现"三不朽"的理想、遭遇坎坷或处于日益衰落的世况时，就感到人生无常、生命短暂。朝鲜朝汉文小说中的无常表现，要么是以积极的态度，要么是将无常的原因归结于政治的腐朽。因此，作品中虽写无常，但在剖析无常的根源时，却将矛头指向了社会问题，并用儒家的观点来解释其原因，即人生无常源于社会现实的弊端。

虽然佛学由印度进入中国再传到朝鲜，但它选取了其中的一些轮廓更为自由的填充内容，适应其民族文学的诉求，体现其民族文化的心理。如果说中国古代小说分为"形而上"超拔含蓄隽永的境界，还有"形而下"现实人生关注的话，那么朝鲜古代的汉文小说更注重"形而下"的历史责任感，其中"人生无常"是一种无法改变的命运，也只能借助一己之力或者是借"南柯一梦"以慰藉。"宠辱之道，穷达之运，得生之理，死生之情"（《枕中记》），人生梦幻，不过一瞬而已，皆如梦境一般。梦境中幻化时间与人间时间的对比，主人公在梦境中的飞黄腾达与回归现实后的困顿庸碌的对比，这种"差距效果"透露出小说蕴含的创作观念和主旨。

朝鲜传奇小说，抑或梦游录小说，较多地建构现实—仙境（地府、龙宫等）—现实的叙事空间，较为普遍地在对现实生活的描写中寄寓了佛、道超越的宗教观，宗教观念常常转化为宗教因素以寄性托情，宗教的印记多渗透于作品的主题与意象，常表现为真纯超然的人世追求和淡泊高蹈的生活情趣。亦常有借佛、道的神秘天命来表达源自儒家和道家的乐天顺命及任其自然的旷达人生态度，但许多故事在志异之外也透露着难以排解的郁闷。

这类作品通过不同的时空系统转易和呈现以及故事情节的鲜明对比和时空错置，体现出奇特的审美特征。它们的意旨绝非从政治角度批判朝政，暴露时弊，而是指出仕途选择的虚妄，从人生价值的角度去否定为官求荣的意义。正如汤显祖在《南柯梦记》所说："世人妄以眷属富贵影像，执为吾想，不知虚空中一大穴也，倏来而去，有何家之可到哉"。

《九云梦》以佛教的"空无"思想为背景，表现了人生虚无和无常的主题。男女主人公享尽人间富贵之后，看破红尘，皈依佛门。金时习的《万福寺樗蒲记》，阴间的女主人公凭借佛力还阳到天竺国；《南炎浮洲志》中的朴生，死后成为地狱的阎罗王。金万重的小说《九云梦》中天上的佛徒性真和八仙女因犯了戒律，先后投胎转世，成为俗世的杨少游、秦彩凤等人。在佛教看来，任何一个有生命的个体，在未获解脱前，都必然在天、人、魔、畜生、恶鬼、地狱之间生死轮回，永无终期。在朝鲜古代小说中，这种思想多表现为人物的投胎转世和死而复生。在朝鲜朝的汉文家庭小说，由于家庭不和而引发的虐待、谋害、逐出，导致了主人公因遭受不白之冤，含恨而死，但往往是"死而复生"或者得到仙人或异己力量的救助，免于一死。"死亡"在小说中起到了"中介"的作用。死亡不是生命的终结，而是主人公摆脱现实束缚，实现自己理想的起点，死亡成为通向美好结局的桥梁。在一些爱情小说中，男女主人公"因梦定情"，超越了现实生活的禁锢与无趣；女主人公又"因情而亡"，正延续了早期爱情故事的主题表现形式，通过"死而复生"来获得爱情婚姻的圆满，无疑正符合了古人对爱情的神往。复活的不只是生命，更是在死气沉沉的社会里对爱情婚姻追求的美好愿望。这种"生者可以死，死者可以生"的能够超越生死，对美好愿望的渴求，承载着人们对美好生活的赞颂和殷切希望。

第五章

朝鲜古代汉文传奇小说的文化叙事

传奇小说创作以现实世界真实的视角去感知虚拟世界的理想预设，通过真实与虚拟的两个世界的存在，建立起两个世界之间的一种特殊的联系，去审视非人的虚拟理想憧憬。在虚幻的世界中，不仅有人物的梦幻世界，还有神、仙、鬼、怪等异类。梦中发生的事件是当世社会现实的浓缩和写照，人物所梦的世界也是现实人生所能感知并经历过的。

第一节 《金鳌新话》："亦真亦幻"的现实寄寓

金时习效仿中国瞿佑的《剪灯新话》而写成的《金鳌新话》，是朝鲜文学史上第一部汉文传奇小说集。外形上受到《剪灯新话》的影响，金安老在《龙泉谈寂记》中谈道：

> 近代诗，僧岑为之领袖。为诗典重，少蔬荀气。如金鳌山，著书藏石室，日后世必有知岑者，其书大抵述异寓意，效剪灯新话等作也。①

《金鳌新话》内容上所叙述的是传奇性素材，而表达方式则是述异寓意，即借叙述怪异的故事于隐然中表达己意，是当时社会外在的文化现象，"述异"的传奇性素材选择，意味着当时朝鲜朝初期杂录中内在传统的成熟。"寓意"则是作者对自身所处时代苦恼的表达手段。

《题剪灯新话后》中说：

---

① 参见［韩］金安老《龙泉谈寂记》。

山阳君子弄机杼，手剪灯火录奇语。
有文有骚有记事，游戏滑稽有伦序。
……

金翠墓前溪山丽，罗赵宅内苔草细。
聚景园内荷香馥，秋香亭畔月色白。
……

独卧山塘春梦醒，飞花数片点床额。
眼阅一篇足启齿，荡我平生磊块臆。

　　金时习对《金鳌新话》创作所依从的范本《剪灯新话》特别强调了"有文有骚有记事"的文体多样性。"荡我平生磊块臆"表明了他承继、创作传奇小说的根本目的。所谓"风流奇话"，对他来说不外乎是尽情表达对现实矛盾的不满，实现净化内心世界的突破口。

　　《金鳌新话》作于金鳌山，作者在后记中写道：

　　自居金鳌，不爱远游，因之中寒，疾病相连，但优游海滨，放旷郊履，探梅问竹，常以饮酒自娱。

　　金时习从天才少年最后沦落为落魄隐士也是经历了理想破灭的心理过程。朝鲜朝时期，臣（叔父）弑君（端宗）篡位的世祖政变——"癸酉靖难"，加重了对人民的压迫和剥削，并废除集贤殿，屠杀文人学士。金时习对世祖暴政不满，焚毁书籍，撕碎儒服，削发为僧，四处云游，并开始文学创作生涯。

　　光庙之初，故旧乔木尽为鬼簿，而复异教大兴，斯文陵夷，仆之志已荒凉矣……屡见身世相违，如圆凿方柄，旧志已尽，新知未惯。孰知余之素质，故复放浪于山水间矣。①

---

① 参见［韩］鱼叔权《稗官杂记》第一卷。

　　他将自己与现实的格格不入，喻为"圆凿方枘"。"圆凿"指现实，"方枘"即指金时习本人。他从满怀抱负到抨击时政，内心也潜藏着对社会政治及命运遭遇的极大的愤懑，他在《题金鳌新话》中已经明确表示该书为"人间不见"，而且绝非"玉堂挥翰"，他只是如瞿佑一般，是对现实彻底失望之后借超现实的小说体裁创作排遣胸中块垒。

　　　　　矮屋青毡暖有余，满窗梅影月初明。
　　　　　挑灯永夜焚香座，闲著人间不见书。
　　　　　玉堂挥翰已无心，端坐松窗夜正深。
　　　　　香插铜炉乌几净，风流奇话细搜寻。①

　　从此诗可以看出，由于隐居日久，金时习已"无心"于正统文学，而另辟蹊径选择"风流奇话"为素材创作。他在读过瞿佑的作品后，大加赞赏，用诗体写了《题剪灯新话后》，认为这部在中国被禁毁的《剪灯新话》是"美如春葩变"。② 他创作了自己的传奇小说集，将其也命名为"新话"以表示与中国禁书的作者志同道合，隔海酬唱。从中可见金时习写作《金鳌新话》时的创作环境和心境。其环境：梅影松声，灯红月清，香浓几净，脱俗而又温馨；其心境：与世无争，平和恬静，冥思多情，既超脱而又不平。正是在这样的气氛中，金时习的思维飞向了那个超现实世界。而社会的黑暗与不公，人生的烦恼与不平，个人的痛苦与不幸；生活的艰辛，爱情的虚幻，理想的失落；人生的短暂，死亡的恐惧，报应的无情，等等，所有这些都促使他用全部心血构筑那个超现实世界。在那个纯真而永恒的艺术世界里，作者笔下的主人公既可以得到情绪上的宣泄，又可以得到精神上的慰藉；既可以达到逃脱的愿望，又可以达到抗争的目的。这是一个精神的王国，这是作者心目中的美的殿堂。

　　当然，这个超现实世界不是纯然超现实的，而是以现实生活作为基础的。因此，它总不能摆脱现实黑暗的投影，令故事的结局带有某种凄苦的

――――――――――

　　① 参见［韩］金时习《题金鳌新话》，《梅月堂集》第六卷。"罗赵宅"见《爱卿传》，"金翠墓"见《翠翠传》，"秋香亭"见《秋香亭记》，"聚景园"见《滕穆醉游聚景园记》。
　　② 参见［韩］金时习《题剪灯新话后》，《梅月堂集》第一卷。

味道，为全书定下了哀艳的基调：热恋之后的男女，最后总是离别；失去所恋女子的男子都是以青壮年之身"不复婚嫁"，不是"入山采药""不知所终"，就是"得病而卒""奄然而逝"；即便死后得到了冥界的某种官职，也看不见有什么欢乐和事业成就的描写。金时习虽有浪漫主义的理想，但并没有丧失正视严酷现实的眼光，他以浪漫主义手法描绘出带有悲剧美的理想世界，同时又以现实主义的手法将揭露和批判的矛头指向了现实社会的黑暗和丑恶。

> 处士本闲雅，早世好大道。
> 志与时事乖，红尘迹如扫。
>
> 身世乖违甚，年光荏苒移。

他将自己与现实的这种关系用"志与时事乖""身世乖违甚"来表达。他表面上假作沉醉佛教的模样，是他对礼教秩序彻底遭蹂躏的丑恶现实的对抗。

> 心儒迹佛，取怪于时。乃故作狂易之态，以掩其实。

栗谷在《金时习传》中称，金时习的思想是"心儒迹佛"，李籽在《梅月堂集》"序"中也用了"行儒而迹佛""佛迹而儒行"的表达。可以说这是为掩饰内心矛盾的一种手段。金时习之所以被称为"方外之人"，也是由于他在外人的眼中思想不合主流，是一个总是处于与现实无休止的矛盾和斗争中的人。

在作品中，金时习常常借人物之口，来说出自己对文化、社会、婚姻等的看法，不时流露与表现出不同于《剪灯新话》的倾向。在作品中，作者注入了他对朝鲜历史命运的思考，以现实历史事件、生活内容为题材，以古代朝鲜的自然风光、民俗民情为背景，表达着作者自己的思想感情。在很大程度上，金时习辉煌幼年时期所形成的执着及满腔忠君之义的想法支配了他一生的命运，也影响了他的小说创作。从艺术适合性角度而言，《金鳌新话》是用传奇小说的超现实手法表现了作者特殊的精神世界。因为他把重视男女情感体验的传奇小说进行了最大限度地灵活运用，并发展了"节义"价值观，通过这一过程作者投射了自己的观念，所以对作者而言，《金鳌新话》有一种精神历程的意味。

世祖篡位造成了金时习渴望建功立业和反抗世祖篡权而隐逸的矛盾心态，他为了消解这一内心矛盾而作出的努力在作品中得到了最好的体现。"达则兼济天下，穷则独善其身"，当无法"兼济"之时，只能怀"独善"之心，而"独善"的具体方案往往采取道家的超越之途。金时习也在这种超越中寻求出路，在小说中，就体现为对超现实理想人物与超现实世界——愿望空间的设定。从这一意义上来看，他有意创作《金鳌新话》的目的是离开儒家的日常现实而向往道家的超现实世界，以消解他内心的矛盾。

《金鳌新话》以烟粉灵怪为题材，共收录作品五篇——《万福寺樗蒲记》《李生窥墙记》《醉游浮碧楼记》《南炎浮洲志》《龙宫赴宴录》。前两篇以爱情为主题，《万福寺樗蒲记》写书生与女鬼恋爱，女鬼投胎后书生终身不娶。《李生窥墙记》写男女相爱，女子遇害后死去，亡魂仍与书生继续生活。《醉游浮碧楼记》写天仙与人间书生交往逞才，书生借此机缘而死后登仙。《南炎浮洲志》《龙宫赴宴录》分别假托书生与阎罗王和朴渊龙王的谈话，借以表达作者对宗教和哲学的看法。《金鳌新话》虽取材鬼怪神仙题材，而其表达的却是对当时社会的不满，小说在人物形象塑造、情节安排诸方面都超过了朝鲜的原有的稗说体小说，历来被誉为朝鲜小说成熟的标志。

《醉游浮碧亭记》开篇写道："平壤，古朝鲜也。周武王克商，访箕子，陈洪范九畴之法。武王封于此地而不臣也。"在金时习看来，朝鲜王朝是箕子的后裔，箕子是朝鲜的正宗始祖，所以借箕女（仙子）感慨历史"卫满乘时，窃其宝位，而朝鲜之业坠矣"。这表面是感慨箕王之灭，实则寄寓对世祖篡位的愤慨，世祖篡位成了他内心深处挥之不去的隐痛。在作品中，将朝鲜远古历史与现实进行对比，流露出他对朝鲜始祖的深深眷恋与对现实的深深失望，无形间就体现了作者对先祖悠久历史文化一种深沉的回归意识。通过与仙界箕女交往，进入仙界，实现超越现实的梦想。也就是说，超脱不如意的现实，指向永恒无限的世界，是作家要求的小说化。

《万福寺樗蒲记》中所描述的几个女鬼都是死于倭寇入侵。高丽王朝末年，倭寇集团发动侵略战争，这次战争从 1350 年开始，到 1376 年达到高潮，侵犯了全罗南道、庆尚南道、忠清南道等许多郡县，至1380年入侵者才被赶走。"边防失御，倭寇来侵，干戈满目，烽燧连年，焚荡室庐，掳掠生民，东西奔窜，左右逋逃，亲戚仆童，各相乱离"，青年女子何氏以及她的朋友郑氏、吴氏、金氏、柳氏，都是在侵略中丧失生命的花季少女，她们的不幸惨死，控诉了战争给普通人带来的苦难。孤独忧戚的现世梁生与非现实世界的幽魂女子相遇结成佳缘，从而获得了精神知己。在得知女子为恪守贞节而死于倭寇入侵后，梁生对其仍一如既往，没有丝毫改变。这是现实中身为外人的作家自身无意识中流露出对能够消解自己孤独情绪之人出现的渴望。金时习是一位忠节、傲世、孤独、放浪的啸吟山林的愤者，他的隐逸是与世隔绝的单隐，特别是在他后期的生活中这个特点很明显。他"卜筑依寒岩"。真正与山林为伴，与鸟兽风雨为侣。他缺乏人际的交往，只能与山林自然对话，在孤寂的山林中孤独地隐逸。现实中的孤独之感形象化于作品得以消解。同时，在作品中，作者也表达了他对倭寇入侵的痛恨、对朝鲜王朝的民族忧虑。

《李生窥墙传》中李生与崔氏便罹祸于红贼之乱。"辛丑年，红贼据京城，王移福州，贼焚荡室庐，脔炙人畜，夫妇亲戚，不能自保"，这是当时社会的真实写照。崔娘堂堂正正的生活姿态与独立意志是讲究节操、忠义的作家在现实生活中所无法企及的，因此成为他倾慕的对象。也因此，作品中的男主人公李生明知对方是幽魂，也毫不犹豫欣然接纳，并切断与外界的一切联系，沉浸在纯粹的二人世界中。《南炎浮洲志》和《龙宫赴宴录》中因"不得登一试，常快快有憾"的朴生与韩生，在现实中得不到认可的才能，在地府、龙宫得到了肯定。金时习既与现实无法调和，又被现实所不容的状况，在《南炎浮洲志》阎罗王称赞朴生的段落可以看到——"天无二日国无二王""寡人闻子正直抗志，在世不屈，真达人也。而不得一奋其志于当时，使荆璞弃于尘野，明月沉于重渊。不遇良匠，谁知至宝，岂不惜哉"。作为儒者的金时习，他的不遇之感的小说被形象化了。这一方面暗示世祖篡位是非法的，为儒教伦理道德观念所不容；另一方面也表露出作者对当时政治的不满。这一怨愤如何消解，就是金时习的艺术视角，就是作家的创作动机。通过小说中的非现实人物——阎罗王与龙王及愿望空间——地府与龙宫，使不满、矛盾得到消解，使无意识要求得以满足，这体现了金时习所具有的卓越的创作精神。

《金鳌新话》诉说着金时习的"无法释怀"。金时习少有壮志，面对叛臣贼子从积极反抗到后期消极不合作，最终隐居深山，从未放弃对现实的关注，他的传奇小说以梦幻笔调，展现的依旧是对国家百姓的深沉关怀。《南炎浮洲志》中的大部分写的是朴生与阎王的对话。作者设计了梦游——谈话的结构形式，目的在于让朴生无拘无束地表达出自己的观点。朴生素来对佛教、巫教、鬼魂之说一概不信，时刻宣示自己"儒生"的正统身份。这无疑是作者自己"心儒迹佛"的写照。《南炎浮洲志》中又有"治国论"。阎王府作为现实社会的映射而存在，存在的价值在于贯彻作者的理念。《龙宫赴宴录》中金时习不吝笔墨地摹写龙宫的华美，很有可能就是童年时期被世宗接见时的记忆，以及对童年美好憧憬的回忆性描写。龙王开的是"润笔宴"，主角是被称为人间"文章巨公"的韩生，他需要龙王将他的文章"勒之金石"。但这是遥不可及的梦想，所以韩生最终"不以名利为怀，入名山，不知所终"。由此可知，金时习对现实流露出深深的失望。

《金鳌新话》中的传奇作品虽然外形多样，但事实上都存在内在的统一性，渗透着金时习"远害"与"明志"的情感倾向。正如赵东一所说：

> 处于王朝交替、文化重筑的历史时期，朝鲜前期的士大夫以汉文开风范的工作比过去任何一个时期都来得彻底。士大夫阶层也有主流外的一群，他们不能参加科举走入仕途，但谁也阻止不了他们熟练地驾驭汉文表露他们的不满。在当时的历史条件下，出现了这种徘徊于体制之外的与官人文学、仕林文学相对的文学。①

朴晟义评价《金鳌新话》的价值认为：

> 金时习将瞿佑的作品完全领会消化、融化在自己的血液中，根据自己的构思，进行了再创作。②

赵东一认为：

---

① ［韩］赵东一：《朝鲜文学通史》，知识产业社 1994 年版，第 1 页。
② ［韩］朴晟义：《韩国古代小说史论》，日新社 1937 年版。

这群徘徊于体制之外的文人的先驱者就是金时习，他不屈服于命运的代表作品即为《金鳌新话》。①

《金鳌新话》是在金时习不幸的家庭遭遇、政治上受冲击、社会出现多样化变动和中国小说等背景之下创作的，并没有原封不动地翻译中国的小说，而是用脱胎换骨的手法形成了独特的世界，凸显对倭寇入侵、民族历史的思考，发出了作者自己的声音。因此，金时习被誉为"15世纪朝鲜小说的开拓者"，他的《金鳌新话》被称为"中古小说的先驱"。从《金鳌新话》的诞生到17世纪以赵维韩、许筠等小说作者为代表的朝鲜小说兴旺时期之间，朝鲜小说遇到潜伏阶段，在朝鲜小说发展的停滞阶段中，仅有申光汉的《企斋记异》继承了《金鳌新话》的传统，填补了15世纪末与17世纪朝鲜汉文小说的空白。

第二节　《企斋记异》："无异于奇"的反思启迪

《企斋记异》大致创作于1520—1533年，作者申光汉，号企斋，出身于缙绅名阀，四岁时父亲去世。关于他的号"企斋"，在他的《企斋集》中记载：

> 斋以企名，何企也，企吾祖也，吾祖名堂以希贤。吾名斋以企，企吾祖，所以希贤也。希贤则希圣，希圣则希天。②

申光汉的祖父是申叔舟，曾任领议政等达官，与成三问等创制了朝鲜的文字"训民正音"，并撰有《东国正韵》《国朝宝鉴》《世祖实录》等。申光汉受先祖影响，希望自己能立志于学习，达到圣贤的境界。"人人有尽心知性之责，则人人有希圣希天之道。"他崇尚学问，爱惜人才，他的世界观遵循正统的儒家思想。

> 圣人之书之大者，不过曰五经。其次则曰易曰书曰礼曰诗曰春

---

① ［韩］赵东一：《朝鲜文学通史》，知识产业社1994年版，第98页。
② ［朝］申光汉：《企斋集》，景仁文化社1999年版，第471页。

秋，而世治亦如之。易阐王道，书载王政，礼记王教，诗言王化。道
降而政易衰，政衰而教微，教微而化亡，化亡而法寓于书，法寓于书
而天下无善治。故画于河图争绝护麟，微矣哉！①

> 人参天地间，所贵在知学，赋与非不均，禀受有清浊。
> 由其学不学。贤愚终异城，卓彼先觉人，独全此明德。
> 闵斯众迷方，指南道　　，大道岂远人，吾心是太极。
> 五性理统同，四端非外铄，七情几在意，万事交于目。
> 纷纷日以羁，稚与能主寂，圣人自虚明，所存神不测。
> 贤者必操持，矧伊子与若，操持非强把，敬义善着力。
> 惩忿窒室欲，其要在谨独，鸡鸣俨衣冠，六籍窗前读。
> 夫子善诱人，大段博而约，莫轻子夏门，莫先张也禄。
> 安和镇浮躁，孝弟乃汝职，源泉泌达海，进者终有得。
> 丘陵不至山，孔圣恶夫画，吾家一十世，斯文相继续。
> 寅唯善鏖基，祸福在所积，坠易自汝辈，起亦由不息。
> 嗟嗟　舆津，勉两知自勖②

　　他认为国王应按照天理施行善政，任用人才。相对于"勋旧派"的
主张依法治理国家，他主张臣子无论升官、贬职，为了国家都要清正廉
洁。这种强调道德素养的处世观与"士林派"的政治观相似，但他的循
环论的处世观则与"士林派"不同。他身为"勋旧派"，但又站在"士林
派"的立场上，主张两大势力融洽相处。

　　虽然他受"乙卯士祸"的牵连只能隐居，《企斋记异》中的《安凭梦
游录》中所表现的思想倾向和处世观，实际是作者蛰居时的觉醒和内心
感悟。《企斋记异》四篇作品包括《安凭梦游录》《书斋夜会录》《崔生
遇真记》《何生奇遇传》四篇中的男主人公都是满腹经纶、不得入世的文
士，这也是作者作为一个坚定的儒者对当时被冷落的知识分子命运的关注
和对当时世事的担忧。

　　在南衮、沈贞等勋旧势力派掀起的"乙卯士祸"中，申光汉由于与

---

① ［韩］申光汉：《企斋集》，景仁文化社1999年版，第480页。
② 同上书，第278—279页。

赵光祖关系亲密，又由于他有支持赵光祖、金安国、金净等士林的嫌疑而受牵连，被"勋旧派"弹劾，降职任三陟副使，后又被放逐到骊州，在此蛰居18年之久。《企斋记异》是在他卸任之后、临终之前创作的。

> 自古昔以来，不朽有三：立言其一也。下经史子集而言，若齐谐官是已。然而之人也之书也。徒能聘力于言语文字之末。顾于义理，空空焉。尚论之士，乌足取哉。①

他的弟子申濩在1553年其跋文中谈及：

> 《企斋记异》一帙，即今赞成事，企斋相公所著也。尝游戏翰墨，无意于奇而自不能不奇，及其至也，使人喜，使人愕，有可以范世，有可以警世，其所以扶树民彝，有功于名教者不一再，彼寻常小说，不可同年以语，则盛行于世固也。第写本承讹，好事者病焉。②

所谓"无意于奇，而自不能不奇"是说自己并未刻意求奇求异，而已对传奇文学的创作手法烂熟于胸。在批判齐谐稗官之流的同时，亦可见当时滑稽、稗说等杂记类盛行的景况。与此"品格不同"的《企斋记异》也因"被歪曲了的抄本"，而被当作与齐谐稗官类读物一样流行于世。所谓"使人喜使人愕，有可以范世，有可以警世"，描述了作品"扶树民彝，有功于名教"的功能价值。申光汉以"尝游戏翰墨"，当小说创作为余技，作品内容也不追求深刻，目的在于给读者以启迪、教化的作用。

在作品中作者将为"乙卯士祸"所累罢官谪居的暗淡生活移入梦游的框架中。《安凭梦游录》以梦中的"酒宴"寓意当时的"两班"统治阶层，"黜堂花"寄寓着作者的身世和境遇。安凭在出门听到美人哭述，惊醒后一一验证：

> 又思门外美人，则生尝得所谓黜堂花者，戏谓护花童曰："此花

---

① ［韩］朴惠顺：《企斋记异》，全界社1999年版，第191页。
② 参见［韩］申濩《企斋记异跋》。

得罪杨妃，故名黜堂，植诸外阶可也。"僮果植之阶下矣。

"黜堂花"显然隐喻在"乙卯士祸"中遭到排斥的作者本人，但作者此时的心情比较宁静，还能自我解嘲说"植诸外阶可也"，可知该篇作于申光汉在骊州闲居之时。

在《书斋夜会录》中，作者将书生的文房四宝拟人化，通过遭主人抛弃的文房四宝与儒生的交流过程，描写了为社会排斥、穷困潦倒的儒生的真实处境，作者用隐喻的方式表达了对现实政治的批判，这也是作者被罢官之后其与书为伴的自身体验。如文章开头云：

> 有一士夫，略姓名不书，好古，落拓为世所摈。家虽窘罄，意豁如也。尝构别墅于达山村，杜门断往还，唯以书史自娱，邻比亦不得见其面者数年矣。①

这其实是把作者自己放在了作品中，隐指作者在骊州闲居的生活状态。文中又把文房四宝比作老朋友，表示绝不在朋友无用时予以抛弃，正如祭文中所说：

> 天赋性命，与之物则，伦有五伦，德有五德。粤维朋友，二五之一，夕死尚可，无信不立。茫茫坠绪，大道斯塞，死生贵贱，云雨轻薄。无故蔺合，庄周所讥，利尽则疏，达人之悲。孰是同心，谁与同声……不形之形，形于不形，不际之际，际于不际。百年交契，重以论世，生为莫逆，死则同穴。矧伊人矣，不如物乎？②

在"乙卯士祸"中，申光汉备受打击，但从这段话可以看出，他宁愿与朋友共生共死，决不后悔；并对那些有利则亲、利尽则疏的人，表示出不屑与愤慨之情。

《安凭梦游录》中的花园王国并不是理想的政治世界，这里没有纲

---

① ［韩］申光汉：《企斋记异》，载《韩国文集丛刊》第十四卷，韩国民族文化促进会1988年版。

② 同上。

纪，不成体统，充满着嫉妒与猜忌。从"有何秘语，见人即止"的戏语中，能窥见这种疑虑的态度，可见作者建构的梦中世界和现实世界一样，充满着险恶与无序，作者暗示了当时由于党派纷争而产生的这种复杂的局面。

> 就南席欲坐，李夫人揖班姬，班姬让李夫人，久未定。王戏二人者曰："昔李夫人以宠，班姬以踪，今日之坐，勿以爵，以色，可乎？"班姬整衿，笑对曰："第以终风且暴之故尔，昔之班未知孰与李？且妾闻朝廷莫如爵。"遂就上座。①

在座次的安排上，竟然以受宠和失宠来调侃，而且要以"色"为重，映射出当时现实社会的纲纪混乱。

> 三人至，则长揖不拜曰："等野性疏懒，未谙礼法。"王愈礼下之，遂登殿分壁对坐。生末乃趋拜，三人相顾动色曰："安秀才何得到此？邂逅识面，岂非幸欤！"生尤怪之，不觉其由。三人者揖生使左，生固让不就，王曰："礼当如是，未宜多让！"生不得已就座，次徂徕，次首阳，次东篱，各叙喧凉。②

徂徕、首阳、东篱依次入座，三人座位安排的理由不得而知。三人因礼仪把上座让给安凭，安凭虽然相让，但因女王命令不得不就上座。他坐在三位居士之列，暗示他与三人是同一类人士，这似乎是申光汉与"士林派"路线相同的若隐若现的投影。徂徕（松）、首阳（竹），东篱（菊花）三者因违逆女王的旨意而遭罢职，暗示了"乙卯士祸""士林派"和"勋旧派"政治势力之间的对立。表面上看，主人公安凭站在旁观者的立场上，而内心则表现出对刚直处世的三人慷慨气概的深深赞同。席散之后，归途中对哭诉的美人，主人公深表同情，美人代表了与荣华富贵无缘、在党派之争中遭排斥的士林党群。安凭所表现出来的关怀，缘于他们

---

① 《安凭梦游录》，参见林明德主编《韩国汉文小说全集》第三卷，中国文化大学出版部1980年版，第4页。

② 同上书，第4—5页。

因士祸被罢官、遭流放而与自己具有相同的处境和命运。

通过这种矛盾构图，作者表达了在与自己的政治理念背道而驰的现实中，一名儒者关于出世、入世问题的思考。但作者无意于表现深刻的矛盾，相反，他试图表达各党派之间应相互包容、和谐共处。作者的主题意识并不在于暴露内在矛盾，而在于摒弃世俗的欲望和权力欲望的争夺，使现实社会恢复平静，这和作者 18 年的隐逸生活有直接的关系，蛰居练就了作者超凡脱俗的处世性格和"天人合一"的儒家修养观。作者申光汉在"乙卯士祸"后，看到挚友大都被处刑，深受冲击，因而自请外职。他离开政界，出任三陟副使的时节，正是本作品写作的直接背景。

《崔生遇真记》的主人公崔生，是一个嘲讽现实世俗、积极渴望过神仙生活的人物形象。作品中对崔生的描写，其憧憬仙境、拒绝现世的态度，由此可见作者对当世的怀疑与彷徨。小说中将再会的场所设置在蓬莱岛，可以推测作者沉醉于道仙思想的影响。《崔生遇真记》的道仙特征似乎是一种以有效表达隐逸醉乐意识为目的，而使用的却是脱离现实的手段。

作者设置了梦境和现实两个空间，但在梦境发生的事情在梦醒之后又通过周围真实存在的自然环境来确认，缩短梦境和现实的联系，反映作者在政治现实和隐逸自然之间选择的矛盾和彷徨。作者将梦中体验看作修身与自我内省的机会，但在梦醒之后，重新回到日常生活中，又不得不过自我修炼的隐逸之士的生活，崔生后来"入山采药，不知所终"的结局，也是一开始作者所埋下的伏笔。崔生的仙界体验，可以说是具有存在论有限性的寻常人的寻常梦。但是作品的终极意图并非单纯地脱离现实世界，享受道仙的生活，而是以这种暂时的脱离体验为契机，实现重新入世的现实梦想，实现其作为儒者的最终追求。

第六章

朝鲜古代汉文历史军谈
小说^①的文化叙事

朝鲜汉文历史军谈小说创作的社会背景，是朝鲜朝自 17 世纪之后，经历"壬辰倭乱"和"丙子胡乱"两次外敌入侵，国势衰微，国内政治腐败，经济凋敝，矛盾重重。在国家危急存亡之际，新的经济力量的复苏和后期实学代替程朱理学思想的出现，潜藏于人们内心深处的民族意识和社会责任感逐渐被唤醒，面对社会的衰微，民众更渴望时代英雄的出现，以拯救和改变国家和民族的命运。

此时的朝鲜小说受到传入的中国明清通俗小说的影响，表现出对以《三国演义》为主的中国历史演义小说中所描写的明君贤臣的钦慕，同时通过两次战争又想从本国寻找功勋卓著、安邦定国的英雄以拯救国家。这一时期的朝鲜小说以史实为背景，出现了一批历史军谈小说，有《壬辰录》《林庆业传》《兴武王演义》《姜虏传》《帷幄龟鉴》《薛仁贵传》等。

此类以史实为背景的历史小说，是以某一特定的历史阶段所发生的重大事件为线索，以在历史上起过某种作用的著名人物为对象，从而展开叙写"敷衍成书"的，其素材主要来源于史料，同时也吸收了某些民间传说，又兼以作者的部分创造，从而连缀成篇。这些小说对历史史实进行了

---

① 金东旭先生在他的《韩国小说史》中将"军谈小说"分为两种情况：基本上有史实依据的作品被称为"历史军谈"，这类作品多出现在早期；中期及后期的作品，多没有史实根据，全凭想象、虚构的战争作背景，被称为"创作军谈"。这两类"军谈"，在主题思想、情节模式、人物形象等方面，均有差异。韦旭升先生在他的著作《朝鲜文学史》中则将"创作军谈"名为"军功小说"，而将"历史军谈"名为"讲史小说"。即金东旭和韦旭升两位先生都将有战争史实根据的小说与只以战争作背景的小说明显地区别开来，分类相似，命名不同。本章的"历史小说"内容接近于金东旭先生所称的有史实依据的"历史军谈小说"。

一定程度的虚构，以儒家的"忠君""德治""义理"思想为核心，反映了当时的历史观、政治理想，同时再现了当时的历史过程，对历史进行了再观照，并总结了历史教训，突出了浓厚的民族意识。这一时期历史军谈小说的思想文化主流主要是对王道仁政的向往、对明君贤臣的期盼、对定鼎安邦的救世英雄的赞颂。

第一节 《壬辰录》与"壬辰倭乱"史实

朝鲜宣祖二十五年（1592，明万历二十年）四月，日军首领丰臣秀吉以 20 万兵力由釜山登陆入侵朝鲜，攻入王京，朝鲜国王宣祖李昖向当时的中国明朝求援，明神宗派祖承训、李如松、邢玠、陈璘等将领几次援朝，前后有数十万人赴朝鲜，与朝鲜军队和民间抗倭力量一起作战，直到朝鲜宣祖三十一年（1598，明万历二十六年）日军撤出朝鲜半岛，战争才宣告结束，史称"壬辰倭乱"。

7 年中，战火几乎遍及朝鲜全国，从义州到南海，80% 的领土遭遇战争的摧毁，灾难空前。战争中涌现出了一批英雄人物，诸如全罗左道水军节度使李舜臣、义军将领郭再佑、僧人西山大师等爱国英雄。战争给朝鲜人民带来了无尽的灾难而明朝援朝之举及援朝将领给朝鲜人民留下了深刻印象，明朝对朝鲜的再造之恩为之后朝鲜历代君民所感念。

"壬辰倭乱"之后，以此为背景创作的小说不少，但描写战争本身的只有《壬辰录》一篇。① 《壬辰录》即是在这次战争基础上虚构而成的。作品贯穿着强烈的爱国思想。作者怀着强烈的憎恨倭寇的感情，歌颂了以李舜臣为首的爱国将领和抗倭义兵的节义之气，同时对朝廷统治者的腐败无能进行了无情的揭露。

作品对当时的历史史实进行了真实的描述：朝鲜朝宣祖年间，日本酋将平秀吉以平行长、清定为兵马大将，以马大时、沈安顿为水军大将，发动 80 万大军侵略朝鲜。由于朝鲜毫无防备，将领们多贪生怕死，致使日

---

① 《壬辰录》是在口头流传中逐渐形成的，现存汉文本与朝鲜国语本两大类，各类版本中又有不同异本，且有的版本之间内容差异较大，没有一个"定本"。已知有十几种汉文抄本，其中以韦旭升先生据朝鲜金日成综合大学图书馆藏抄本点校的，最为中国读者所熟知，内容多据史实，较完整地记述了战争始末，本书以该本为研究对象。见《韦旭升文集》第二卷，中央编译出版社 2000 年版。

军长驱直入，很快攻陷了汉城、开城和平壤。宣祖被迫逃往鸭绿江边的义州，并派人向明朝求救。而此时李舜臣在海上取得大胜，痛歼日军，各地民间爱国者如金刚山俞点大师、宜宁人郭再佑、广州校生金德龄、西山大师等人，或组织义兵，或直接深入敌营，反击日军。在明朝援军的帮助下，日本侵略者节节败退，朝鲜不久收复平壤，双方开始议和。议和破裂后，日军又大举进攻，朝鲜水军节度使元均遭到惨败，南原城也被敌人占领，而此前李舜臣被人陷害，正关在狱中。局势危急之时，宣祖在兵曹判书李恒福的建议下，放出李舜臣并官复原职，同时又派人向中国明朝求救。李舜臣与中国明朝将领麻贵、杨镐、陈璘等协同作战，很快又扭转了局势，并在一场大海战中大获全胜，歼灭了日军主力，但李舜臣也不幸在战斗中牺牲。随着日军撤出朝鲜，"壬辰倭乱"以朝鲜胜利告终。

《壬辰录》也有来源于民间的虚构，如朝鲜翻译官洪彦顺援救石星夫妇及石星夫妇知恩图报、派兵支援的情节，即根据民间流传的故事进行了虚构演义。历史上的石星，是中国明朝的兵部尚书，是中国明朝出兵援助朝鲜的决策者和主要支持者。当时的中国明朝也是内部纲纪废弛，外部边事频发，朝议时多数人主张不予救朝鲜，独石星力排众议，认为不可不立即发兵救援，且自请率兵前往。神宗认为他身为兵部尚书，不宜亲自领兵出征，遂令祖承训率兵五千先入朝鲜，随后李如松为提督率大军驰援。此后，在数年援朝战争中，石星一直主持其事，后获罪被处死。朝鲜君臣对石星力主救援及受牵连被处死，深感歉疚。李瀷甚至认为：

> "壬辰倭乱"，明重兵援助，"功专在石星一人，再造之恩，实当之"。[1]

所以，在朝鲜人民看来，石星是具体执行神宗"再造之恩"的大功臣。神宗、石星及其李如松、杨镐和邢玠等人的故事在朝鲜民间广为流传。甚至在之后的众多以壬辰战争为背景的小说中被虚构、称颂。直到1956年朝鲜出版的《壬辰录》中还说：

---

[1]　［朝］李瀷《星湖僿说》经史门，下册，第233页，转引自孙卫国《大明旗号与小中华意识》，商务印书馆2007年版，第102页。

　　　明皇帝神宗和朝鲜国王宣祖，就是《三国演义》中桃园三结义
的刘备和张飞。

　　朝鲜对于中国的"再造之恩"的情结，直到现代还一直存在，表达
了朝鲜人民对中国援军的深深感激之情。

　　《光海君日记》中写道：

　　　……但天朝是我父母之国，而有再造之恩，今有外侮，徵兵於
　　我，则在我之道安可不为之驰援乎……然而以大体言之，则有父子之
　　义，而私情言之，则有必报之义，以此以彼，但不可不为应援。[①]

　　民间传说往往表现平民的愿望与理想，体现了人民对英雄的渴慕，表
达了渴望英雄人物和明君贤臣拯救国家、救民于水火的美好政治理想，全
篇贯注着爱国主义的思想。

　　《壬辰录》中的朝鲜国王，接到败退战报，不知所措，只知哀叹哭
泣、听信谗言，李舜臣战功卓著，却被诬陷而下狱。由无能君王统治、由
佞臣专权的国家，显然不是作者的理想。所以，在记述历史事件时，作者
寄托了自己对明君贤臣共建强国的政治理想和向往，渴望时代英雄人物出
现的美好愿望。外敌的多次入侵，塑造出朝鲜民族刚烈不屈的民族性格，
描绘了无数不屈不挠英勇抵抗的民族英雄形象。虽是弱小，诚然不屈，虽
处劣势，抗击至死。这是一个民族在面对强敌时对自身尊严的誓死捍卫。
《壬辰录》中，除了以大篇幅描写爱国将领李舜臣，其中的红衣将军郭再
佑更显示了爱国的气概。郭再佑原本是个书生，当敌人在推进到离他的家
乡不远的鼎津时，他奋起组织义军，顽强抵抗日寇，英勇斗争。当听说倭
寇入侵，政府将领纷纷不战而逃的消息后，郭再佑大怒，曰："皆可斩
也。""一朝乃散家财，以募壮士。其妻谏曰：'奈何出死浪计？'再佑大
怒，欲斩之。解妻子衣服，散给战士之妻子，荡尽家业，而乃托其妻子于
其妹夫许彦深，率加募壮士，声言击贼。"

　　在政府军官都望风而逃的时候，像李舜臣、郭再佑这样的爱国志士却

──────────

　　① ［韩］《朝鲜王朝实录》，《光海君日记》第一二七卷，十年元四月寅卯，首尔大学奎章
阁藏本。

没有屈服，而是以国家之事为己任，挺身而出，将抵抗倭寇的责任揽到自己身上。像郭再佑毅然荡尽家财，组织义军抵抗。在郭再佑精神的感召下，义军迅速壮大起来，"旬日之内，众至万余"。在战斗中，郭再佑身先士卒，勇猛作战，"不问倭之众寡，必先登驰突，故所率壮士勇气百倍，无不一当百"。并且善用计谋，"或马上击鼓徐行，以为行军节度，或令人吹笛鸣箛，以示无惧。或于山薮多设疑兵，吹角鼓噪。或于路吹设伏兵，寂若无人。贼至，辄射杀之，无日不战，战必获胜"。给倭寇以沉重的打击。

《壬辰录》中塑造的这些英雄人物，都表现了时势造英雄的平民英雄史观，对于英雄的渴望，其实是作者对朝鲜朝后期国力衰微，各种矛盾错综复杂的深感沉忧虑的表现，处于末世，生灵涂炭，国家命运危在旦夕。历史小说的创作者有感谢于史事，重构前史，重塑英雄人物，渴望这些忠君辅国，在国家民族危难之际力挽狂澜的英雄人物能够救民于水火之中。这种历史观念的产生，与其特定的历史背景、作者所处的具体历史环境密切相关，朝鲜历史小说大都出现在壬、丙两乱之后到朝鲜朝结束的二百年间，这一阶段朝鲜国势衰微，作者所处的社会，战争频仍，党争不断，君主怯懦畏缩，佞臣不战而逃、谋求私利，忠臣英勇抵抗却遭谗言中伤，国家危难，这种情况下，作者反思历史，抒写情志，站在历史的高度，渴望明君贤臣的出现，体现出整个时代朝鲜人民普遍的政治理想和历史态度。

第二节　《林庆业传》与"丙子胡乱"史实

"丙子胡乱"是 17 世纪的 1636 年，清军为了攻打明朝，解除后顾之忧，而发兵朝鲜的一场战争，这是后金第二次入侵朝鲜。朝鲜仁祖十四年四月，皇太极称帝，有专书致朝鲜，通报此事。朝鲜使臣罗德宪、李廓参加登基盛典，却拒不下拜。皇太极气愤至极，认为这是朝鲜有意构怨。在之前，后金为避免两线作战，曾对朝鲜采取拉拢政策，多次派遣使臣赴朝鲜投书，希望朝鲜与明朝脱离关系，并与后金结盟。但是朝鲜不为所动，仍然支持明朝。皇太极愤然，罗陈其十年违约事例种种。指出：

> 尔王若自知悔罪，当送子弟为质。不然，朕即于某月某日举大军

以临尔境。尔时虽悔何及乎。①

对清朝的威胁警告，国王李倧"卒负固不梭"。自第一次后金入侵朝鲜发动的"丁卯胡乱"之后，朝鲜上下累积的近十年不满情绪，也在此时一并迸发，朝鲜官臣纷纷痛切：

> 使彼虏得知我国之所秉守，不可以干纪乱常之事有所犯焉。则虽以国毙，可以有辞于天下后世也。

仁祖拒不接见后金使团，不接受其来书。后金皇太极以朝鲜"败盟逆命"② 为由，决计"征发大兵，深入朝鲜，平定八道"。③ 此时的京畿之内"上下惶惶，罔知所为，都城士大夫，扶老携幼，哭声载路"，明朝也清楚地看到：

> 奴兵东犯，朝鲜必不能支。若鲜折入奴，则奴势日张矣。④

中国明朝欲"乘奴远掠巢虚之时"，挑选山海关、宁远精锐部队，选择"智通之将"，轻骑入捣建州，"相机续济，以牵奴后，而纡属国之急"。然而，此时中国明朝社会各种矛盾激化，农民反抗蜂起，仅万历时期的"三大征"也使兵力财力耗损严重。仅抗倭援朝一役，持续7年，"丧师数十万，糜饷数百万"。朝鲜国王李倧几次求救于天朝，明廷却力不从心，不能像当年那样派兵援朝。清兵以强凌弱，最终迫使朝鲜国称臣。此后朝鲜成为清朝的藩属国，接受清朝的册封，朝鲜断绝与原宗主国中国明朝的关系。

> 贵国实心要和，不必仍事南朝（明朝），绝其交往。而我国为

---

① 《清太宗实录》第二十卷，崇德元年四月乙丑。
② ①"纳我逃人，献之明国"；②"孔（有德）、耿（仲明）二王来降，彼兴兵截杀"；③"遇我使臣不以旧礼，责去书辞，拒而不视"；④"丁卯年权许讲和，今已永绝。当谨备关隘，激励勇士"。
③ 《清太宗实录》第二十卷，崇德元年十二月。
④ 《明熹宗实录》第七十七卷，天启七年三月戊寅。

兄，贵国为弟。①

李倧以"城下之盟，春秋之耻"，犹豫不决。朝鲜君臣认为"大义所系，断不可许"。坚持"只论两国之好而已，何必提起不当之言"。"人质事，可择宗室一人以送"。朝鲜仁祖以其长子李澄、次子李淏赴清朝做人质，朝鲜向清朝朝贡。

具有高度发达的儒家文明、以"小中华"自居的朝鲜，沦为清朝的藩属国，在当时的朝鲜是君臣、黎民都痛心疾首的事情。朝鲜虽然屈服于清朝的统治，但朝鲜人对清朝非常反感，称呼后金和清朝为"胡国"。这种敌对的称呼和态度，在《朝鲜王朝实录》中比比皆是。"丙子胡乱"对朝鲜社会、文化的冲击非常大，"尊明反清"的情绪，一直都是社会思潮的主流。

朝鲜小说《林庆业传》②，正是以"丙子胡乱"战争中的朝鲜名将林庆业为主人公，描写了他与"胡国"进行顽强战斗的经过，以及最后被朝廷奸臣暗杀的悲惨事件。林庆业在朝鲜历史上，同样深受朝鲜人民的敬仰与爱戴，他死后甚至被民间神化为崇拜的偶像。林庆业是朝鲜时代丙子战争时，坚决崇明排清的英雄。

主人公林庆业随使臣李时白赴明朝，恰逢"胡国"遭到伽鞑的侵略，"胡国"恳请明朝派援兵击退伽鞑国的侵略。明朝一时选不出合适的统帅，便封林庆业为统帅出阵，打败了伽鞑兵马，救"胡国"于亡国边缘。林庆业归国后，"胡国"渐渐强盛，试图侵犯朝鲜领土，于是朝廷便封林庆业为义州府尹，镇守鸭绿江边境线，以防范"胡国"的突然袭击。"胡国"知道林庆业厉害，便绕道渡过图们江攻入朝鲜。面对"胡国"的突然袭击，不得不躲到南汉山城避难的仁祖国王只好出城向"胡王"投降，世子与大君作为人质被抓到沈阳。

林庆业得知此消息，准备突袭班师的"胡军"，然而发现世子和大君等王亲国戚已作为人质落入"胡军"之手，只好眼睁睁地让"胡军"顺

---

① 参见［韩］《朝鲜王朝实录》，《仁祖实录》第二卷，仁祖五年二月乙亥，首尔大学奎章阁藏本。

② 《林庆业传》有汉、朝两种文本，笔者所见汉文本为岭南大学藏本《林将军传》与金起东本《林忠臣传》，小说讲述的就是林庆业的生平事迹，主要描写了林庆业对明朝的友好感情和对后金的斗争，体现了鲜明的尊明反清倾向。

利地渡过鸭绿江。"胡王"对林庆业怀恨在心，扬言要攻击明朝，要求朝鲜派出援兵并指名要林庆业率军出征。到了"胡国"，林庆业仍不忘朝鲜与明朝的友好情谊，与明朝互通情报，让明朝假降于"胡国"。林庆业回国后，"胡王"得知此事，便又要求朝鲜把林庆业派到"胡国"来。林庆业识破了"胡国"的奸计，在被押解赴"胡国"的路上，杀掉胡兵，削发化装成和尚，逃到明朝。林庆业想要借助明朝的兵马，惩罚"胡国"，然而由于和尚独步背叛而被俘，并被押送到"胡国"。"胡王"用尽一切办法，想迫使林庆业投降，但都未能得逞。"胡王"被林庆业的忠贞所感动，将林庆业以及世子送回朝鲜。听到林庆业回来的消息，金自点为隐瞒自己的罪状，暗杀了拜谒朝鲜国王后从宫中出来的林庆业。

朝鲜国王在梦中见到林庆业的冤魂，命左右把金自点抓来，处以极刑，林庆业的忠贞受到了褒扬。《林庆业传》虽有一些小说的虚构成分，但总体来说真实地反映了林庆业的一生轨迹，以及"丙子胡乱"的历史史实。其中，仁祖避难于南汉山城、世子为质，以及林庆业被迫出征明朝，却私下与明朝互通等均属史实。真实地反映了明清交替之际，朝鲜君臣"尊明反清"的心态，以及被迫臣服于清廷的愤懑。

李胤锡在《林庆业传研究》中认为：

> 《林庆业传》以林庆业史实为基础，经过作者的有意虚构创作形成。虽然这部作品由一个作者创作，但作者的创作意图，作品中虚构的内容，却是长期以来凝固在民众心中的形象的表现，反映的是多数民众的期待与愿望。①

林庆业对明功勋的史实记录如下：

> 时中朝叛贼孔有德、耿仲明来据牛家庄，将军起兵击之，适中朝大都督朱文郁，副都督吴安邦，三都督孙士厚，监军御史萧九韶等，亦来讨贼将军即遣通信，两军来击，几获两贼。由三将不协缓击，故二贼得通北虏，北虏数千骑来救，遂得遁去。朱文郁等，以将军先登

---

①　[韩] 李胤锡:《林庆业传研究》，正音社 1985 年版，第 133 页。

之意，查功奏闻，皇帝嘉之，赐金花插头，特拜德兵，赏宾甚优。①

而《林庆业传》叙述的却与此完全不同：朝鲜兵曹判书李时白以上使的身份赴明的时候，林庆业随行。当时"胡国"被可达侵略，向明朝求援，"明给林庆业10万大军，任命他为请兵大将，派他救援胡国"。林庆业大破敌军，他的名声大振。这段情节虽完全出于虚构，其目的也是为了将林庆业英雄化。

该部作品虽然是在朝鲜沦为清朝的藩属国之后完成的，但是在作品中却表明了作者鲜明的"尊明贬清"思想，如把南京的统治者（隐指明朝皇帝）尊称为"皇帝""天子"，而把北京的统治者贬作"胡王"（隐指清朝统治者）。

汝之主君乃若禽兽者，南京天子以我为大将讨灭加达，使安汝国，其恩其德，实难忘之。而反破中国，侵我东方，古今天下，岂有若是不义无道者乎？②

同时，作品又表现出浓厚的民族意识与自尊，如"南京天子"派林庆业援助"胡国"，功成后执酒赞曰："将军罔极之德，不可笔舌形容其万一也。"连"胡国"将士也相与叹曰："此万古名将也，与士卒同甘苦，兵无血刃而灭贼，以保我国之社稷，亦雪我王之深仇，岂不表盛德乎！"因此为他立下"万世不忘之碑"。后来甚至写"胡王"是因林庆业之忠义才放回世子与大君，并在他冤枉入狱后致信朝鲜国王："林将军乃万古忠臣，虽有重罪，不可轻杀，十分宽宥，以表节义云云。"其实这都是出于作者杜撰，但亦可见"丙子胡乱"在人们心中留下的阴影。

朝鲜历史小说即体现出这种民族文化心理，联系朝鲜历史小说产生的背景，以往在文学上积淀的离别、复仇、爱恨等感受和战争这一特殊情境联系起来，便体现出忧郁和感伤。其文化历史原因是：首先，长期的内乱和外患使人们产生感伤和不安的心理，如在《林庆业传》中，主人公多次表现出的对现实的忧虑、悲愤和感伤，国王降"胡国"，林庆业闻之，

---

① 参见［韩］《林忠愍公实记》。
② 参见［韩］《林庆业传》，岭南大学藏本。

不胜愤痛："吾竭力尽忠以报国恩之万一，昼夜为心，今国势如此，庆业何用！"林庆业被害前，"咫尺大阙隔如千里，阙内事机无路凭问耳"的无奈与哀苦跃然纸上。

第三节　《兴武王演义》创作与朝鲜三国史实

金庾信是新罗名将，高丽朝金富轼的《三国史记》、朝鲜朝权近和李儋等的《三国史略》、徐居正的《东国通鉴》和《三国史节要》、无名氏的《朝鲜史略》等史籍均载其事迹，其中以《三国史记》第四十一、第四十二、第四十三载录最详。有关他的生平事迹广为后世流传，是文人墨客寄兴遣怀、感叹兴亡的主要咏叹对象。

朝鲜诗人俞好仁在《过镇川·有怀金庾信》中云："手挥神剑策鸿勋，一扫青丘万里云。试看英雄肠断处，天官还似胜将军。"洪世泰的《金庾信墓》云："将军背上七星文，壮志终成统一勋。东国至今传异梦，西风有客吊孤坟。灵旗夜湿空山雨，古剑寒埋大壑云。安得如公再生世，直输心力翊吾君。"随着历史的变迁，金庾信不断地被人们神化，赋予其超常的政治智慧与军事才能以及仁德忠勇的完美人格。金庾信不再是一个单纯的历史英雄，已以成为民族文化精神的象征。

金富轼根据新罗《古记》《行录》等撰述《金庾信传》。他评价金庾信云：

　　观夫新罗之待庾信也，亲近而无间，委任而不贰……故庾信得以行其志，与上国协谋，合三土为一家，能以功名终焉。①

将金庾信的功绩定位在"与上国协谋，合三土为一家"，而对于金庾信的谋略、忠勇以及一统三韩的重要作用则论述不多。朝鲜朝建立之后，明永乐年间，权近、李儋、河仑等编纂《三国史略》，将金富轼的《三国史记》加以概括，以编年体的形式载录史事，金庾信的历史地位在《三国史略》中依然没有太多的述及。直到朝鲜成宗时期，由徐居正编纂的

---

① 《金庾信传》，《三国史记》第二十二卷，孙文范等校勘，吉林文史出版社2003年版，第445页。

《东国通鉴》，对金庾信有了正确的评价。

《东国通鉴》说：

> 庾信应期而生，遭遇之奇，有同鱼水，以忠愤之心济英伟之略，谋谟帷幄，算无遗策，东征西讨，风驱云扫，所向无敌……及其伐济而义慈降，伐丽而宝藏虏，能成一统之功，使其君富有东韩之地，使其民永免锋镝之虞。自是位兼将相、身佩安危者二十余年，屹然为国家之长城。岂非所谓有其才，得其君，得其时，而成其功者乎？况有始鲜终，亲君子，远小人，临终之言，真得大臣告君之体。其备历艰危，鞠躬尽瘁，功名忠节，始终两全。如金庾信者，求之新罗九百年之人物，亦罕其俦矣，呜呼贤哉！①

徐居正立足于史实，评判金庾信的历史贡献。从谋略而言，运筹帷幄，算无遗策；从武功而言，英勇善战，所向无敌；从道德而言，鞠躬尽瘁，忠君爱民，以为"求之新罗九百年之人物"，罕有与其相提并论的。由于徐居正熟读经史，学识渊博，实为一代文宗，他对于金庾信的评判确立了金庾信的历史地位。

在朝鲜"壬辰倭乱"以后，屡受倭寇侵凌的朝鲜朝，希望像金庾信这样的勇将贤相再生，朝鲜统治者开始关注金庾信这一历史人物。在朝鲜历史上，人们不断赋予金庾信新的文化内涵，他不再是一个普通的历史英雄人物，而渐渐成为朝鲜民族智慧的化身。

朝鲜汉文历史军谈小说《兴武王演义》，以三国史实、传说为依据，以新罗贤臣金庾信为中心，叙述了新罗王朝统一朝鲜半岛的政治军事斗争进程，歌颂了金庾信等历史英雄人物，是朝鲜朝末期一部著名的历史军谈小说。作者李鼎均在《三国史记》中金庾信玄孙金长清所作"家传"的基础上，再加上或多或少地汲取了民间讲史和历史传说等素材，虚构敷衍，在朝鲜朝高宗时期的1887年写成《兴武王演义》，《兴武王演义》类似于中国的历史演义小说。《兴武王演义》成书时已至朝鲜朝的末世，国家内忧外患，国内革命战争会随时爆发，对外受日本及西方列国侵凌，国家危机重重，李鼎均生逢乱世，是有感于国运而创作的。

---

① 参见［韩］徐居正《东国通鉴》第九卷，新罗文王十三年七月。

他在《兴武王演义》"序"中道：

> 今人之博猎史书，论人物之奇伟者，必称中国。上自三代汉唐，下及有宋皇明，了然若抵掌，而至于东国则罕有讲论，疏略特甚。呜呼！东国虽小，求之千古岂无其人哉？……千载之下，足以兴起乎智士之心，猗欤！壮哉！[①]

由此可见，作者欲借金庾信一统三国之卓著气概，寄托历史兴亡之感慨，希望末世出现像金庾信那样的民族英雄，激发民众的爱国之情。

伴随着对战争故事的着意描绘，演义编创者自然便把兴趣的核心置于争斗厮杀的主角——将帅与军师身上，集中笔墨将他们传奇化甚至神化，用以迎合民众对于英雄的渴望及追慕心理。例如，历史小说中的李舜臣、郭再佑、尹兴信、林庆业等将帅，其神勇超凡的武功、卓绝雄壮的举措、坚毅顽强的意志等，即体现了民众对英雄的景仰与追念，甚至神化，用以迎合民众对于英雄的崇拜、追慕心理。其中，中国历史演义小说中的韩信、关羽、张飞、尉迟恭、薛仁贵、岳飞等将帅，姜子牙、诸葛亮、刘伯温等军师"涵天地于掌中，舒造化于指下"的神异才智和非凡法力，则极大地满足了目不识丁者与知识分子所共有的尚智心理。这些英雄人物的故事，无疑是编创者叙事的主要兴奋点。

作者欲借金庾信之气概寄寓历史兴亡，推崇历史英雄金庾信，激发人们的爱国之思。推崇儒家的政治道德观念，渴望建立一个明君贤相而有序的理想社会。

李鼎均《兴武王演义》"序"云：

> 公以不世之才，又得有为之君，若太宗、文武之贤明，有同鱼水，言听计从，东征西讨，百济、高丽以次削平，而赞扬王化，使东韩之人称新罗圣代。然则，其忠义勋劳，虽以诸葛武侯、郭汾阳论之，庶无愧矣！[②]

---

① ［韩］李鼎均：《兴武王演义》"序"，高丽大学民族文化研究所 1996 年版，第 1—2 页。
② 同上。

　　李鼎均将金庾信与中国历史上的贤相诸葛亮、名将郭子仪进行类比，以儒家思想观念的仁德、忠信来评判作品中的人物，明显具有深厚的儒家文化观念。在小说中，作者借苏定方之口评价新罗：

> 其君仁，其臣忠，下之人事其上，如事父母。不可谋也。①

评述金庾信云：

> 其人形象英伟，忠略特达，即海东之管萧也。今番之役，其功居多，而又不受食邑，其人可知也。②

　　李鼎均在创作《兴武王演义》时，如此推崇儒家文化并非偶然，这和朝鲜半岛崇尚中华的文化传统有关。高丽末朝鲜初期学者郑道传论及儒家文化时说：

> 天下之通祀，唯文庙为是。国家内自国都，外至州郡，皆建庙学……唯圣教之在天下，如日月行乎天，百王以之为仪范。③

朝鲜正祖时期的沈绰评述云：

> 我东人生长偏方，其受气固局隘，而日用所见皆俗下文字。虽多高才绝艺，出语自不能古，其势然也。④

　　在儒家文化影响下，朝鲜学者崇尚中华文化，阅读经史子集，具有深厚的文化内涵。在朝鲜朝末期，由于西方文化传入朝鲜，传统儒家文化的影响力有所减弱，但在传统文人看来，中华文化是最为优秀的文化，儒家思想依然是人们思想行为的准则。在朝鲜文人崇尚儒家文化的社会背景下，具有正统儒家思想的李鼎均模仿中国小说，把金庾信"诸葛亮化"

---

① ［韩］李鼎均：《兴武王演义》"序"，高丽大学民族文化研究所 1996 年版。
② 同上。
③ 《三国史记》卷七，吉林文史出版社 2003 年版，第 43 页。
④ 参见［韩］沈绰《松泉笔谈》。

则是必然的。因此，李鼎均通过《兴武王演义》描写，希望朝鲜末世出现像金庾信这样的民族英雄，其中寄托了希望国家统一、人民安居乐业的美好理想。

《兴武王演义》试图表述"为国之道"，重视人才，仁政兴国的儒家政德观。通过作品中金庾信竭力报国、鞠躬尽瘁的精神可反映出来。如在卷三《开国公乘箕上天》中，对金庾信临危之际的描写。金庾信病重，文武王临床问疾：

> 臣愚不肖，岂能有益于国家？所幸者，明王用之不疑，任之不贰。故得攀附王明，成尺寸之功。今三韩为一家，百姓无二心，虽未至太平，亦可谓小康。臣观自古继体之君，靡不有初，鲜克有终，累世功绩，一朝堕废，甚可痛矣！伏愿殿下知成功之不易，念守成之亦难。疏远小人，亲近君子，使朝廷和于上，民物安于下，祸乱不作，基业无穷，则臣死无憾。①

这段话可与诸葛亮的《出师表》相媲美，从中可以看到一个老臣的谦逊、忠诚。直到临死之际，他没有一言论及子孙、家族利益，仍然忠心关注社稷、关注国家基业的昌盛。作者李鼎均以《三国演义》的诸葛亮为范本，将金庾信再现为朝鲜的诸葛亮，赋予人物以特别的文化寓意。为了使人物更加接近诸葛亮，作者不惜舍弃历史文献史实，对人物进行了虚构化，突出了人物在历史进程中的个体作用。

作者舍弃了金庾信的妹妹与太宗武烈王的特殊婚姻关系，在作品中突出了金庾信与太宗之间的君臣关系。卷一中《月城公子访隐者》《公子枉杞溪草庐》《聘仙堂公子迎婿》三则故事，强化了两者的身份关系。月城公子春秋是新罗真圣王之孙，生逢三国纷争之际，为国家强大而招贤纳士，广结天下英雄。隐者百结先生向月城公子推荐金庾信，"杞溪人金庾信有经天纬地之才，管萧之亚也"。随后，春秋公子沐浴斋戒，率人前往杞溪草庐。天寒地冻，春秋公子侍立门外，金庾信为公子的至诚、尚贤所感动，邀请春秋入室，两人纵论三国形势。金庾信以为："愿公子休兵养士，收用贤才，尽心辅国，使百姓晏堵，坐看其弊，则不出二十年，伯业

---

① 金庾信：《开国公乘箕上天》卷三，吉林文史出版社 2003 年版，第 328 页。

可成也。"公子自杞溪还，在夫人面前称赞金庾信为"海东之孔明"，将女儿许配给金庾信。武烈王因为金庾信之才德而将女儿许配给金庾信，强化了他是一个谋略过人的勇将贤相之形象。

《兴武王演义》模仿刘备、诸葛亮的君臣关系，重构了武烈王春秋与金庾信的君臣关系。在朝鲜史籍中，朝鲜学者在论及金庾信的历史功绩时，都不约而同地注意到武烈王、金庾信形同鱼水的君臣关系，"亲近而无间，委任而不贰"①，非常之才遇到非常之君，这是金庾信建立功勋的重要条件。朝鲜学者对于武烈王、金庾信君臣关系的评价明显受陈寿的《三国志·诸葛亮传》的影响。

朝鲜半岛三国一统的历史与中国三国历史具有很多相似之处，三方复杂的政治军事斗争、权谋诡谲给后世留下了充分的历史想象空间。官方正史、野史、民间传说，纷纷从各自的立场阐述历史，为小说创作提供了丰富的素材。

---

① 《三国史记》第三十四卷，吉林文史出版社 2003 年版，第 445 页。

第七章

朝鲜古代汉文梦游录小说的文化叙事

　　对梦的偏爱是朝鲜古代汉文小说中一道独特的风景。小说家对梦的偏爱绝不是一种偶然的现象，这与特定历史时期复杂的社会文化因素和文人心态是分不开的。敏感多思、伤时忧世的士子文人在对"人生"这一问题进行形而上的思考时，常常无奈地发出人生如梦的感叹。而生活在朝鲜朝政治剧烈动荡时期的他们，则更深切地体验了人生之虚空、世事之多变、命运之莫测和前途之未卜。面对社会变迁，他们犹如置身梦中，罔知所适。这种强烈的"浮生若梦"的人生体验在某种程度上影响了小说家的创作心理并在作品中留下印痕。功名利禄，无一非空，富贵荣华，终将成幻。

　　如果说动荡的世事变迁，加深了文人"浮生若梦"的痛苦体验，那么现实的不如人意，则直接促成了文人对梦幻的强烈渴求。从某种程度上说，愿望得不到满足，是幻想背后的直接驱动力。"幸福的人从不幻想，只有感到不满意的人才幻想，未能满足的愿望，是幻想产生的动力。"①"人而如愿随心，则不复构楼阁于空中、过屠门而大嚼，其有云梦海思者，必仆本恨人也。"身处乱世的显然也属于"恨人"之行列，而文学则为他们提供了消解愤恨、补偿失落、寄托梦想的方式。面对现实的不如人意，朝鲜文人并没有局限于个人的悲欢、成败、荣辱，仅仅以沉迷于旧梦的方式来逃避现实，消极地获取心理的补偿。更多的文人关心着国家和民族的命运，并在小说中积极地建构梦想。

　　梦游录小说是在传奇小说的基础上发展而来的，在它构造的梦幻世界

---

　　① ［奥］弗洛伊德：《论创造力与无意识》，孙恺祥译，中国展望出版社 1987 年版，第 44 页。

中，将作者设定为梦游者，而且都是怀才不遇的文人士子。他们在现实社会中受到不公正的待遇，虽有治国之才却不得施展，所以当他们一旦进入梦境中的理想化世界中，他们就会发挥自己的才能，施展自己的抱负，并会受到充分肯定。

第一节 《元生梦游录》：党派之争的政治写照

《元生梦游录》以世祖篡位为题材，而作品中塑造的梦游者元子虚正是林悌自身的写照。小说讲述了梦游者在梦中见到"死六臣"和端宗的冤魂，并与他们举行诗宴的故事，是作者林悌借由小说一吐心中不平不满之怨恨的作品。林悌是个豪放不羁之士。他识见莹澈，才学夙成，师成大谷，并得到赏识。其师谢世后，他便对世事名利十分淡泊，自我放逐于山野之间，四方云游，每每以诗酒自娱。其志高如山，临终遗言："环视四海诸国，不可称帝者无，唯有我国自古以来不能称帝。生于此等陋邦，死有何惜！"他把自己心中积郁形诸笔，为后世留下许多的诗作和小说，如《愁城志》《元生梦游录》等作品。

在李元淳等人合著的《韩国史》中，也有关于林悌的记载：

> 明宗、宣祖时代的林悌，憎恶党争，而过着流浪的生活，写下《花史》《愁城志》，讽刺士林王道哲学的虚伪性。[1]

自古以来，文人就经常借由文学作品来发泄郁闷愤恨之情，作为他们舒解情绪的最佳渠道。作者以扑朔迷离的情节、游戏笔墨的手法，表现出怅恨、迷惘与矛盾，并达到寄托理想，抒发心中之块垒的目的。同时又可免于被政治立场相左者攻击。《元生梦游录》就是对史实端宗事件不满的寄寓。

端宗事件后[2]，愤慨忠君的集贤殿儒臣大为反感，成三问、朴彭年等六位大臣效忠端宗，密谋恢复端宗王位，后因消息泄露被杀，史称为

---

① ［韩］李元淳等：《韩国史》，幼狮文化事业股份有限公司1987年版，第208页。

② 在朝鲜朝端宗元年（1453），端宗的叔父首阳大君伺机与权臣发动政变，在铲除重臣，除掉亲弟弟安平大君后，掌握政权和兵权。端宗三年，首阳大君逼迫端宗让位，是为世祖，这就是朝鲜史上的端宗事件。

"死六臣"①，他们的节义精神受到全社会的敬仰。还有一些坚持"不事二君"的儒臣，隐遁山林拒绝出仕，即所谓的"生六臣"。②无论是"死六臣"还是"生六臣"，都让后人对他们的节操予以高度的肯定与推崇，并成为后世文人创作的题材。

林悌的《元生梦游录》就是一则影射朝鲜朝端宗事件的史实小说。作品中的人物都是当时不如意的儒生。有"气宇磊落，不容于时，累抱罗隐之恨，难堪原宪之贫"的元子虚，他"尝阅古史，至历代危亡运移势去处，则未尝不掩卷而流涕，若身处其时，汲汲焉如见其垂亡而力不能扶者也"，这是对不可抗拒的历史现实的无奈之态，同时也是对朝鲜政局和国势焦虑的一种表露。有被首阳大君逼迫退位的端宗，还有壮烈牺牲的"死六臣"，都是心中充满了不平不满的怨恨者。

韩国学者李进益教授说：

> 《元生梦游录》就是于作品中发奋言志，已不再只是借着花业下南柯一梦般，发发晦涩难解的牢骚而已。③

它描写主人公元子虚在梦中与端宗、"死六臣"依次对唱慷慨悲愤之诗句，并借此表现出作者不满现实政治的意识。

> 深恨才非可托孤，国移君辱更捐躯。
> 如今俯仰惭天地，悔不当年早自图。④
>
> 受命先朝荷宠隆，临危肯惜殒微躬。
> 可怜死去名尤烈，取义成仁父子同。⑤

---

① 他们是成三问（1418—1456）、朴彭年（1417—1456）、河纬地（1387—1456）、李垲（1417—1456）、俞应孚（？—1456）和柳诚源（？—1456）。

② 他们是金时习、李孟专、成耽寿、赵旅、元昊、南孝温等六位不满世祖大王篡位而淡出官场的士大夫。

③ 李进益：《企斋记异》考略，《外遇中园——中国域外汉文小说国际学术研讨会论文集》，台湾学生书局 2001 年版，第 197—198 页。

④ 《元生梦游录》，参见林明德主编《韩国汉文小说全集》第三卷，中国文化大学出版部 1980 年版，第 113 页。

⑤ 同上。

　　　　哀哀当日意何如，死耳宁论身后誉。

　　　　最恨千秋难雪耻，集贤曾草赏功书。①

　　其中"国移君辱更捐躯"，将国家政权转移，端宗被软禁受辱，"死
六臣"为国捐躯等史事表露无遗。而"受命先朝荷宠隆，临危肯惜殒微
躯"表达了集贤殿儒臣对世宗的感念②，在这种感情的作用下，效忠于端
宗。至于"死耳宁论身后誉""集贤曾草赏功书"则点出了对出身集贤殿
的儒士，以身殉节忠义行为的赞扬。

　　　　深恨才非可托孤，国移君辱更捐躯。

　　　　如今俯仰惭天地，悔不当年早自图。

　　　　受命先朝荷宠隆，临危肯惜殒微躯。

　　　　可怜死去名尤烈，取义成仁父子同。

　　　　壮节宁为爵禄淫，含章尤报采薇心。

　　　　残躯一死何须说，痛哭当年帝在郴。

　　　　微臣自有胆轮困，那忍偷生见丧沦。

　　　　将死一诗言也善，可能惭愧二人心。

　　　　哀哀当日意何如，死耳宁论身后誉。

　　　　最恨千秋难雪耻，集贤曾草赏功书。

　　　　举目山河异昔时，新亭共作楚囚悲。

　　　　心惊兴废肝肠裂，愤切忠邪涕泗垂。

　　　　栗里清风元亮老，首阳寒月伯夷饥。

　　　　一编野史堪后传，千载应为善恶师。

　　　往事凭谁问，荒山土一丘。恨深精卫死，魂断杜鹃愁。

---

　　①　《元生梦游录》，参见林明德主编《韩国汉文小说全集》第三卷，中国文化大学出版部
1980 年版，第 113 页。

　　②　朝鲜朝时期一向以儒家文化为中心，特别是在世宗时，他鼓吹文风来支撑儒家的王道思
想，而且还为此新设"集贤殿"，世宗廿七年，自己表明要让位，太子（文宗）即位两年就英年
早逝，十二岁的端宗继承王位。文宗遗命要"三议政"辅佐幼王端宗。出身集贤殿的世宗时代
的遗臣都成为协助辅佐的主要人物。于时，世宗刻意培养的集贤殿学士，随着他们学问与政治力
量的日益高涨，逐渐转变为儒家官僚势力的崛起。参见朱立熙著《韩国史：悲剧的循环与宿
命》，台北三民书局 2004 年版，第 98 页。

故国何时返，江楼此日游。悲凉歌数阕，残月荻花秋。

风萧萧兮，木落波寒。抚剑长啸兮，星斗阑干。
生全忠孝，死作义魂。襟怀何似，一轮明月。
嗟！不可与虑始，腐儒谁责。①

在讨论古今兴亡之时，幅巾②者（实指南孝温）和君主的对话耐人寻味：

尧舜汤武万古之罪人也。后世之狐媚取禅者藉焉，以臣伐君者名焉。千载滔滔，卒莫之救，咄咄四君，为贼嚆矢矣！③

幅巾者指责从未被怀疑过的中国圣君——尧、舜、汤、武是"万古之罪人"，原因是常有人打着他们的幌子为"以臣代君"者找借口。幅巾者表面批判四位圣君，实则暗讽篡夺王位的世祖。作者谴责打着圣人之名，却干"以臣代君"勾当的篡位者，同情忠直蒙冤、无辜而死的大臣们。君主则反驳了幅巾者的话：

恶是何言也！有四君之德，而处四君之时则可，无四君之德，而非四君之时则不可，彼四君者，岂有罪哉？顾藉而名之者，非也。④

君王劝诫幅巾者，圣君是无辜的，只是那些借用圣君之名篡夺王位、干坏事的人的才是逆贼。可见君主对于篡权者的行为也是持批判态度的。君主在暗讽世祖倒行逆施的同时，也不得不承认既成事实。品德高尚固然是成为君王的重要条件，但还要遇天时人和。所以幅巾者辩言说："心中

---

① 《元生梦游录》，参见林明德主编《韩国汉文小说全集》第三卷，中国文化大学出版部1980年版，第114页。

② 是汉服及韩服的男性头饰，多用黑布或深色布料制作，明代和朝鲜朝后期常用来配搭深衣，这种头饰是"两班"与儒生的象征。这种头饰后来与虎头帽结合变成虎巾，朝鲜族庆祝出生一周年的服饰。

③ 《元生梦游录》，参见林明德主编《韩国汉文小说全集》第三卷，中国文化大学出版部1980年版，第112页。

④ 同上。

不平，不明不已。"① 君主也悲不自胜，歌一首曰：

> 江波汩汩兮无有穹，我恨长长兮与之同。
> 生为千乘死作孤魂，新是伪王帝乃阳尊，故国人民尽输楚籍。
> 六七臣同魂靡有托，今夕何夕共上江楼。
> 波声月色使我心愁。悲歌一曲天地悠悠 。②

梦游者子虚，此时也禁不住"拭泪悲吟"。这反映了梦游者已经接受了不可抗拒的现实状况。弱小的自己和同伴，对多灾多难的历史产生强烈的悲哀感。这使我们联想起林悌在东西分党时不加入任何党派，对于党争持批判态度的事实。虽然林悌对士林纷争强烈不满，但又无法改变而只能选择接受，愤懑到最后只能化为悲哀，从而更深化了作品的主题。

诗宴结尾处出场的那位武士，指出"哀哀腐儒，不足以成大事也"，体现了林悌在懦弱的文人与有气节的武士之间的徘徊。林悌很清楚，要想进入自己一心向往的仕途，必须有武士那样"言必行、行必果"的刚毅气概。但他更清楚，在乱世之中，这种气概是无济于事的，属于他的只能是在壮志难酬的严酷现实中，去抑郁和悲哀。其实，他对庸碌无为、只知哭泣哀鸣之做法，深感不满与痛心，于是，奇男子骂他们是"腐儒"与"不足成大事"，这其实是作者林悌的真心话，恰与前面元子虚读古史时"汲汲焉如见其垂亡而力不能扶者也"相对照，使他对这段篡位的既成历史，也没有什么更好的解释。《元生梦游录》的基本思想是提倡主贤臣忠，固守封建王朝的正常秩序。

《元生梦游录》在篇末，元子虚之友梅月居士对于元子虚梦中的遭遇，所感发的沉痛之语，可略见作者的慨叹：

> 大抵自古昔以来，主暗臣昏，卒至颠覆者多矣。今观其主，想必贤明之主也，其六人者，亦皆忠义之士也。安有如此等臣辅？如此等明主？而败亡之祸，若是其惨酷者乎！呜呼！势使然也，则不可不归

---

① 《元生梦游录》，参见林明德主编《韩国汉文小说全集》第三卷，中国文化大学出版部1980年版，第112页。

② 同上书，第113页。

之于天，福善祸淫，非天道耶？夫不可归之于天，则冥然漠然，此理难详。宇宙悠悠，徒增志士之恨耳！①

自古以来，王朝的覆灭都是因为君臣的昏聩，而如今端宗贤明、大臣忠义，却也遭到如此的命运。这段话是作者对世祖篡位这一不义行为的批判，同时也是对端宗和"死六臣"的同情和赞扬。在这样的社会中，作者想要进入仕途，并能成就一番事业是不可能的，因此也只能通过小说，来抒发自己的愤懑之情。

第二节　《金华寺梦游录》：对儒家春秋义理观的秉持

在《金华寺梦游录》中，作者塑造了中国汉、唐、宋、明创业之主的理想君王的形象，并且由东方朔重新组织了最为理想的内阁。在小说中，首先出场的人物是中国汉、唐、宋、明四朝的开国君主和这四朝的开国功臣。

"诸天子顶朝天冠，御绛纱袍，金带玉笏，据白玉桌而坐"，众臣"各分东西而立"，殿上又单独传呼张良、魏征、赵普、刘基"侍立于侧"。四位君主通过彼此对话，评价了各自如何倚赖群臣之力，成开创之功。唐皇提议"请中兴之主同乐"，于是刘秀和刘备、唐肃宗、宋高宗也率领本朝名臣到来，大家"舒礼伸情毕，退去东楼坐定"。张良又奏请将众臣分列次第，在明皇推荐下，孔明担此大任。正在此时，秦始皇、晋武帝、隋文帝、楚伯王"檄书至"，面对这群不速之客，孔明献计，令王羲之大书一旗，立于门外，"其榜曰：'中兴者去东楼，霸者去西楼，非创业之主不入法堂。'"

顷之，四君至。"始皇直入法堂"，被孔明以其"功业虽大，以事理论之，则谓中兴而非创业也"拒之门外，只有"隐忍而去西楼"。项羽亦为孔明所拒，只得去往西楼，"为西楼之主人，更设鸿门宴"。孔明又"立于中央曰：'此中或有悖逆乱国者皆去。'"于是"王莽、董卓等去者十数人"。又有人报说汉武帝、唐宪宗和宋神宗也来赴宴，更有陈胜、曹

---

① 《元生梦游录》，参见林明德主编《韩国汉文小说全集》第三卷，中国文化大学出版部1980年版，第116页。

操、袁绍、孙策、李密等在外大呼。于是除了袁绍、李密被斥退，其余六人皆率群臣赴宴。汉武帝、唐宪宗和宋神宗君臣坐于东楼，陈胜、曹操和孙策君臣去西楼。

孔明将与会群臣分列于红、黑、黄、青、白五色旗下，并各分出三等。君王们各自讲述人生快事，又请明皇论各位君王之功过，众人皆赞其公允。明皇还向汉皇请教定都之地，汉皇答之以金陵，明皇表示受教。于是群臣依次作歌，歌词中各表一生事迹。汉皇又命东方朔以古往今来所有贤臣，组合出一个理想内阁，韩愈也受命现场作诗一首，满座大赞。正在欢会之际，"忽有一使持战书而至"，原来是元太祖因未获邀请，悍然率诸"蛮夷"来犯，始皇、武帝大破之。最后高皇太宗太祖叮嘱明皇说天下一统之日不远了，便"各拜别而去"。

作为一篇小说，《金华寺梦游录》的文学成就或许并不高，无论从构思、人物描写、情节设计上来看都无甚过人之处，其中借历史人物之口发出的大量评论也多是陈腐旧论，并无太多特别见解。但正是这样一篇作品，据韩国学者金兴圭、崔溶澈等所编的《朝鲜汉文小说目录》记载，现存有抄本、合抄本二十余种，还有刊本一种，可见其流传之广泛。这不能不让我们推测，或许正是因为这篇小说中抒发的观点，迎合了当时特定历史阶段大多数朝鲜朝文人的某种情感倾向。

实际上，《金华寺梦游录》并没有明确地表达明清交替之际的历史事件，而是在评判中国历史上众多君臣的功过。不难看出，小说虽假托元末至正年间，但实指明末。在这篇小说中，中国历史上各个朝代的著名君王基本都有出现，而又以汉、唐、宋、明的四位开国之君在文中出现最早，地位也最高。这实际上体现了作者所秉承的正是儒家的正统观，即只有汉族建立的统一政权才是正统王朝。这其中又以汉皇与明皇为白手建功，得天下最为正大，是最完美的正统王朝。

小说借刘邦之口道：

> 尺剑布衣屈起丰沛，无一民一土而幸赖群臣之忠烈，终成大业，辛苦涉险，谁有如寡人之甚者乎？唐皇一战而定关中，宋皇一夜取天下，然明皇之功业，犹胜于吾三人矣！①

---

① 《金华寺梦游录》，参见林明德主编《韩国汉文小说全集》，中国文化大学出版部1980年版，第30页。

小说通过对明皇的反复称颂，体现出对明朝地位的深刻认同与思念。

明朝帮助朝鲜，免于灭国，有再造之恩。万历年间《明会典》重修时，明朝双方重订了朝贡典仪。朝鲜一直采取尊明贬清的态度。朝鲜把明朝看成中华的化身，把满洲看成夷狄。明朝灭亡以后，朝鲜以"小中华"自居，因现实政治的需要，朝鲜大肆宣扬明朝的正统，贬斥清朝的正统。正如小说在结尾处，设计了一个元太祖率诸"蛮夷"来犯，被始皇、武帝"大破之"的情节，显然是对清军的影射，也寄托了希望明朝能够像中国历史上兵威最盛之时的秦皇汉武一样，能够大破清兵。

韩国学者柳钟国在研究《金华寺梦游录》时指出：

> 作品在宗教思想上提倡儒教，在政治理念上提倡王道，在道德原则上提倡仁德（作为君主）与忠节（作为臣下），在历史与现实观上提倡肯定现实的虚无意识，在民族意识上表现了一个朝鲜朝作家的慕华倾向。①

朝鲜自认出身东夷，慕华政策使得朝鲜由"夷"变"华"。在小说中，作者极富象征意味，充满了对现实的隐喻之情。故事的背景是元至正（1341—1368）末，但小说并没有把元朝的开国皇帝元世祖列入创业之君，反而写他领兵进攻：

> 忽有一使持战书而至，其文大概曰："多有洪业之功，不请胜宴之席，吾率诸蛮夷问罪于锦山。"言甚悖慢……号令严肃，是大元帅元太祖、左先锋左贤王、右先锋右贤王、中军呼韩邪单于，其余将校，突厥、契丹、冒顿、颉利可汗、棘褐等不可胜数。汉皇曰：谁敢拒敌？始皇与武帝大怒，发兵百万，命将千余员，愤然而出。左始皇、右武帝，翼击大破之，匈奴望风而走，兵不血刃而胜，凯歌而还，座间大悦，慰劳而已。②

---

① ［韩］柳钟国：《梦游录小说的研究》，亚细亚文化社 1987 年版，第 59 页。
② 《金华寺梦游录》，参见林明德主编《韩国汉文小说全集》，中国文化大学出版部 1980 年版，第 35 页。

在战书中把自己称为"蛮夷"，反映出作者秉持以春秋义理为核心的中华正统观。朝鲜朝推行"慕华"政策，乃是他们认为自身是"夷"。在传统的中华世界体系中，儒家所倡导的华夷观念影响深远，是周边各国在处理对华关系和决定其自身在中华世界中地位的重要标准。而朝鲜对儒家观念的重视更超乎寻常，朝鲜朝随着儒家性理学的发展，充分发挥了程朱理学中的华夷思想。

"北学派"先驱洪大容说：

> 我东之为夷，地界然矣。亦何必讳哉！素夷狄行乎夷狄，为圣为贤，固大有事，在吾何慊乎！我东之慕效中国，忘其为夷也久矣。虽然比中国而方之，其分自在也。唯其沾沾自喜，局于小知者，骤闻此等语类，多怫然包羞，不欲以甘心焉，则乃东俗之偏也。[1]

在朝鲜人看来，华夷之间，既有地域的差异，也是民族的不同。古代是因为地域的不同，而有华夷之别，而进入清代以后，则变成了民族的差异。

金履安特撰《华夷辨》，有曰：

> 古者谓夷也，然东者，生之方也。风气殊焉，我又近中国，说者谓与燕同析木之次，故其运气常与中国相关，而其山川节候土物大较皆同，即其生人可知也。及圣人设教，礼乐文物，彬彬如也，历代尚之，号为礼义之邦。

> 夫稽乎星纪而同，稽乎山川节候土物而同，稽乎人而礼乐文物彬彬之教同。同乎此则异乎彼矣，然终不易夷名，盖先王之慎也。今则又异焉，何也？古者以地辨华夷，其某地之东曰东夷，某地之西曰西夷，某地之南北曰南北夷，中曰中国，各有界限，无相也，故我得为夷也。

---

[1]　［韩］洪大容：《湛轩书内集》第三卷，《又答直斋书》，影印本《韩国文集丛刊》第二四八册，韩国民族文化促进会 2000 年版，第 67 页。

今也，戎狄入中国，中国之民，君其君，俗其俗，婚嫁相媾，种
类相化，于是地不足辨之而论其人也。然则当今之世，不归我中华而
谁也？此所谓异者也。然吾方仆仆然自以为夷，而名彼中国，呜呼，
吾言非邪！①

明清更替以后，朝鲜儒林热烈地讨论华夷观，以宋时烈为代表的性理
学家，以朱熹的思想为基准，形成了以"尊华攘夷"为中心的华夷观，
以此作为他们处理与清朝外交关系的准则。他们对于正统论的论述，依从
朱熹的思想，且只关心中国历史上王朝的正统性，而不关心其本国历史上
王朝的正统性。这是朝鲜后期儒家性理学思想的一大特色，也是其尊明贬
清的理论基础。春秋义理观的朝鲜本土化所遇到的第一个难题便是：既然
要"尊周攘夷"，那么，朝鲜究竟是"华"还是"夷"呢？显然，没有
任何一个民族会自愿接受一种自我贬抑的理论作为本民族的统治理论，因
此，解决朝鲜的"华""夷"身份归属是朝鲜春秋义理观的一个重要问
题。春秋义理观是儒家政治理论的核心思想，它主要包括如何区别华夷和
处理华夷关系，如何评判一个王朝的正统性以及为政者应如何施政等问
题。即华夷之辨与"尊周攘夷"，春秋"大一统"观和"王道"政治。

金履安指出，古代之"夷"是指地域，各方人所居地域之不同而言
的，而今之"夷"，则是指"人""种族"，既然这样的不同，所以朝鲜
之"东夷"与满族之"夷"是不可同日而语的。而当清朝入主中原后，
朝鲜承继明朝传统，即变为"中华"。"夷"的身份是可以改变的，而这
种改变的关键是朝鲜朝是否遵循儒家理念，发扬儒家思想。一旦有儒家圣
贤光大了儒家理念，就可以摆脱"夷"的身份而入"华"。

宋时烈进一步说：

我东虽曰东夷，高丽之时，《朱子语类》称之曰：高丽风俗好。
高丽之世，夷俗未变，然视诸南西北诸种，则尚有东渐之化矣。粤自
丽末，圃隐郑先生出而当路，蔚然出幽迁乔，一以礼义变其旧俗。而
又得朱子书于中州，以教于国中，自后道学渐明，以至于晦、退、

① ［朝］金履安：《三山斋集》第十卷，《华夷辨下》，《影印韩国文集丛刊》第二三八册，
韩国民族文化促进会 1999 年版，第 503 页。

栗、牛，则道学大明于世矣。窃闻中州人皆宗陆学，而我东独宗朱子之学，可谓周礼在鲁矣。①

当明朝灭亡以后，满族入主中原，朝鲜则以为作为中华渊薮的中原文化的精神风范已荡然无存，原为"夷"的朝鲜遂有取而代之之意：

> 华夷自有界限，夷变为华，三代以下，唯我朝鲜，而得中华所未办之大义，独保其衣冠文物，则天将以我国为积阴之硕果、地底之微阳。②

以为中华世界之中，唯有朝鲜由"夷"而入"华"了。而且明朝灭亡，中华大义只得依赖朝鲜保存，从而凸显朝鲜在中华世界中无可替代的地位。李恒老指出，朝鲜是中国的属国，高丽时"然知尊周之义，有变夷之实，而至我朝则纯如也"。非常明白地指出，新罗时期开始"以夷易华"之举，而高丽已有"变夷"之实。而朝鲜王朝则是"纯如"之中华，已无丝毫"夷"的成分，是典型的"小中华"了。

近代性理学大师崔益铉论道：

> 或曰吾东亦夷也。以夷事合于中国之正史，有例乎？曰：夷而进于中国，则中国之，"春秋"之意也。况吾东箕子立国，革夷陋而为小中华，后虽中微，而贸贸始自高丽，已有用夏之渐，所以风俗好见称于朱子也。至于本朝则得复小中华，而崇祯以后则天下欲寻中国文物者，舍吾东无可往，实所谓《周礼》在鲁也。岂不可以先表章其所始，以昭布百代，示法四裔乎。此亦孔子《春秋》因鲁史及天下之义也。③

> 唯我小东，世慕华风。④

"慕华"是朝鲜的传统，生活于 19 世纪的朝鲜性理学大师柳麟锡也

①　［韩］宋时烈：《宋子大全》一百三十一，《杂录》，《影印韩国文集丛刊》第一一二册，韩国民族文化促进会 1999 年版，第 438 页。
②　［韩］《大义编》，《凡例》，骊江出版社 1985 年版，第 3 页。
③　［韩］崔益铉：《跋》，《宋元华东史合编纲》，堤川大由文化社 1998 年版，第 1412 页。
④　［韩］李穑：《牧隐文稿》卷十一，《受命之颂并序》，《韩国文集丛刊》第五册，韩国民族文化促进会 1999 年版，第 99 页。

论道：

> 吾之慕中国，非我独为也，吾之先师，吾东诸先贤为之已甚矣。
> 先贤、先师为之已甚，吾不敢不为也。①

因而可以说慕华思想深入人心，是朝鲜一种悠久的文化精神。"慕华"与"事大"成为朝鲜王朝对待明朝的基本文化心态，使双边关系成为典型的朝贡关系。朝鲜因"慕华"也变成了"小中华"。而当明朝灭亡以后，朝鲜不认同清朝的中华正统，而自认为是中华世界中唯一的中华余脉。特别在1636年"丙子胡乱"和1644年明清鼎革之后，尊王攘夷、讲求王道的春秋义理观十分盛行，成为尊明贬清的理论原则，这些在小说中都得到了鲜明的反映。

《金华寺梦游录》的创作时间虽不明确，但从内容上看，大致可以判断是在明亡不久。如书中特别推崇明太祖，当写到明太祖表示不敢和其余三帝坐在一起时，汉高祖微笑道：

> 明帝之言差矣！受天明命，歼厥大凶，拨乱反正者，非君而谁也？②

> 然明皇之功业，犹胜于吾三人矣！③

这里的"大凶"，自然指文中被称为"蛮夷"的蒙古人。明朝灭蒙古而建朝，朝鲜人抱有很强的认同感，不仅恭行事大，还以"小中华"自称。对于明朝的灭亡，他们又普遍感到哀叹与悲伤，正如作品诗中所云：

> 物色尚依旧，世事今已非。
> 忽然记前朝，兴尽还生悲。
> 故国谁家氏，大明扬光辉。

---

① ［韩］柳麟锡：《毅庵集》第三十卷，《杂著》，景仁文化社1973年版，第705页。
② 《金华寺梦游录》，参见林明德主编《韩国汉文小说全集》第三卷，中国文化大学出版部1980年版，第22页。
③ 同上。

人情多反覆，兴亡若波澜。①

作者感慨很深，这也是明亡后朝鲜人普遍的心理。作为一个藩属国，对宗主国王朝更迭的正统性如此关注，并为维护正统王朝的统治，抵御"夷狄"入侵做出了巨大的贡献与牺牲，甚至不惜因此而招致战火蔓延。在此后清朝漫长的统治下，尽管同是藩属关系，朝鲜对清朝却始终不像对明朝一样心甘情愿地"慕华事大"，朝鲜士大夫也往往暗怀着前明覆亡、夷狄入主中原的"家国之痛"，以"皇明遗民"自谓。朝鲜朝孝宗时期，在大儒宋时烈的建议之下，孝宗竟曾一度有举全国之力"北伐"以复明正统的计划。在清朝已经征服中原多年之后，朝鲜仍然保持着对明朝的追思与忠心，将现实中无法实现的复明大业，转化为对明朝皇帝长盛不衰的祭祀活动。

在明清交替之际，对朝鲜而言，对待明朝、清朝采取何种态度，不仅仅是一个简单的政治或军事利益问题，其背后更关涉朝鲜自身建国的正统性问题。这或许才是朝鲜在对明、清态度问题上做出如此选择的更深层原因。朝鲜这种亲明的态度，一方面，固然是由于对明朝长期的传统友谊和朝鲜传统的春秋义理思想。另一方面，壬辰战争中明朝对朝鲜的援助之情，疆域再造之恩无疑也是一个重要的因素。

有人曾对此评价说：

朝鲜人对于中国在丰臣秀吉战争中给予援助，决定了 1600 年以后朝鲜与明朝的关系。②

韩国学者李丙焘也曾这样评论：

经此浩劫，激发朝鲜的爱国心与反省力很大，而在反面，益增高对明朝的崇慕，证明对朝鲜有其再造之恩，尤其是在知识阶级中，尊明思想与事大主义日益根深蒂固。这种思想即在后日明亡清兴之时，

---

① 《金华寺梦游录》，参见林明德主编《韩国汉文小说全集》第三卷，中国文化大学出版部 1980 年版。

② ［英］崔瑞德、［美］牟复礼：《剑桥中国明代史》下，张书生译，中国社会科学出版社 2006 年版，第 273 页。

亦未改变。①

第三节　《江都梦游录》：对儒家"节义"观的信守

"壬辰倭乱"和"丙子胡乱"作为朝鲜历史上最为重要的两次战争，给朝鲜人民带来了深重的灾难，成为朝鲜小说中重要的素材来源。与这两次战争相关的梦游录小说作品很多，如尹继善的《达川梦游录》、无名氏的《江都梦游录》《皮生冥梦录》《龙门梦游录》等都是借助梦境的形式来反映战争以及战后的社会。这一类作品意在反思战争的教训（在"壬辰倭乱""丙子胡乱"中，朝鲜大部分将领在强敌面前，要么是贪生怕死、畏缩不前，要么是惊慌失措，不善谋略，不能英勇杀敌，以身殉国，最终导致丧土失地，百姓流离惨死），无情地批判、鞭挞执政者。

"壬辰倭乱"是朝鲜有史以来最惨烈的战争，由于执政者对当时日本情势的忽视与傲慢态度，在没有任何防备之下临战，所以束手无策，只好眼睁睁地遭受侵略。长达 7 年的战争及其战后留下的诸多问题，极大地冲击了朝鲜普通百姓的生活与精神世界。战争期间，日军残酷的屠杀政策，使被攻陷的汉城、锦山、岭南、晋州等地的朝鲜军民遭到大肆屠杀。据资料记载，仅晋州一地被杀者就达六万余人。《惩毖录》中记载：

> 城中遗民百不一存，其存者皆羸瘦，面色如鬼，人死及马死者，处处暴露，臭秽满城。②

在日本第二次侵朝期间，日军对朝鲜人的手段更加残酷，据《朝鲜王朝实录》记载：

> 勿论老少男女，能步者掳去，不能步者尽杀，送于日本，代为耕作。③

---

① ［韩］李丙焘：《韩国史大观》，台北正中书局 1977 年版，第 347 页。

② ［朝］柳成龙：《惩毖录》，载《壬辰之役史料汇辑》，全国图书馆文献缩微复制中心 1990 年版，第 398—399 页。

③ 吴晗：《〈朝鲜王朝实录〉中的中国史料》，中华书局 1980 年版，第 2440 页。

随军的日本和尚庆念也在其日记中写道：

> （日军）焚烧所有屋舍，刀斩男女，以竹筒链缚首。父母悲叹子
> 女悲惨遭遇；子女找寻双亲，可怜情形前所未见。俘虏高丽人童子，
> 杀戮其亲，使之无法再见。彼此哀号之状，有如受狱卒之折磨，甚为
> 可怜。生死之别，即如是乎！①

壬辰战争后，面对严重的战争创伤，朝鲜统治阶级不仅不励精图治，组织人民恢复生产，反而将战争教训完全抛诸脑后，一心追求奢侈的生活。但由于战争的巨大破坏，朝鲜国库荡然无存，统治阶级为了维持其奢靡的生活，转而寻求新的剥削方法，加紧压榨人民。

经历了战争和上层统治阶层压迫的痛苦的朝鲜人民，开始直视朝鲜的现实与国家情势，提高了对执政者的批判和自省的意识。尤其是属于统治阶层的士族"两班"，对当时腐败极深的朝鲜执政者进行严厉的批判，引领了改革的舆论。赵靖在《壬辰日记》中，把战争发生的原因都归于执政者的无能与腐败，严厉批判朝鲜的政治状况。不仅揭发整个朝鲜社会统治阶层的矛盾与弊病，甚至把他们讽刺为"肉食者"：

> 忧国计百无善策，天步艰难，何至此极。言念及此，气塞忘
> 言……以言其内，则朝着之不静如彼，以言其外，则丑虏之陆梁至
> 此，天乎时乎，厉阶谁生。肉食者（执政者）谋之，而谋之不臧，
> 藿食者（老百姓）并受其殃，志士漆室之瞻，安得不以此焉轮
> 围也。②

郑庆云也在《孤台日录》中，直接批判当时朝廷的无能与执政者的腐败：

> 金大将升堂上，昌原府使张谊国升堂上，黄应南为训练判官。谊
> 国自乱初望风善走，而反加通政，人皆笑之。于今二载举国臣民恨不

---

① ［日］庆念：《朝鲜日记》，载郑梁生《明代中日关系研究》，台北文史哲出版社1985年版，第634页。

② ［韩］赵靖：《壬辰日记》，岭南大学校民族文化研究所1983年版。

既死，而随驾群臣以恢复为余事，以抒憾为得时。呜呼！朽木秉政，行尸用权，不行而近矣。①

17 世纪初期的朝鲜社会，是完全陷落于混乱与沉滞的时期，当时的国内外政势，正如风前灯火。面对如此无奈之境遇，朝鲜朝的文人士子们，只能通过梦中人物的叙述，来表现对战争和战后社会的评判。

《江都梦游录》正是创作于 17 世纪（1649），以"丙子胡乱"时江华岛失陷为背景。作者讲述了在"丙子胡乱"中死于江都的妇女聚在一起，诉说她们在战乱中的遭遇，批判那些在战争中身负皇恩，却没能够保家卫国的男人们。这些女人用自己的以死殉节，来反衬男人们的贪生怕死。作者在赞扬这些妇女能够不畏死亡、以死殉节的同时，批判了战争中男子苟且偷生的"失节"行为，愤怒地谴责了腐败无能、丧节辱国的官僚阶层，同时赞美了坚守贞节、宁死不屈的妇女们。

故事从寂灭寺清虚禅师写起。禅师为人慈悲仁爱，因为江都经受战乱之后前去行善：

> 川流者血，山积者骨，啄之有乌，葬之无人。②

其前往收敛尸骸，夜晚宿于荒野，乃听数点歌声，"其歌也笑也哭也"，近而窥之，则一群女子列队成行而来：

> 或红颜已凋，白发垂鬓，或青云未老，绿云冷霎……乱坐高会，其苍董（仓皇）之态，悲怆之气不有矣！③

原来她们都是已死妇人之鬼魂，她们均是江都之战中，负责守城的将领和高官的家眷，战乱使她们备受蹂躏，为守节都选择了死亡。她们有朝廷重臣的妻妾、子女，也有身份低贱的妓女。但是他们在江都即将陷落的时候都能够不畏惧死亡，坚守自己的节操。

---

① 参见［韩］郑庆云《孤台日录》。
② 《江都梦游录》，参见林明德主编《韩国汉文小说全集》第三卷，中国文化大学出版部1980 年版，第 101 页。
③ 同上。

丈余之索，尺许之锋，或系于纤颈，或血于硬骨，或头脑尽破，或口腹含水，其惨恻之形，不可忍视。①

于是，女人们开始叙述自己的身世与遭遇。

她们怒斥自己的丈夫：

宗社蒙尘，惨不可道，嗟尔殒命，天耶鬼耶！苟求厥由，则致之者，有郎君是也。何则台辅其位，体负其任，而莫察公论，偏怀私情，江都重任，付之娇儿也。欣有富贵，乐醉花月，远虑浑忘，军务何知？江非不深，城非不高，而大事之谬，死亦宜矣！然唯人之过，在尔何则？嗟尔殒命，甘为自决，固所宜矣，无足恨也。唯尔独子，生无辅国，死且有罪，千载恶名，鸿海何洗？叠恨盈襟，无日可忘。②

丈夫把守卫江华岛的重任，交给不懂军事的儿子。由于自己过于相信江华岛天险的要塞地形，认为敌人无法攻破，所以整日花天酒地，不关心军务，没有远虑，必有近忧，造成了江华的失陷。

或痛骂其舅父：

舅也舅也，生逢此辰，不成勋业，而反致负国，谁怨谁咎？余是女子，而犹有愧焉！③

或谴责贪生怕死之将领：

然李敏求同时一任，而有何忠义，能保性命，以终天午。都元帅金自点雄海内威，挟海内兵，战无一合、无一血，而偷身岩穴，逃存性命。月晕中，吾君视若路人，而王法不行，恩宠反加。④

---

① 《江都梦游录》，参见林明德主编《韩国汉文小说全集》第三卷，中国文化大学出版部1980 年版，第 102 页。

② 同上。

③ 同上书，第 103 页。

④ 同上。

或批判不能善任者：

> 可笑沈器远，其器也非器，其虑也不远，而委以重任，使守都
> 城，则君臣分义，念外浑忘，挺身逃患，自以为智，龟缩龙文，以负
> 国恩。而军律不加，宠禄还深。①

再加上郎君："才不自量，专任大事，重恃天险，懒治军务，害至难
防，理所宜也。"以致"满江风雨，社稷浮沉，一隅残堞，三军解体，龙
驾下城"。而这一切都是因为"将非将也，兵非兵也"。对于这些失职的
将帅，应该按照国法去处罚他们："万事呜呼，皆由于江都之失守，则命
残铁钺，在军法宜也。"
这些导致战败的军中将帅，不但没有受到惩罚，反而在战后成了国君
的宠臣，而唯独自己镇守小城的丈夫惨遭杀戮。从女人倾诉中，揭示了朝
廷的赏罚不明，这已经是亟待解决的社会问题。

> 天分已定，薄命难逃。为人后妻，青春虚老，则生在人间，何事
> 为乐？城汤失险，风雨鸿洞，则花飞玉碎，少无自怜。然郎君近侍银
> 蛤，重被鸿恩，则今代宠臣舍此其谁？天有所恃，付之元孙妃嫔，则
> 一奋忠烈，能治大事，非其才也，不足责矣！②

> 独恨夫洞开城门，延入羯奴，拜以手，跪以膝，救其死，尚不瞻
> ［赡］，背城一战，奚暇思之？呜呼！冥府廉罗王，人之善恶，莫不
> 洞烛。故入地之初，中使传命曰："大祸将迫，引手自决，求诸古
> 人，鲜有此流。而唯尔之夫，忘君背城，苟且偷生，罪固重也，难免
> 其生。是以投之地狱，永不还生云。"在余悲怀，为如何哉？③

这位妇人并非哀痛自己的冤死，而是对贪生怕死打开城门"延入羯

---

① 《江都梦游录》，参见林明德主编《韩国汉文小说全集》第三卷，中国文化大学出版部
1980 年版，第 103 页。
② 同上。
③ 同上。

奴"的丈夫进行了严厉的批判。这实际上是在揭露壬、丙两乱中担当守卫重任的朝廷大臣们或弃城逃跑，或缴械投降，或引狼入室的丑恶行径。如为保自己性命大开城门引敌入室的尹防；在敌人入侵，还未开战之际，便乘船逃跑的江华留守张绅等。他们作为朝廷重臣，不能誓死报国；作为男人，不能救护受难的家小，临战之际只想着保全自己的性命。这些男人"不忠不孝""不义不节"；甚至在敌人还没攻占家园之时，作为儿子就强迫自己的母亲为保节而自尽，造成母亲殉节的假象，然后为母亲立下烈妇碑，以受到国家的旌表；甚至有的在战乱中，只救出自己的妻子，而把母亲扔下，惨遭敌人杀戮。这种"不忠不孝、毁节悖德"的丑行，正是江华岛陷落时，朝廷大臣们的所作所为。

平日里宣扬"义理忠烈"的男子们，在国难之际，却如此不堪一击，相反囿于家中的弱质女辈们，甚至被男性们视为"轻贱"的妓女，却表现出令人惊异与敬佩的刚烈、节义之举。

> 幸听玉音，其所节义之高，贞烈之美，天必感动，人所难服，则死而不死，何恨之有？江都陷没，南汉危急，主辱如何，国耻方深，而忠臣节义，万无一人，贞操凛然，唯有妇女，是死荣矣！何用械械！①

下面这段话就是出自一位妓女之口，尤显意味深长。比起辱节丧行的男人们，女人们崇义守贞之节行的确可感可佩。

> 嗟余殒命，甘为自决，固所宜矣；城汤失险，风雨鸿洞，则花飞玉碎，少无自怜；贼锋在前，舍义求生，不若一死，投于绝壁，白骨为尘，是所甘也，无足恨矣；大祸既迫，求不可生，投身碧海，魂骨浮沉，则嗟予死节，既无其证，知之者天，照之者日，而一片丹心，郎独不知。②

---

① 《江都梦游录》，参见林明德主编《韩国汉文小说全集》第三卷，中国文化大学出版部1980年版，第108页。
② 同上书，第105页。

两相对照，作者褒贬之意可见。

> 屈指人命，生世几何？早晚一死，众所难免，则纵容处死，世有几人？嗟呼自决，妇人贞节，名留青史，魂入天堂，则地下人间，但有光彩，死不死也，快则快矣！一恨在胸，千载难忘者，郎君之故也。何则，衣君之衣，食君之食，能自生世，则可为国恩重也。而身际苍茫，莫念人事，好生恶死，甘做贼奴，则风彩埋没，身且不长，而背有重负，首余其发，则其为状也，为如何哉？偷生一计，创余百尔，而丁卯主和，於斯为媒，则故国生还，良有以也。以先人朽骨，为赎还良家，则取笑一代，生且无光。呜呼！娘子之苟且偷生，岂如我天於非命耶！①

"好生恶死"，人人皆然，女子们都能够豁达地看透生死：人生在世，难免一死，如果是为国为君而牺牲自己的生命，亦能够从容赴死，毫不畏惧。作者通过女子的"慷慨赴死"和男子的"苟且偷生"进行了强烈的对比，讽刺执政者面对"丙子胡乱"的懦弱心态。

> 隐於摩尼山，岩穴不深，贼锋在前，舍义求生，不若一死，投于绝壁，白骨为尘，是所甘也，无足恨矣。而惜乎郎君，生值乱世，不察时势，虚在京城，风尘一警，适入江都，遂与台座之者，同作撰灯之蛾。噫！早得青云，永享富贵者，社稷将亡，节死为可，衰我郎君，有何官任而入於海外之危境？有何国恩而忘其父母之遗体乎？

> 廉罗王曰："光海末年，朝廷混浊，君不君，臣不臣，则唯尔之祖，众醉独醒，志在高洁。江都风雨，鸿洞白日，则人多毁节以图其生，独尔女子，耻受其辱，乐就其死，则前后一节，男女何异？先有其祖，继有是孤，则岂不美哉！"②

---

① 《江都梦游录》，参见林明德主编《韩国汉文小说全集》第三卷，中国文化大学出版部1980年版，第104页。

② 同上书，第105页。

　　在小说中，作者打破男尊女卑的藩篱，将女子的守节和男子的毁节进行对比，这在朝鲜文学史上具有开创性意义。在以儒教为统治思想的朝鲜朝时代，男性的最高德行是"忠"和"孝"，女性的最高德行是"节"和"烈"，战乱中男性没能遵守德行，而女性却做到了。"嗟余殒命，甘为自决，固所宜矣，无足恨也""嗟余一死，固知无惜""然而唯我三人，同死一节，仰之俯之，无所怍也"，面对死亡，妇女们表现出了大无畏的气概，柔弱中见"刚烈"。

　　在生死攸关之时，男性中"忠孝节义"者"万无一人"，而真正"贞操凛然"者"唯有妇女"，"甘为自决"而"无足恨也"。妇女们唯独担忧的是，儿子"千载恶名"何时洗，因而"叠恨盈襟，无日可忘"；挂念"永失其子"的白发公公；担心战乱中失去父母又失明的丈夫，"忘亲自决，可谓不孝；欺了郎君，亦为不良"。这些已成黄泉怨鬼的女人，却让那些男性愈加显得丑陋与渺小。

　　经过壬、丙两乱之后，朝鲜朝的文人士子在进行梦游录小说的创作时，其创作重心从对现实社会的批判、对战争的反映，转向对个体生命和个体意识的关注，这一时期的梦游录作品不再更多地涉及社会历史。梦游者多是"志气正大""才高气傲"的文章之士，他们直接参与到梦境之中，成为小说中的主要人物，或是通过自己的情感经历，或是参与先贤的讨论，或是游览中国的山河，通过具体的故事情节，展现士子的精神世界，反映文人的心灵感受，而非对社会现实进行批判和反抗。

第八章

朝鲜古代汉文家庭小说的文化叙事

从人类社会发展的普遍规律来看，血缘关系是人类最初的一种社会关系，血缘共同体是人类最初的社会共同体，随着私有制的出现和阶级对立的形成，作为政治共同体的国家才逐渐产生。因此，家庭从诞生之初就"以缩影的形式包含了一切后来在社会及国家中得到广泛发展起来的对立"。家庭、家族作为文明社会的细胞形态，其家庭关系、家庭制度及伦理观念，必然从各个方面影响一个国家的政治关系以及政治制度，社会文明的进程。

在朝鲜传统社会中，按照"家天下"的家国同构模式构造，"家为国之本"，国是家的扩大和延伸，二者在组织结构、权力结构、伦常原则等方面都具有一致性，国与家的相通使人们在遵循家庭等级制的同时，也顺从了政治制度中的等级划分，家庭伦理亦扩大至礼法纲常，成为人们自觉遵守的行为准则。家国同构的延展性，体现在家庭小说这一"确凿的事情是通过虚构来表现的"艺术形式中。家庭小说以其所选取的"家庭生活"这一独特的视角，通过所关注的耳目之内的"平凡之事，平常之人"来反映、表现广阔的社会。

当儒教成为朝鲜社会的统治思想之后，男尊女卑、男权至上的理念，被极度强化，变得"有法可依、有理可据"。中国"三纲五常"伦理文化在朝鲜的儒化、本土化，使得上至君王，下至黎民百姓，都以"三纲五常"伦理作为行为规范。此种对伦理与血缘的文化审视渗入文学文本中，便构成了家庭小说的描述轴心，它往往以家庭、家族生活为生发点，通过门第婚姻、妻妾关系、子女教育、家族传承等对个体生命、一代人乃至几代人的牵绊，表现忠孝的伦理道德、宗法父权的等级制度。

女性不再具有客观价值，其所有的生存意义依据男性的贡献多少而得以评价。贵族"两班"阶层为了维护男权地位，通过各种奴化教育，扼杀女性的个性、思想，让她们自觉成为礼教、男权的殉道者，同时也彻底消除了她们觉醒、反抗的可能性。"三从之道"成为朝鲜朝女性必须遵守的基本道德规范，妇德和贞节观成为女性操守的两大束缚。"顺""贞"成为衡量女性品德价值的根本标准，女子多以此二字为名，表现出"顺从"为最高美德，贞节比生命更加重要。"男女七岁不同席""女子十年不出"。女子为丈夫而生，结婚后的女性不得与至亲以外的异性交流，不得参加一切社交活动。女性婚后为"出家外人"，因此没有接受教育的必要，甚至没有姓名，一概以"孩子"代之，对父母之命要无条件顺从，没有独立的人格和尊严。她们婚姻的唯一出发点是家庭、家族利益需要，个人幸福完全不在考虑范围之内。"三从之法，七去之恶"成为女性生涯的支配观念。丈夫因妻子不产子而纳妾无可厚非，朝鲜朝时期的女性地位已经跌到了谷底。

正是在过度严苛的家族伦理文化滋养下，到朝鲜朝后期，家庭家族叙事文学成为朝鲜古代文学主要的创作主题。将"一家"作为叙述的中心，向内塑造典型人物的日常生活及其丰富的情感世界，向外扩展到社会生活，既有微观上个体生命的生活和命运，又有宏观上人间生活的酸甜苦辣、悲欢离合。朝鲜朝后期的汉文家庭小说以"家庭生活"为中心，以家庭成员关系为中轴，通过生活琐事和矛盾纠葛，将社会文化、社会心理的变迁迅速、敏感地反映在其中。通过解释这似乎偶然的人生遭际，去透露所潜藏的各种社会矛盾冲突，反映当时的社会世态和不合理的社会制度。朝鲜朝的家庭小说透过不同阶层家庭生活的真实面貌，全方位地触及了人性问题、婚姻问题、伦理道德问题、家庭秩序问题、性别间的差异等问题，深度再现和审视了朝鲜朝的社会变迁和家族兴衰的进程。

朝鲜朝的汉文家庭小说作品都出现在后期（17 世纪末至 20 世纪初），以《谢氏南征记》为开端，相继出现了《彰善感义录》《玉麟梦》《玉楼梦》《一乐亭记》《花门录》《鸾鹤梦》等多部作品。

第一节　《谢氏南征记》：夫义妇顺伦理的自救

在夫权文化中，女性是其系统内的辅助性角色，女性只有自觉维护这种夫权制原则，掩藏作为人的生命需求和主体性，才能在夫权的夹缝中默默地生存。《谢氏南征记》重在表现家庭中的夫妻（妾）关系。所谓"君子之道，造端于夫妇"，夫妻关系是家庭伦理中最重要的内容，"夫妇伦理"是封建社会传统道德的基础和核心。朝鲜古代如中国一样，将夫妇关系列为三纲之首，把夫妇之间的伦理放在最重要的位置，并提出"夫义妇顺"的理想模式。

班昭作《女诫》，对儒家的夫妇关系作了大致说明：

> 夫妇之道，参配阴阳，通达神明，信天地之弘义，人伦之大节也。是以《礼》贵男女之际，《诗》著"关雎"之义。由斯言之，不可不重也。夫不贤则无以御妇，妇不贤则无以事夫。[1]

可见，夫妇关系源自天地之德，它的和谐直接影响到家庭的和睦、民风的纯朴和社会的稳定。在朝鲜对夫妻关系主要是强调其中的道德成分、义务成分。夫妻之间的感情在很大程度上被道德化、义务化、规范化。这种义务中并不是没有性爱，并不是没有感情的考虑，但这些一般都被隐藏起来。夫妻间的亲密常被视为"轻佻"，妻子辅佐丈夫成事立业、孝顺父母、教育子女才是正事。夫妻之间保持着一定的距离和相当的差别。"男不言内，女不主外""夫妇和而后家道成"。栗谷指出：作为治理家庭的关键是"使妻子端正"，即作为家庭支柱的妻子，应该"学习善，警戒恶"。栗谷引用了《周易》"家人卦"和程子的话："女正位乎内，男正位乎外，男女正，天地之大义也。尊卑内外之道正，合天地阴阳之大义也。"在婚姻方面，古代朝鲜虽然依然实行一夫一妻制，但纳妾现象在"两班"家庭中颇为盛行。往往由丈夫单方面决定。朝鲜朝前期的《经国大典》将父家长制法制化，形成了完备的体系，并在朝鲜后期达到全盛。

《谢氏南征记》是由金万重创作的汉文家庭小说，后被译成朝鲜国文。作品叙写了一个贵族家庭内部由于夫妻、妻妾引起的矛盾纠葛。

在《翻谚南征记引》中，金春泽交代了译本的动机：

> 言语文字以教人，自六经然尔，圣人既远，作者间出，少醇多疵，至稗官小说，非荒诞则浮靡，其可以敦民彝、裨世教者，唯

---

① （汉）班昭：《后汉书》，《列女传》之《女诫》。

《南征记》乎？记本我西浦先生所作，而其事则以人夫妇妻妾之间，然读之者无不咨嗟涕泣，岂不感于谢氏处难之节，翰林改过之懿，皆根于天、具于性而然者，其愤痛裂眦，又岂不以乔、董之恶哉！①

在《谢氏南征记》中，作家为我们描画了一位集德、才、貌、女红等于一身，知书达理、温柔聪慧、善良美丽、逆来顺受、忍辱负重的儒家文化规范下的"贤妻良妇"的典范形象。

《谢氏南征记》中的正室谢贞玉，出身于正直廉洁的官员之家，自幼聪慧，德才工貌，样样出色。她"姿色出众，诚天人谪降，世无与比"②，"年岁十三，德行已成""女工之事，无所不善，又博览经史"③，作者对谢贞玉的品貌无比赞赏。显而易见，小说家是不能免俗的。也正是因为谢贞玉的才貌德行一应俱全，才能符合儒家宗法礼教对女性的最高要求，也才能成为刘少师为儿子延寿择亲娶妇的标准，"富贵非所愿，为贤是择"。④谢贞玉作得好诗词，"文章凤成，文人才子不能当也"。⑤连公公刘熙都夸赞，"自古作观音赞者多矣，而无如许正论，岂知年少女子之识见乃尔耶""新妇所制观音赞，才情之高可知"。⑥但是"女子无才便是德"的观念无时不在窒息着谢贞玉："游戏翰墨，非女子之所为。"因为谢贞玉从小受到的是正统的儒家道德伦理教育，这一整套道德准则的要求，使她在思想深处严守着家族、家长利益至高无上的规范，作为贤妇首先要敬事丈夫，作为妻子的职责是"事人"，"服于家事"。遵守"妇德""妇言"、为妻"七出"之律的具体要求，克己不争。也因此，谢贞玉受到了公公刘熙的大加赞赏："吾妇曹大家者类也。"其实任何一部朝鲜朝的小说在写到女性时都没有离开过咏唱贤妻、良母、孝女的事迹。

当初谢贞玉嫁入刘家，亦孝顺至切，妇德隆和于上下，极力辅佐丈夫刘翰林。就是这样一位儒家程式符号化的贤淑女子，作者却赋予她婚后十年无子这样一个致命的缺陷，这也预示了谢贞玉的未来处境。在古代儒家

① 参见〔朝〕金春泽《翻谚南征记引》。
② 《谢氏南征记》，参见林明德主编《韩国汉文小说全集》第七卷，中国文化大学出版部1980年版，第4页。
③ 同上。
④ 同上。
⑤ 同上。
⑥ 同上书，第6页。

文化建构的性别制度中，生为女子身为女儿而不嫁，既嫁为人妻妇而不育，那是有悖伦理常情的另类异端，不为世俗所容。对丈夫而言，"不孝有三，无后为大"。对妻子来说，"无子当归宁，有子月经天"。看来，作为妻子的首要条件是能生育，严格地说是生育儿子，这是作为妻子的底线，不能生育、少生育、甚至是无子，都要遭到歧视，失去作为贤妻良妇的资格。

对于谢贞玉而言，虽然丈夫没有主动要求纳妾，但是作为妻子，还是要没有一点妒忌之心，将原本属于自己的丈夫，心甘情愿地让给另一个女人或几个女人共享，目的只是为了继后嗣，并且她还亲自找媒婆，为丈夫物色人选。当她听说将要介绍的女子乔彩鸾是"两班"士族的女儿时觉得很合意，这说明了深受儒家思想浸染的她，是很重视身份地位，讲求门当户对的。谢氏根本不去考虑外来因素的引入，会引起家庭的动荡，反倒对认为纳妾定会扰乱家中秩序的婆婆，执意规劝自己说：

> ……一妻一妾，人之常伦，妾虽无关雎之德，亦不效世俗妇女之妒耳……妾何敢望古人，窃激昂近代妇女蔑伦侮圣，不顺姑舅，不敬丈夫，唯以妒忌为事，乱人家而殄人祀，妾诚怨而耻之。虽人微不能化俗，又何效尤哉？[①]

她认为家庭之乱与不乱，不在是否纳妾，而在于妻妾是否能够遵守妇德。作者极力宣扬女性的贤德思想，在作品中夸赞谢贞玉贤惠而有德。作者将女性的贤德落在了她可以没有怨言地规劝丈夫纳妾，对于丈夫宠幸小妾，也毫不介意，并且没有一点妒忌之心；立足家门子嗣的延续，对妾室所生的儿子，也能够视同己出。作者同当时朝鲜朝后期社会对女性的塑造标准一道，用儒家的纲常伦理，教化并毒害着女性的心理，期望可以通过对女性的规范来维护男性所期待的"妻妾共存"的和睦理想婚姻乐园。

而作品中同时又塑造了一位僭越"夫义妇顺"家庭伦理的小妾乔彩鸾。为了继后嗣的需要，乔彩鸾被纳入刘家做妾，主要的任务就是延续刘家香火。乔彩鸾并不是刘家的自然成员，而是为了延续香火而引进的人

---

① 《谢氏南征记》，参见林明德主编《韩国汉文小说全集》第七卷，中国文化大学出版部1980年版，第15页。

物。进入夫家，在她看来是为了寻求终身归宿，而夫家将她纳入，却为的是生养后代，二者之间存在目标上的不一致。这对女性来说是无时不在的威胁，是促使她急于想抓取一点自己认为可以安身立命的东西，确保自己在夫家能有一席之地，保证丈夫能够平等地对待自己。在自己为刘家延续了香火后不久，正室谢贞玉也生了一个儿子。面对如此局面，姜乔彩鸾的心理便有所变化：

> 吾与彼容貌之美，无以加焉，而嫡庶之分显殊矣。徒以我则生男，彼则无子之故，能被丈夫厚待。彼今生子，而将为此家之主，我儿自然无用耳。①

乔彩鸾的想法虽是以小人之心度君子之腹，但也并非毫无道理。朝鲜朝固守严格的身份制度，嫡子能继承父业，而庶子则毫无地位。根据从母法，如果母亲身份是贱民的，要随母，甚至连参加科举考试的资格也没有，这在权威法典《经国大典》中有明文规定：

> 父为良民、母为公、私婢贱人，其所生子女随母；而父为贱人、母为良女，其所生子女随父。良贱通婚所生子女，列入贱人阶层。②

另外，朝鲜朝为了严禁良贱通姻，对那些缔结良贱婚姻关系的人们实施严加惩罚。古语云："聘则为妻，奔则为妾。"妾的身份卑贱，所生子女为社会和法律所认可的母亲是正妻。在妾与她的子女之间，主仆关系重于母子关系，对亲生父亲及正室所生的兄弟姐妹要视为主人侍奉，地位如同奴仆。

为改变自己的人生，为了儿子将来能够成为名副其实的嫡长子，乔彩鸾不得不铤而走险。门客董清的出现为乔彩鸾的人生带来了一线希望。乔彩鸾和奸夫董清为了赶走谢贞玉，偷走了公公送给谢贞玉的玉戒指，并交由外人以诬陷谢贞玉与人私通，后又在董清的谋划下弄死了自己的亲生儿

---

① 《谢氏南征记》，参见林明德主编《韩国汉文小说全集》第七卷，中国文化大学出版部1980年版，第21页。

② 参见［朝］《经国大典》，《刑典》，公贱条。

子，将罪名嫁祸于谢贞玉。乔彩鸾通过"掌珠事件"赶走了谢贞玉，登上了正室的位置，实现了自己的目的，付出的代价是自己的亲生儿子。

恶妾之"恶"主要是出于妒忌之心。

杨义有言：

> 妒悍并非人的自然本性，人生在世，其自然欲望在于求生存、幸福和发展，当女子的生存价值被社会漠视，其幸福和发展的欲望又被旧式家庭制度、妻妾制度与狎妓风气所扭曲，除了卑顺而甘为奴隶者，也只好在"清官难断家务事"的领域，以妒悍的方式发泄出来了。扭曲的人格，乃是扭曲的社会的一种个人性的注脚。①

而追其根源，妒的主要原因是一夫多妻制不合理的存在与妾室身份、地位的低下。在家庭小说作品中，因家庭内部多妻多妾存在，而生妒忌发生矛盾纠葛的屡见不鲜。要么因丈夫对妻妾感情分配不均，使其中一方产生妒忌心理，进而导致家庭悲剧发生；要么因为妻妾子女之间的嫡庶问题，这也是"两班"家庭内部难以调和的矛盾。还有因为妻妾之间因子女的优劣，心生妒忌，害死其他子女；再有就是因丈夫纳妾，无法承受丈夫爱的转移，对其他妻妾进行诬陷。传统的以"夫为妻纲"为宗旨的家庭秩序遭到了解构，要么是恶妾，要么是继母，颠覆了"夫义妇顺"的家庭秩序。

几乎在所有的朝鲜汉女家庭小说中，都出现了家庭内部的矛盾或纠葛，而在此时大多数的男性家长或者隐匿不现，或者因某些原因而缺席，因而家庭内部开始出现了一个奇异的缺口：丈夫或者父亲不在场。这个缺口有着特殊的意义，它构成了家庭内部矛盾和纠葛产生的源头。在《谢氏南征记》中，当妻妾发生矛盾时，丈夫征战疆场；在《彰善感义录》中，作为长子的花瑃休贤妻纳妖妾之时，父亲不在场。这些家长们，诸如在《谢氏南征记》中的刘延寿、在《玉楼梦》中的文昌星、在《彰善感义录》中的花珍等，离家征战疆场，报效国家，建功立业，深受皇帝褒奖，闪耀着忠勇之光辉。但是回到现实生活中，则旋即失去才智纳省察处事的能力，面对家门中妻妾争宠、后母虐待，却无所适从，表现得无能无

---

① 杨义：《杨义学术随笔自选集》，福建教育出版社 2000 年版，第 265 页。

奈。更有甚者，为了维护"家族王国"的荣誉，保全"两班家庭"的声誉，竟失去作为一家之长的威严和正确处理问题的判断能力，任意践踏家庭女性成员、无故伤害亲生子女，甚至压迫婢仆。作者通过对父权秩序内附的"丈夫"们所承担的责任和义务的贬斥，消解了传统"父权"的权威形象。

在朝鲜朝家庭小说创作中，作家对"夫权"形象的塑造，态度是复杂的。一方面，基于对传统父权权威的眷恋与不舍，他们要保证"丈夫"作为家庭的核心，作为一家之长的地位不被动摇；但另一方面，面对男性权威与父权家长"特权"受到的挑战，丈夫权力的衰减，"丈夫"形象的塑造也走入了困境。"丈夫"的缺席意味着家庭内部的正常秩序的修复受到阻碍。既然一家之主空缺，乃是因象征秩序被取而代之所致，那么只要象征秩序存在，家庭中心的地位便自然确立。所以在旧的象征秩序崩溃之后，最简便的弥合办法就是重建象征秩序。几乎在所有的朝鲜汉文家庭小说中，都带有一条光明的尾巴。我们可以看到，由于政治象征秩序无所不在的替代作用，使得男性（无论是丈夫还是男性子弟）在家庭中的位置是随时可以抹去的一个符号，但他的缺席并不是完全没有意义，恰恰相反，这一缺席正好见证了特定时代政治象征秩序的宰制，对于家庭家族关系的灾难性影响。

第二节　《彰善感义录》：长幼有序孝悌的张扬

儒家伦理是很讲究孝悌的，孔子早说过："孝悌者也，其为仁之本也。"① 孟子亦云："尧舜之道，孝悌而已矣。"② 朱熹说："孝悌者，天之所以命我而不能不然之事也。"③ 所以被天道化的"孝悌"就变成了儒家文化指导下，不得不遵守的绝对的义务。在家庭内部，重在表现的就是下对上的孝悌，子女对父母的孝悌，也是家庭和睦相处的准则之一。深受儒家文化濡染的朝鲜社会，对孝的尊崇更是达到了极致的状态。

孝道思想渗入朝鲜的政治、法律等多方面。

---

① 《论语》，《学而篇》。
② 《孟子》，《告子下》。
③ 《朱子四书或问》，《论语或问》第一卷。

《宋史》记载：

> 高丽刑无惨酷之科，唯恶逆及骂父母者斩。①

《殊域周咨录》也有记载：

> （朝鲜）刑无惨酷之科，唯元恶及骂父母者斩，余皆杖肋。死罪贷流诸岛，累赦视重轻原之。②

对于不肖子孙，朝廷的惩办手段也极其严厉。朝鲜社会推广孝行，旌表孝子烈女贞妇，目的是建立规范的社会秩序，构建东方礼仪之邦。《圣学辑要》里也说：

> 孟子曰："身不行道，不行于妻子，使人不以道，不能行于妻子。"朱子曰："身不行道，以行言之，不行者，道不行也，使人不以道，以事言之，不能行者，令不行也。盖修己，然后可以正家。故正家次于修己。此以下，治人之道也，正家煞有节目。今以论其大概者，著于首，治天下有本，身之谓也，治天下有则，家之谓也，本必端，端本，诚心而已矣。则必善，善则，和亲而已矣。"③

栗谷在《孟子》里找到了"正家"的线索，从根本的端正人心、法道向善，由"修己"向"治人"发展，其核心是家庭伦理基础的"孝""悌""慈"。家庭中通过父母与子女之间的"孝慈"、兄弟之间的"孝悌"，规范长幼有序、尊卑有等的垂直和水平家庭秩序。其中特别重视建立在儒家"五伦"关系基础上的"孝""悌"。

丁若镛（1762—1836）《广孝论》的问世，更加强调和扩大了"孝"的含义，并且颠倒了中国孝文化中"忠先孝后"的传统，打破了儒家以"孝"劝"忠"的主旨，把归属政治范畴的忠从家庭伦理中剔除出去。强

---

① 《宋史》第四八七卷，《外国》，《高丽》。
② 严从简：《殊域周咨录》，《朝鲜》，中华书局 2009 年版，第 47 页。
③ ［韩］《圣学辑要》第三卷，《正家》，《总论》。

调善事父母为孝，主张家庭内部应当父慈子孝，兄爱弟敬，夫和妻顺；邻里之间则应有无相资，缓急相倚，患难相救，疾病相扶，从而扩大了"孝"的应用范围。

　　爱养父母谓之孝，友于兄弟谓之悌，教育其子谓之慈，此之谓"五教"也。资于事父以尊尊，而君道立焉，资于事父以贤贤，而师道立焉，兹所谓生三而事一也。资于事兄以长长，资于养子以使众。夫妇者，所与共修此德，而治其内者也；朋友者，所与共讲此道，而助其外者也。然唯慈者，不勉而能之。故圣人之立教也，唯孝弟（悌）是训。①

　　孟子曰：仁之实，事亲是也；义之实，从兄是也；礼之实，节文斯二者是也；乐之实，乐斯二者是也；智之实，知斯二者，不去是也。②

　　由是言之，《大学》之"明明德"，明此二者也。《中庸》之"自诚明"，诚此二者也。"忠"之为言，尽此二者而实于己也："恕"之为言，推此二者而及于物也。"格物致知"，格此二者而知所以先后也；"穷理尽性"，穷此二者而尽吾之性分也。二者诚乎心，谓之正心；二者诚乎身，谓之修身。昭明二者，以顺性命，谓之事天。天命之谓性，率性之谓道，修道之谓教。教也者，五教也。③

　　在丁若镛看来，接受父母的"慈"就是"孝"，接受兄长的教诲就是"悌"。圣人之立教，只要抓住了"孝"、"悌"这个总纲，就可以水到渠成了。讲究"孝""悌"就是正心，"二者诚乎心，谓之正心"，心术不正，哪里还能够在社会上立足。讲究"孝""悌"就是修养，"二者诚乎身，谓之修身"。讲究"孝""悌"就是对上天怀有崇敬与畏惧之心。"昭明二者，以顺性命，谓之事天。"在丁若镛看来，所谓性理之性，也

---

①　参见［韩］丁若镛《与犹堂全书》第一集，《诗文集》第十卷，《文集》。
②　同上。
③　同上。

是性命之"性"。讲究"孝""悌"也就是在讲究性理,"天命之谓性,率性之谓道,修道之谓教"。性理就是人的天性的张扬,就是作为父母、兄弟姐妹自然人"性"的发挥。

《朱子家礼》提倡要孝敬父母,顺从父母:

> 若以父母之命为非而直行己志,虽所执皆是,犹为不顺之子,况未必是乎![①]

由赵圣期在朝鲜朝后期(1830)创作的汉文小说《彰善感义录》,重在张扬"孝悌",正如作品开篇所云:

> 大凡人生无论男女贵贱,而必以忠孝为本,友爱慈敬之心,乐善行德之意一皆从而出也。[②]

在小说中,作者第一回便写到在花珍三四岁时,郑夫人就开始给他读《孝经》,"儿(花珍)辄侍案前,潜听默诵之,亦颇解文意"。第六回中,当写范汉搜阅南夫人的真迹时,发现"乃精书《孝经》一部,而其下题曰:十岁是书。"

《孝经》在汉武帝时传入朝鲜,统一新罗时期设"读书三品科"制,将《孝经》同《史记》《礼记》等列为科考内容。在对男性子弟的教育上,要求以"仁义"为本,修身克己;同时倡导以"修齐治平"为己任,"明教化厚人伦。"家庭教育既能为小家培养孝顺之子,又能为大家(国家)培养尽忠之臣。在家庭尽孝悌之道,严守"居则致其敬,养则致其乐,病则致其忧,哀则致其丧,祭则致其严"的孝道礼规。

作者赵圣期本身就是个大孝子,赵圣期死后,赵正纬在为其所写的《行状》中有记载:

> (赵圣期)其居家也,晚侍太夫人于一堂,其所以承奉之节,敬

---

① 《朱子家礼》,《通礼》,中州古籍出版社 1995 年版,第 11 页。
② 《彰善感义录》,参见林明德主编《韩国汉文小说全集》第七卷,中国文化大学出版部 1980 年版,第 109 页。

爱之道，随事致诚，靡不用极，虽在困顿呻吟之中，必扶杖而起，入
拜于内。怡声下气，愉色婉容，使太夫人致其悦豫而忘其忧疾之心。
至于饮食起居之节，亦必潜询默察，不弛其喜惧之志。每时节又必私
求其尝所嗜好之物而进之。太夫人聪明睿哲，于古今史籍传奇无不博
闻惯识。晚又好卧听小说，以为止睡遣闷之资，而常患无以继。府
君每闻人家有未见之书，必竭力求之，得而后已。又自演古说，构出
数册以进。苟有可以悦夫人之意者，虽甚劳弊心力之事，乐自为之，
不觉沉疴之在体也。①

　　赵圣期少读儒书，本来有志于举业，但因健康问题，无缘于科场，潜
心著述。他治学以朱熹为依归。在《答林德涵书》中，曾经描述其为学
的方向说：

　　　　鄙人当初为学得力处，专由于考亭之书，故平生读书穷理，一切
　　所得所疑，无不折衷取证于考亭之书。而于诸圣贤中，所专心取法，
　　亦莫如考亭。但常自检点其日用言行之际，则与考亭所训多有不相似
　　者，故心切愧缩，不敢轻以考亭为口实。至于邵尧夫之易学、吕成公
　　之史学，以关洛为宗，傍稽载籍，于鄙人气质，深有相近可喜处，故
　　取以为师法，而其实尊慕两贤，何可及于尊慕考亭之心之笃也。②

　　赵圣期可以说是一位忠诚的朱学追随者，虽然他未能通过科举考试，
在政府谋得一官半职，施展抱负，为国家服务，但从他的思想可见，他仍
是一位满怀热诚，处处以经世致用为考虑的儒者。他特别关注"为治"
的规模，指出：

　　　　盖为治不在多言，顾力行如何，而力行亦必有一定不可易之规
　　模。既有三代王佐之规模，又有汉唐小康救时之规模。规模亦不徒
　　立，其维御损益更革运用之妙，必随其所当之世纲纪风俗治乱盛衰大

---

① 参见［韩］赵圣期《拙修斋先生文集》第十二卷，《韩国文集丛刊》第一四七册，韩国
民族文化促进会 1995 年版。
② 同上。

体之如何，而救弊通变，曲适其宜，方不致虚着败局，而有所补益于世道生灵。①

赵圣期认为，历代应有顺应不同时势的治国规模，治国的规模需要适时而变，必须考虑到当世的纲纪风俗，斟酌损益。

他进一步指出当务之急为：

> 盖今日规模之急务，莫先于尚质救文。而欲尚质而救文，又必以宽大敦朴为本，静审严重为用。然后旧弊可革，新功可就。盖宽大敦朴，静审严重，非质也。然而必宽大敦朴然后浮伪细巧之习不行，而元气不漓，力势浑朴矣。必静审严重然后轻易颠倒之患可绝。而动作中节，事皆的确矣。苟如是则不期质而自质矣。至于文具之弊，盖我国立国之规模尚文，而尚文之世，文具自多。及至治教渐衰，人心渐漓之后，所谓文具者，只是假文具。而国初着实之文具，亦不复可见。文具之极，酿成百弊。今日世道人心膏肓之疾，因文具而辗转沉痼，日增月益，终至于莫可救遏者，其弊有六：浮伪、惰漫、轻浅、细刻、守谬规喜、姑息六者……夫六弊不去，则文具日盛，文具日盛则本质日亡，而国必至于危亡而后已。②

赵圣期强调国家要面对文质问题及影响世道人心的"六弊"，并指出如果这些弊端无法矫正，将导致国家危亡。从赵圣期的背景和言论去看，他明显受到朱熹理学的影响。

在《彰善感义录》中，作者对"孝悌"作出了激励的张扬。"居则致其敬"，对父母的尊敬要发自内心，完全真诚，没有丝毫保留、虚伪。小说中花珍的母亲已经去世，沈夫人是其继母。由于父亲花侍郎对花珍的偏宠，致使继母经常难为花珍，不是将他"囚禁于室"，就是"以酷仗鞭之"，甚至指使刺客谋杀他，对此花珍还是丝毫没有责怪沈夫人，反而更加尽心尽力地侍奉，孝顺如初。而成夫人以长辈——姑母的近亲身份，也

---

① ［韩］赵圣期：《拙修斋先生文集》第四卷，《韩国文集丛刊》第一四七册，韩国民族文化促进会 1995 年版，第 4 页。

② 同上书，第 10—11 页。

可以以"孝"为由，威慑晚辈花珍同父异母的弟弟花瑃，为花珍主持公道。在见到花珍被残害的惨状后，成夫人"忿然使左右、唤苍头，捉下瑃而跪之地，厉声叱曰：'汝不肖悖子，亡父之葬骨未冷，而遽尔戕害同气……今当决杖汝，使汝知杖之苦也。'"花瑃听了，也吓得"俯首死罪，惊魂飞越"。

《彰善感义录》的故事内容，宣扬忠孝节义的地方到处可见，往往借人物之口而加以表达。如沈夫人责骂花珍，花公子痛哭仰天对曰：

> 人生天地，五伦为重；五伦之中，父子尤焉。父与母一体也，小子虽无状，母亲何忍以此言加之乎？①

> 奉母不能孝，事兄不能悌，获罪于天，万戮犹轻。②

沈夫人先是妨害花珍的前途，让花瑃令花珍不得出仕，花珍不敢不遵兄长教诲，遂辞官在家，于是沈夫人以两位夫人口出怨言为由，将花珍与两位夫人分别囚禁，"锁断竹友堂内外门，使翰林不敢出入，往往绝其饮食而危辱之"，甚至以毒粥毒害南夫人，并将之弃于荒野。花珍作为曾中状元的翰林学士，在家中也只能服从嫡母的权威，无法保护自己与妻子，唯有"长委枕席，哀号父母"而已。面对沈氏的凌辱，花珍、尹氏、南氏只能默默地承受。即使在被继母杖打之后，面对忿忿然不平的柳公子，花珍仍然认为：

> 兄无礼，兄以外人冒犯嫌讥，窥人内闱，而语复悖论，君子之行故若使乎？③

《孝经》的"移孝作忠"论，使"孝"由家庭伦理范畴上升到社会政治范畴，进而为历代统治者所利用，不断地强化"子"对"父"单方面的、无条件的"孝"，以此迁移为"臣子"对"君王"无条件的

---

① 《彰善感义录》，参见林明德主编《韩国汉文小说全集》第三卷，中国文化大学出版部1980年版，第173页。
② 同上书，第118页。
③ 同上书，第187页。

"忠"。至此，先秦孔子、曾子所言之以"仁爱"为源头的"孝"就被"愚孝"所替代。父母与子女之间的人格平等与相互关爱，被父权宗法制度下长幼有序、尊卑有等的严格的家庭伦理所代替。家庭变成了小社会，其中各个家庭成员都要遵守"下"对"上"的绝对服从。

"子为父隐"也是这种等级伦理之下的又一"愚孝"规范。继母沈夫人屡害花珍不成，即以花珍欲杀害自己为由讼之于官，面对弑母大罪，花珍为了顾及母、兄，竟不予反驳，甘愿服罪。连审案的崔知府也体会到他的孝心，说道："母已告状，孝子何忍发明乎！"而当母、兄最终作法自毙，被张平揭发论罪之际，花珍"北望失声，汪然泣下交颐"，"家兄陷于死地，不肖弟之罪也；家兄死，则吾不忍独视息于人世也"。其姐花夫人在未嫁之时，也曾遭受过沈夫人的鞭打虐待，但在得知此消息时，也"怛然悲伤，涕泣琳琅"，担忧沈夫人的处境：

> 此时母亲何以为心？而林姐姐不在，复谁进粥饮？万一哥哥不幸，则吾与荆玉当为天地间罪人矣。生亦何颜？死何以见父母乎？[①]

在两人的孝心感动下，最终将花珍救出。而继母沈夫人也最终悔悟，认为花珍"十余年间"，"至诚如一，终不见怨尤之色，此真孝子也"。

沈氏并非花珍之生母，且对其不但无关爱抚养之恩，反穷尽毒计凌辱陷害，但"父可以不慈，子不能不孝"，正是理学所要求的子对父无条件的"孝"，深受儒家伦理教诲的花珍，始终遵循着这一伦理规范。在花珍看来"致其敬"就要尽心尽力，而且丝毫不能违背。花珍这种近乎圣贤的行为，固然显得不太真实，但作者正是要通过塑造这样一个绝对完美的概念化的"孝子"，来宣扬他所要彰显的"善"，以及背后蕴含的儒家伦理标准。

"养则致其乐"，做儿女要尽心尽力做到承欢膝下，让父母没有担忧。花珍16岁时，与堂兄成生赴京赶考，不意高中状元，但却不见其脸上喜乐之事。只因他一心挂念沈母。离家数日，本属不该，现高中状元，当第一时间与母亲分享。皇上也感于他的孝心，恩准他返乡觐母。在小说中，

---

① 《彰善感义录》，参见林明德主编《韩国汉文小说全集》第三卷，中国文化大学出版部1980年版，第117页。

当花珍打完胜仗，在班师回朝的路上，偶遇青城山中云水洞的郭仙公，郭仙公告诉花珍：他乃五季时仙殷真人的弟子，并要赐丹药，使他重返仙班，感知前世之事。花珍却连忙惊声道：

> 小生泡沤世界一介饭囊也，先生何以云上仙也？①

> 小生既作人间之人而不忘天上之事，则无益于身而徒乱心怀耳。借令此药一饮成仙，小生有偏母孤儿兄，何忍舍之独往乎？②

世人只道积善修佛，为的就是有朝一日能求得天缘，位列仙班，但面对如此轻易就可达到的愿望，花珍却没有动心，圣孝之行如此，不得不让人叹服。

在作者赵圣期构建的伦理世界里，孝可以感天动地，"以死事亲"的每一次孝行，都能得到上天的垂怜，使之化险为夷。在小说第三回中，这种伦理思想表现得最为突出。南御史得罪朝廷，被贬岳州，行至洞庭湖时，因遭奸贼追杀，家人失散，遂与夫人投河，一行童仆皆为兵刃所杀，唯独侍儿季莺抱着南小姐对天号哭，贼人被此景所感动，竟丢兵卸刃，投江岸而去。其实，南御史与夫人投河时，已被洞庭仙公所救，而南小姐以为父母已故，不愿苟活，哀呼自己未能尽一日之孝，而使家人遭此劫难，数次欲翻身投江。不料此举却被仙娥所见，时月过半，仙娥左持白玉杯，右持玛瑙瓶，翩然至南小姐前，曰：

> 妾受命于湘君娘娘灵言，奉命于花相公夫人。夫人以前生业冤，虽有一时厄运，十年之后当与父母相逢，永乐无穷。愿夫人顾念贵体，毋为无益之悲。③

孝女不愿舍弃父母，决命相随之举，终于感动了天地，为神明所救。赵圣期为了让世人相信故事的真实性，将天国与国家朝廷，天人与普通世

---

① 《彰善感义录》，参见林明德主编《韩国汉文小说全集》第三卷，中国文化大学出版部1980年版，第197页。
② 同上书，第197页。
③ 同上书，第156页。

人联系起来。

> 夫神明之保护忠诚者非但为其人也，亦为其国君也。彼楚宋之君甘心乐亡，愎谏违忠而沉溺私欲，屈膝事雠，天厌其德，久矣；今皇帝虽暂为权臣所误，然圣孝出天，五十犹慕父母，天下焉有孝而不昌者乎？①

由此证明神仙的世界和普罗大众的世界一样，也是要遵守孝道，尊重孝子贤妇的。赵圣期的这种伦理观，实际上是受西汉董仲舒"天人感应论"的影响，不过董仲舒侧重对皇权威严的维护，而身为大孝子的赵圣期则更注重对"孝悌"家庭伦理观念的维护。

在《彰善感义录》里，以礼敬亲的伦理观念在女性身上也得到鲜明的体现。南小姐初见尹侍郎时，引坐膝前，涕泪汪汪然交下，并复告侍郎曰：

> 小女蒙大人不遗，收置膝下，死且无恨；而但念父母之水国孤魂无所凭依，小女私情，欲亲往江上，招安父母断魂，奉归故乡也。②

作者的良苦用心，单从"复告侍郎"中的"复"字，便足以体会。南小姐一遍又一遍地告诉侍郎，说明她无时无刻不在想念父母，追念父母的恩德。作者写到南小姐与尹侍郎一家见面时，分别用两次来叙述，先是见尹侍郎时"南小姐改着吉服，以子礼见于侍郎，复改哀服而入"；然后见侍郎夫人时又"以吉服拜于赵夫人，如见侍郎仪，复以素服侍坐于赵夫人侧"，这样的安排，不仅巧妙，而且寓意深刻，通过这一吉一哀的服装转换，将南小姐至善至孝之心跃然纸上。此外，南小姐为给父母守丧，坐不华席，食不滋味，每遇新节月朔，则号陨辄绝。每年的八月份，则更甚以往，亲自与季莺一起准备祭祀物品，并且自制哀悼祭文，年复一年，日复一日，始终不曾改变。

---

① 《彰善感义录》，参见林明德主编《韩国汉文小说全集》第三卷，中国文化大学出版部1980 年版，第 161 页。

② 同上书，第 132 页。

第三节　《花门录》：传统父权文化的颠覆

一个存在身份等级制的社会就是一个不平等和不公正的社会，意味着社会主体之间存在人格差异和等级差别，每个人的权利能力和行为能力都因为自己的出生、社会地位而受到影响而不同。因此，夫权并没有我们想象的那么独立自主和具有排他的权威性。事实上，在身份社会中，由于宗法和集体主义的禁锢，每一个人都不仅仅是属于自己，更是这一个巨大的社会集体中的义务主体而非权利主体，这就是身份等级制社会下人格的真实写照。

朝鲜古代的婚姻，不仅是处于婚姻中心的夫妇二人之间关系的缔结，还关系到两个家族、两个家庭之间的利益和名誉。所以没有"父母之命，媒妁之言"的婚姻被视为损害家庭名誉的不合法婚姻，而对于不能以贞节自持的自由论嫁、再婚的女子们往往很难得到人们的认同。小说《三韩拾遗》中的贞义女的一段话很好地代表了当时朝鲜时代女性的贞节观：

> 妇人之道贵乎专精，一有跌心，身且贱焉。吾夫虽不妻我，而吾则已为家人矣，饿我之事小，失节事极大，至死靡弛矢之在心，天地所缓鬼神所临绝弃伉俪，污辱门户，妾不忍为。①

小说传统婚姻中的"父母之命，媒妁之言"是年轻男女必须遵守的，对于自主的爱情婚姻大多没有多少权利。但在朝鲜后期出现的家庭小说中，对于父权家长制对于父母之命，有了颠覆性的反映。

在《花门录》中，通过花景一家一夫一妻一妾的爱情婚姻生活过程，真实地展现了主人公追求爱情婚姻理想生活和现实生活之间的矛盾。作者有感于现实婚姻，屈从于家长对经济利益和家族利益的考虑，使得婚姻当事人，尤其是女方失去了自由选择的机会。于是《花门录》的作者在小说中，将选择的权利交给了婚姻当事人花景、包括女性——胡红梅，交给他们自主择配的自由。

在虚构的"小说世界"中，花景和胡红梅为了追求理想的爱情，敢

---

① 《六美堂记》，参见林明德主编《韩国汉文小说全集》，中国文化大学出版部1980年版。

于冲破"父母之命，媒妁之言"的束缚。花景在有父母之命婚约的情况下，偶然机会与胡红梅相识，两人一见钟情。作为封建"两班"家族女儿的胡红梅完全可以嫁入门当户对的家庭做正室，但因为抱着对美好爱情的追求，却甘愿嫁给花景做了小妾。花景遇见胡红梅之后也想解除与李海兰的婚约，但是迫于父亲的压力及伦理道德的禁锢，最终未能如愿。胡红梅以妾室的身份嫁入花家之后，才发现其实正室李海兰比自己更优秀，无论容貌、才德、持家的能力，都是自己所无法企及的。

由于妒忌，再加上"爱情至上"欲望的驱使，胡红梅在花家开始了作为恶妾谋害正室的人生。妒忌，在儒家伦理文化规训下，通常被认为是女性所特有的，而且又是衡量女性"贤德"的尺度之一。尤其是在一夫多妻制的古代传统家庭中，对于妻妾之间矛盾的产生，都认为是由于妒忌的结果。

杨义有言：

> 妒悍并非人的自然本性，人生在世，其自然欲望在于求生存、幸福和发展，当女子的生存价值被漠视或遇到威胁，其幸福和发展的欲望又被旧式家庭制度、妻妾制度所扭曲，除了卑顺而甘为奴隶者，也只好在"清官难断家务事"的领域，以妒悍的方式发泄出来了。扭曲的人格，乃是扭曲的社会的一种个人性的注脚。①

如果说，没有一夫多妻制的存在，花景和胡红梅的爱情生活应该是很美好的；如果没有父亲的强行压力，花景只娶其中的一个，李海兰或胡红梅，他们的生活也会美满幸福，然而传统的婚姻制度，家族的利益牵扯，使处在"两班"家庭中的男性子弟们，也不一定能够按照自己的意愿去处理自己的爱情婚姻生活。作为男性子辈们，结婚与其说是男女之间的结合，还不如说是家门与家门的联合。"两班"家庭为了扩大自己的权利并使地位上升，通过子女为媒介，以联姻的形式达到目的，所以这种夫妻关系的重心，不是结婚的男女双方，而是以家族利益为中心以"父子"为轴心而存在的。本来对于年轻男女来说，自由恋爱结婚才是基本的原则，这在当时的朝鲜朝社会是违背家庭伦理秩序的，是父权家长制所不允许

---

① 杨义：《杨义学术随笔自选集》，福建教育出版社2000年版，第265页。

的。即使在近代的朝鲜、韩国社会，以夫妻关系为轴心的婚姻形式也一直受到家长制的排斥，在传统家族的家庭里，结婚仍然是家门存续和繁荣的手段。

在《花门录》中，花公是晚年得子，所以对花景是百般溺爱，娇生惯养，因而生就了花公子的天性放荡不羁，不受儒家礼法约束。父亲为儿子花景选中了李尚书家的小姐李海兰为妻，并定了婚约。一个偶然的机会，花景结识了胡红梅，两人一见钟情，心生爱慕，于是花景想退婚，诳骗父母："梦里有仙人指点，和李海兰结婚是不会幸福的。"花父极力劝阻儿子，有媒妁之言的婚约是不可以解除的，必须按照约定完婚。而且李家小姐知书达理、温柔聪慧，这样的"贤淑"女子才能很好地掌管花家事务，兴旺家门，延续家族的繁盛。但是花景并不考虑这些，他对于积极追求自己的爱情生活兴趣更大。

花景的行为，在以血缘为纽带的朝鲜古代社会，就成了一个颠覆家族秩序的叛逆者。在传统的"两班"家庭中，"长子"——作为儒家济世理想的承载者，负有家庭家族兴亡，一人独擎的重大责任。数千年嫡长子制度的推衍，使长子情结深储于心，影响和制约着长子向父亲转化的人格和行为塑造。古代家庭中的长子们，一方面要躬奉长辈，修身持家，在妻、妾、子（女）与弟、媳间摆平利害关系，另一方面又要在心理上接受人格、爱欲和理想的鞭挞。压抑、牺牲自我个性，持家继业，传承"家根"的使命。因此，作为家族的长子，苦苦挣扎的人生历程，便充满了悲剧和"喻言"的意味。因为长子需要传承上百代人的家族嫡长子制度，因长子义务、责任的意识长期在心里刻记下的"印迹"。它使个体在家庭家族被教养过程中所刻印下的各种训诫和祖先通过遗传沉积的无意识心理内容，必须在长子身上得以呈现。"重家轻己"的扭曲人格，才是家庭继承者的理想形象。

然而《花门录》中的花景，却动摇了传统封建社会嫡长子继承者的形象。在封建社会末期商品经济文化的冲击下，现实中财、货、色的享乐风气的影响，儒家传统人格精神逐渐失去了其整合社会、教化人心的魅力，再加上朝鲜朝后期"两班"社会腐败现象的暴露，新思想、新观念的影响，使人格异化日益严重。特别是作为承担社会发展任务的青年男性子弟，表现出一种腐化、堕落、软弱无能的庸俗、卑劣的人格形象特点。作者为了表达对传统文化没落的担忧，对儒家弘扬道义人格的呼唤，家庭小说的作者们，通过这些颠覆传统伦理的反面嫡长子们，传达了对儒家伦理孝悌观、尊卑观、忠义观等的张扬，来力挽日益败坏和衰落的社会风气的主观愿望。

对于胡红梅来说，作为两班家的闺秀，为了追求爱情而甘愿做妾，嫁入花家。当现实的境遇和理想存在着矛盾，就使得胡红梅不得不作出新的思考。她第一次见到李海兰，心里不免受到了威胁：

> 从姿色上看绝世无双，不是楚王的魏美人的后身，就是唐明皇的杨贵妃转世……上天造就了我的绝色之美，怎么还能生出个李海兰呢！①

胡红梅感到了李海兰将是实现自己美好爱情的阻力。花景和胡红梅在自己盲目的爱情追求中，遇到了现实的困难。积极争取爱情的愿望，固然值得肯定，但是出于一夫多妻制下的婚姻爱情，这种单方面的追求必然要受到限制，自我的愿望也很难实现。虽然花景与胡红梅是有着爱情的基础才结合的，由偶然相识到心生爱慕，又历经重重艰难。胡红梅经过了不懈的努力，终于夹在了花景和李海兰之间。在《花门录》中，胡红梅不像《谢氏南征记》中的乔彩鸾，是为了自己作为妾追求地位的上升和儿子嫡长子的地位，她只是因为要追求自己的爱情，并且独占丈夫对自己的爱而已。但是当丈夫爱的天平失衡的同时，胡红梅也将自己推向了爱的绝境。不仅伤害了李海兰，也失去了自我。夹在李海兰和花景之间，强烈的对丈夫的占有欲和对正室的排斥心理，使她爱的心理逐渐扭曲。正室李海兰和她的儿子天宝，就是胡红梅的眼中钉。为了得到丈夫更多的爱，能够抓住丈夫的心，也只能一次次地铤而走险。

胡红梅对于个体情欲的追求，多少伴随着一点主体意识觉醒的味道，这是由于她比较清醒地认识到自我的存在，明确地去追求自己的所爱，极力想摆脱一个女性"百年苦乐由他人"的命运。而且，她在追求自我价值的过程中，是那样的大胆与积极主动，不顾社会礼法，不信任何说教，只相信自我，努力去主宰自己的命运。透过小说，我们看到了胡红梅女性主体意识的萌芽、觉醒与失落的过程。这也使我们看到了：胡红梅，一个

---

① 参见［韩］《花门录》，《文化推进管理局贵重本丛书》第六集。

女性个体的出现，她反抗的力量相对于她所反抗的对象——男权社会、父权社会的力量，是多么的弱小和微不足道。

本来同为人类，权贵、文人和庶民都应有一种共同的生命意识，对于情与爱的欲望在本质上也应是相同的。但是，朝鲜朝的等级身份制度和社会地位决定了人们在婚姻关系上的尊卑不等。

> 一个存在身份等级制的社会就是一个不平等和不公正的社会，意味着社会主体之间存在人格差异和等级差别，每个人的权利能力和行为能力都因为自己的出身、社会地位而受到影响而不同。[①]

没有合意的婚姻，情爱不是自我主体的真实表达，也就难以保证婚姻的质量，也就难免出现家庭内部的矛盾和纠葛。在礼法与人情、理性与感性之间，这种遵循或背离带来的是可想而知的结果。作者通过对一夫多妻制的焦虑，折射出朝鲜朝由于社会矛盾激化所引发的社会分层和阶级重构，给传统的家族观念和家族伦理所带来的困境和挑战，"两班"家庭在性别角色和妇女思想观念被颠覆之后，引发了对传统家庭结构解体的深度思考。

在朝鲜朝后期的家庭小说中，作者为我们描绘了一幅真实的女性（妻妾婢）生存世界的悲剧性的景观。在她们身上集中体现了一夫一妻多妾或一夫多妻制下，家庭中女性的生活遭际和不幸命运。妻、妾、婢原本都是弱女子，都是一夫多妻制下的被损害者，但是两班贵族为了维护宗法关系，又把这些受害者划分出贵贱等次。妻、妾、婢之间人为的尊卑贵贱的巨大反差不仅没有使她们各就其位，相安无事，反而犹如烈火烹油，随时都可以相互残害。在这场没有硝烟的搏斗中，其中的一方可能因承受不了对方的攻击而未能逃过悲哀的命运。无论是嫡妻、卑妾还是贱婢，她们都因为种种原因而逃脱不了命运的摆布。在这场特殊的争斗中，无论孰胜孰负，结果对她们来说都是莫大的悲哀。

我们看到，安分守己，逆来顺受者，其遭遇是悲惨的，令人可叹；而要争宠固宠，其结局也只能是悲剧，这便是家庭女性的生存命运。但更可

---

① 孙道萃：《〈聊斋〉与婚姻》，http://www.chinalawinfo.com（北京大学法律信息网），2008 年。

悲的是，她们根本没有意识到对自身权利的侵害来自男性。相反却无端地将之归咎于同性，妻恨妾，妾恨妻，妻妾奴役贱婢。女性内部产生了内讧，坐收这种内讧而渔利的却是压迫她们的男性。林幸谦先生论述道：传统的妻、妾从属身份和其压抑处境，原是一体两面的关系。笔者个人认为这是一个非常敏锐的，对传统的妻、妾生存状况具有揭示性意义的观点。可以说，正是传统的妻、妾的家庭地位和处境导向了她们的行为和心理状况。

第九章

朝鲜古代汉文爱情小说的文化叙事

在古代朝鲜文化中，男女两性的自由爱情、婚姻是严重缺席的。数千年儒家伦理道德的束缚，使得自由爱情在现实中几乎没有生存与发展的空间。"父母之命，媒妁之言"下的包办婚姻，是以政治关系和物质关系为媒介的，是家长强加于子女的一种家庭伦理关系。在父权制下、一夫多妻制下的男性社会完全忽视了个体的情感与价值，体现的是人类整体生产力水平较低的情况下，家族、群体和统治阶级的利益。"昏者，婚也，上以祭祖庙，下以延子嗣。"传宗接代便成为婚姻的基本任务，真正因爱情而缔结的婚姻可谓寥寥无几，但这并不妨碍——从某种程度上甚至于激发了人们对自由爱情与婚姻的渴望与憧憬。

而小说对正统文体最大的"解构""颠覆"就在于对"情"的张扬。正统文体认为：当"水"（性）不动常寂时。性就善，就能催生出君子圣人，因而也就最讲义；反之，当"水"动时，性就乱，就有恶，就会释放出一溜小人，当然也就唯利是举。而情正是恶的变种，正如同利一样："人之所以为圣人者，性也；人之所以惑于性者，情也喜怒哀惧爱恶欲七者，皆情之所为也。情既昏，性斯匿矣。川圣人之常，以其情顺万物而无情。"[①]

朝鲜朝后期把儒家性理学推向绝对化的做法就是体现在性情上，表现为要正"性"定"情"，即以传统的伦理道德约束个人的自然感情，使"情"归附于"性"同化于理。正如天花藏主人所说：

> 情一动于物，则昏而欲迷，荡而忘返，匪独情自受亏，并心性亦未免不为其所牵用。故欲收心正性，又不得不先定其情……而情定则

---

① 李翱：《复性书》上，浙江古籍出版社 2012 年版，第 1 页。

由此而收心正性，以合于圣贤之大道不难矣。①

进一步讲，即要以封建正统观念和道德规范——所谓"圣贤之大道"，来自觉地约束自由不羁的个人自然感情，也就是"存天理，灭人欲"。

爱情与婚姻是两个不同的概念，前者是一种纯粹性精神活动，而后者则是一种现实化的生存方式。爱情可以走向婚姻，也可以不走向婚姻，而成为一种独立的精神存在，而婚姻则表现出世俗化、功利化的特征，它更多地迎合了民间化的生存追求。

朝鲜朝17世纪之后的爱情小说与之前传奇中的爱情主题小说是有着本质区别的，传奇中的爱情是一种浪漫情怀的体现，作品中主人公对爱情的追求主要是出于一种精神需要，是为了心灵的愉悦和满足，才子与佳人之间是为爱情而爱，"情"是他们行为的联结点，也是行为的最终目的指向，他们最终要到达的是一个较高的精神层面，而对婚姻则忽略不计，因而他们的爱情具有鲜明的形而上特征与超凡脱俗的"亦真亦幻"特征。而朝鲜朝后期的爱情小说中的爱情则要现实得多，实际得多了。因为爱情的主角都是现实中的自然人，更讲究现实生活的实际，满足双方的"现实欲求"才是根本。因而，这一时期的爱情脱掉了大半浪漫的外衣，表现出一种显而易见的实用目的，即直接指向婚姻。

17世纪之前的朝鲜社会，要求人们所绝对遵守性理学的"天理人欲"，禁止暴露自己的欲望或情欲，为了匡正社会风气，张扬"贞、节、烈"的价值追求，抑制人类的情感流露，强调所谓的"从一而终"的感情。进入17世纪后，朝鲜后期的社会文化出现了松动的局面，性理学固有的文化体系开始慢慢瓦解，倡导人性恢复等的新思潮逐渐涌动，人们开始有了关于人性的新认识和新体悟。

正祖时期（1752—1800），一方面，在社会生活中违禁、逾制、奢侈之风大炽，成为普遍的社会风气；另一方面，"文体反正"在观念形态上将文体视为治国的基本政策，认为文体是政治现实的反映，随士气（国家之元气）而变化，因士气是国家的元气，若不对文体进行反正，则不能扶正日益坍塌的名分和体制。正祖认为，假如放任该文体，且不说文风，连国民的

---

① 　天花藏主人：《定情人》"序"，人民文学出版社1983年版，第1页。

心性都会被污染。所以这一时期来自中国的通俗小说和稗官文学遭到禁毁。但实际上中国小说并没有因正祖的"文体反正"而受到遏制，相反却流传得更为广泛，小说文体及写实主义表现手法的作品也更为广大读者青睐。面对当时的社会境况，传统士人原本具有的强烈的个人功利价值追求和社会功利价值追求被消磨殆尽，他们带着对理想和现实之间差距的思索和苦闷，带着对世俗生活的热望和渴求，开始走向自我体认。反映在小说创作中，就是一部分小说家创作动机的转向。同时代表社会思想阶层的士大夫的觉醒，更为社会带来了思想领域发展的重大转变。颓废的社会意识形态，使他们不得不关注现实中人性本真的精神解放。再由于两乱致使朝鲜朝的社会经济基础动摇，由此产生了中央集权阶层分裂以及统治阶层分裂、身份等级制动摇等一系列社会变化。特别是两乱以后士大夫的统治能力的局限性逐渐地开始暴露，由于中下平民阶层的意识自觉和社会经济基础扩充，萌发了对"两班"身份制度的不满情绪，最终产生了身份上升的强烈要求。在这种身份等级制的变化中，两班士子的处境是非常尴尬的。

在这一时期形成的爱情小说的作者群体，正是过去被统治阶级排挤或者属于社会底层的平民阶级，即对社会现状抱有强烈不满的没落阶层或者懂文字的平民阶级。还有一部分是以营利为目的的小说创作群体。这些人在进行小说创作过程中的小说意识和主题含义，既有对现有体制批判的一面，也有对于未来积极思考的一面，他们对百姓的疾苦有着深刻的认识和理解。他们知道百姓的基本欲望，男女情爱或人类本能情欲。

第一节 《云英传》：人性觉醒的抗争

在封建统治下，统治者穷奢极欲，醉心于声色生活。"后宫佳丽三千宠"成为帝王满足荒淫无耻生活的必需品。身处幽宫的女子得不到正常的爱情生活，青春在孤寂中日渐憔悴，情感在憧憬与现实中备受煎熬。小说《云英传》以宫女云英与金进士之间的爱情故事为线索，揭示了朝鲜17世纪壬、丙两乱后，逐步被唤醒的女性意识，以及女性对自我的整体性认识和对个性解放的渴求。

《云英传》是比较特殊的一篇爱情小说作品，它以梦游录小说的形式，讲述了一位宫女与民间书生的爱情故事。这篇作品产生于17世纪末期，作家的创作还未能脱离梦幻的结构形式。虽然小说讲述的是现实生活中的真实故事，但却借用了梦游的叙事结构展开。作品中还未能完全摆脱超现实的因素，云英和金进士自杀后均升入天界。《云英传》是 17 世纪后期爱情传奇小说向反映世俗生活的现实爱情小说转换过渡的一篇作品。

　　文中歌颂了以云英为首的十位宫女对爱情的向往，以及努力追寻爱情的勇气，小说直面朝鲜朝中期封建礼教压迫下的宫女们，以宫女们真实的生活状态，反映了底层女性人性压抑的一面，这是一篇崇尚真情的小说，但结局是悲剧性的，也是朝鲜汉文小说中为数不多的以悲剧结局的作品。《云英传》影响了朝鲜朝后期才子佳人小说的创作。

　　《云英传》中的宫女云英，是从少女时代起就被安平大君禁锢于与世隔绝的寿圣宫中的十名宫女之一，她被"抛入"了一个"异己的世界"，这个世界不属于她，但她却永远无法摆脱。虽然有美好的憧憬，但最终沦为无奈的挣扎。她过着一种"外在于"她的生活，她的命运取决于皇帝以及所身处的男性社会的规则中，她被"锁"在其中。高高的城墙能挡住云英外出的脚步，却隔不住她向往爱情、渴望被爱的心。于是，与金进士的一次偶然相遇，使云英长期被压抑的欲望开始觉醒和复苏。

> 布衣革带士，玉貌如神仙。每从帘间望，何无月下缘。
> 洗颜泪作水，弹琴恨鸣弦。无限胸中怨，抬头独诉天。①

　　森严的宫墙锁不住为爱而奋力搏动的心，云英对爱情依旧抱有无限渴望。一个"怨"字，真实地写出了作者无限的同情。作者在作品中，一方面，站在自己的角度上，抒发自己对宫中女子深深的怜悯之情；另一方面，又站在社会的角度，来批判当时宫女制度的残忍、绝情。诗中的一"怨"其实便是两怨：一是宫女之怨，二是诗人己怨。作品中的女主人公——云英，含泪倾吐了对金进士的思念之情和对无法结成姻缘的怨恨。虽然她殷切地思念金进士，以至于总是偷偷地透过珠帘看他，但始终未能与他结下姻缘。

　　云英对金进士的爱是真诚而执着的。为了表达自己的爱，她做出了许多大胆而积极的努力，甚至不惜以生命为代价。在与金进士的交往中，云

---

① 《云英传》，参见林明德主编《韩国汉文小说全集》第三卷，中国文化大学出版部 1980年版，第 51 页。

英的态度始终是积极主动的。安平大君开酒会，云英"穴壁作空而窥之"，"以诗及金钿一支同裹，从穴投之"。进士"拆而视之，悲不自胜，不忍释手，思念之情，倍于囊时，如不能自存。即欲答书以寄，而青鸟无凭，独自愁叹！"之后又借浣纱之际出宫欲与金进士相见。紫鸾为了帮助云英出宫，劝说南宫宫女将浣纱地点改设为城中。

> 既在尘寰，则山家野村，农墅渔店，何处不可？而牢锁深宫，有若笼中之鸟。闻黄鹂而叹息，对绿杨而欷歔。至于乳燕双飞，栖乌两眠，草有合欢，木有连理。无知草木，至微禽鸟，亦禀阴阳，莫不交欢；吾侪十人，独有何罪而寂寞深宫，长锁一身，春花秋月，伴灯消魂，虚抛青春之年，空遗黄壤之恨，赋命之薄，何其至此之甚耶！人生一老，不可复少，子更思之，宁不悲哉！①

紫鸾的话强调了世间万物都有阴阳之分，而遵循这条规律是人生最基本的前提。阴阳理致，即男女间的爱情是人生最基本也是最重要的要素，没有阴阳理致的人生还不如被关在笼子里的鸟。这话饱含着宫女生活无尽的痛苦与辛酸，并唤起了宫女们对自己悲哀命运的共同体认，进而达成共识，齐心协力帮助云英。

朝鲜朝时期的宫女制度比较严格，对于宫女有严格的约束，并且从法律上有意隔绝宫女与外界的接触。

金莲转述主君之令：

> 侍女一出宫门，则其罪当死，外人知宫女之名，则其罪亦死。②

可见当时宫女的活动是极其受限的。

作品开头即有意无意的交代：

> 洞房之内，七宝书案，置《唐律》一卷，论古人宫怨诗高下。③

---

① 《云英传》，参见林明德主编《韩国汉文小说全集》第三卷，中国文化大学出版部1980年版，第55页。

② 同上书，第51页。

③ 同上书，第47页。

《唐律疏议》中有刑法条文曰：

> 即虽非闲入，辄私共与宫人言语，若亲为通传书信及衣物者，绞。①

《新唐书·萧瑀传》记载：

> 太常工为宫人通信遗，诏杀之，且附律。②

所以一旦被选入宫中，便不能同家人团聚，深锁宫中，与外界隔绝。正是"一入深宫里，年年不见春。聊题一片叶，寄与有情人"。

为了实现自己的爱情，云英不顾一切。借浣纱之际出宫见到金进士，相约并逾墙相会。"逾墙"不仅仅是爬过实际存在的那堵宫墙，更主要的是越过男女爱情中存在的诸多障碍。云英告诉金进士，让其"逾墙"。

> 妾在西宫，郎君乘昏夜，由西垣而入，则三生未尽之缘，庶可绩此之成也。③

可是，事情并没有很顺利地发展，期间经过波折，后来还是经过家奴的帮助，金进士才终能"逾墙"成功，得以相见。

> 进士密窥其处，则墙垣高峻，自非身具羽翼，莫通逾矣。还家，脉脉不语，忧形于色。④

金进士作为一介书生，敢于冲破封建礼教的束缚，追求自己的爱情幸福。金进士对云英的爱，也超越了本能的爱欲，在"沉吟诗句"中萌芽，

---

① 参见［韩］朴玄珠《〈云英传〉女性形象研究》。
② 长孙无忌等撰，刘俊文点校：《唐律疏议》，中华书局1993年版，第159页。
③ 《云英传》，参见林明德主编《韩国汉文小说全集》第三卷，中国文化大学出版部1980年版，第45页。
④ 同上。

在传递情书中成长，在逾墙私会中成熟，这也是金进士冒着生命危险，义无反顾地每夜逾墙与云英相会。事情败露后，云英将自己的财物转移到宫外，企图与金进士私奔，永结良缘。

这种源于人性本真的强烈欲望，通过云英一系列的冒险行动，形象生动地展现出来。为了争取自由恋爱，为了能按自己的意愿生活，她敢于挑战传统，敢于面对安平大君（王）。至于云英的自杀，则体现了她对剥夺人性自由的统治阶级的反抗意志。

> 云英的自杀不是一个纯真女人生命的终止，而是现实社会所造成的悲剧，所以云英的自杀便成了一种意义深远的女性悲剧。[①]

云英这个浑身散发着强烈女性意识的形象，是以往朝鲜汉文小说中从未有过的。正如申载弘所说：

> 在以男女爱情为矛盾主线的前代梦游传奇小说作品中，虽然在女主人公的塑造中，也有表现了主人公真实欲望的作品。但是在《云英传》中主人公则确定了将欲望作为人的本性所具有的价值，从女性的觉醒入手，大胆的表现了自己内心的欲望，这便是这部作品所独具的意义。[②]

> 作品非常真实地描写了禁锢在深宫内闱里一群宫女们的烦恼，为了追求宫外的自由和爱情，她们能够敢于担责、患难与共，并且对封建专制制度下自身悲惨命运进行抗争，同时以激烈的言辞揭露和鞭挞了封建统治者的专横和腐败。[③]

作品同时突出了以紫鸾为代表的其他九位宫女的强烈愿望：

> 女子生而愿为有嫁之心，人皆有之。汝之所思，未知何许情人，

---

① 欧阳修、宋祁撰：《新唐书》，中华书局 1997 年版，第 3952 页。

② ［韩］申载弘：《韩国梦游录小说研究》，韩国启明文化社 1994 年版，第 138 页。

③ 金宽雄：《韩国古小说史稿》，延边大学出版社 1998 年版，第 367 页。

闷汝之形容，日渐减旧，以情恻问之，幸须毋隐。①

> 女子之情则一也。久闭离宫，长吊只影，所对者灯烛而已，所为者弦歌而已。百花含葩而笑，双燕交翼而戏，薄命妾等，同锁深宫，览物怀春，情思如何。朝云岱神，而频入楚王之梦；王母仙女，而几参瑶台之宴。女子之意，宜无异同；而南宫之人，何独与姮娥苦守贞节，不悔灵药之偷乎！②

女子有嫁人之心，这是天经地义、人皆有之的，所谓"女子之情则一也"。体现了女子对爱情的向往和坚定执着的追求，这并不是安平大君能压抑得住的。安平大君可以把宫女们禁锢在寿圣宫中，不让她们与外界有任何联系，却禁锢不了宫女们飞向宫外寻求幸福的决心。尤其是宫女飞琼认为："一人之心，即天下人之心也。"更耐人寻味。

云英私会金进士的事情暴露后，在安平大君审问时，宫女银蟾为云英极力辩护：

> 男女情欲，禀于阴阳，无贵无贱，人皆有之。一闭深宫，形单影只，看花掩泪，对月消魂。梅子掷莺，使不得双飞；帘帐燕幕，使不得两巢，此无他，自不胜健羡之意，妒忌之情耳。一踰宫垣，则可知人间之乐，而所不为者，岂力不能而心不忍哉？唯畏主君之威，固守此心，以为枯死。宫中之计，今无所犯之罪，而欲置之于死地，妾等黄泉地下，死不瞑目矣。③

银蟾认为男女间的性爱是从阴阳情理而来，不分贵贱，每个人都有。不仅男性有，女性也有；不仅贵人有，贱人也有。这种思想源于平等意识，也是这个时代女性们渴望被承认、被认同的一种反映。

而另一个宫女紫鸾的一番陈述，不仅表现了对云英的姐妹之情，还表现了对犹如笼中之鸟一样被锁于深宫，形单影孤的自身处境的认识。紫

---

① 《云英传》，参见林明德主编《韩国汉文小说全集》第三卷，中国文化大学出版部 1980 年版，第 49 页。

② 同上书，第 60 页。

③ 同上书，第 66 页。

鸾说：

> 今日之事，罪在不测；中心所怀，何忍讳之。妾等皆闾巷贱女，父非大舜，母非二妣，则男女情欲，何独无乎？穆王天子，而每思瑶台之乐；项羽英雄，而不禁帐中之泪。主君何使云英独无云雨之情乎？……金生乃当世之端士也，引入内堂，主君之事也。命云英奉砚，主君之命也。云英久锁深宫，秋月春花，每伤性情，梧桐夜雨，几断寸肠。一见豪男，丧心失性，病入骨髓，虽以长生之药，越人之手，难以见效。一夕如朝露之溘然，则主君虽有恻隐之心，顾何益哉？妾之愚意，一使金生得见云英，以解两人之怨结，则主君之积善，莫大乎此，前日云英之毁节，罪在妾身，不在云英。妾之一言，上不欺主君，下不负同僚，今日之死，死亦荣矣。伏愿主君，以妾之身，续云英之命矣。①

宫女玉女认为：

> 西宫之荣，妾既与焉；西宫之厄，妾独免哉？火炎昆仑，玉石俱焚，今日之死，得其所死矣。②

连南宫的小玉也说：

> 云英之毁节，罪在妾身，不在云英，伏愿主君，以妾之身续云英之命。③

　　宫女们大胆的申诉，体现出作为底层女性强烈的抵抗和反抗意识，即使是在威严的安平大君面前，也表现出了誓死抗争的心理和举动。心中对自身处境和生存现状的觉醒，对人性发现，通过这些宫女们的抗诉，得到了肯定。

---

① 《云英传》，参见林明德主编《韩国汉文小说全集》第三卷，中国文化大学出版部1980年版，第66页。

② 同上。

③ 同上书，第67页。

第二节　《周生传》：等级身份的冲突

婚姻作为一种典型的世俗生活形式，它不仅能为平民提供一个稳定、安全的具体生存环境，而且能使他们的人生之旅按部就班地进行：成家、生子、延续生命。对于女性来说，婚姻还能够使她们的终生有所依托，所以，理想的婚姻自然就成为平民尤其是女性的重要的生存追求，在这种追求中，爱情成为婚姻的前提，婚姻成为爱情的最终目的指向。

具有世俗价值的婚姻才是主人公们的最终追求。既然追求的是具有世俗意义的婚姻，那么爱情也就变得朴实无华和直截了当了，主人公们的言行大都直来直去。这些人的爱情和婚姻都来得特别的直接和实在，一切铺垫与渲染都被省略了，因为这符合平民的审美观和生存价值观，只有这种直来直去、实实在在的东西才是平民所看重的、所追求的。由于婚姻成为爱情的目的，本应至高至纯的爱情便被掺进了世俗的杂质，这使得爱情中"情"的成分被不同程度地减少和淡化了，这在男主人公身上表现得比较明显。

小说《周生传》中塑造了一位作为配角的妓女——俳桃之形象。她的身世是悲惨的：

> 祖某提举泉州市舶司，因有罪废为庶人，自此贫困，不能振起。妾早失父母，贱养于人以至于今，虽欲守净自洁，名已载于妓籍，不得已而强与人宴乐。①

但她也充满着对爱情的渴望，从遇到周生之后，她就希冀有一天能脱离苦海，过上正常的生活：

> 妾虽陋质，愿一荐枕席，永奉巾栉。望郎君他日立身，早登要路，拔妾于妓簿之中，使不忝先人之名，则贱妾之愿毕矣。②

---

① ［韩］《周生传》，崔雄权校注《花梦集》，晓明出版社2009年版，第9页。
② 同上。

篇中对俳桃着墨甚多，虽然她不是爱情中的主角，却也不等同于丫鬟、媒婆。她参与了这场并不势均力敌的爱情角逐。

当得知周生变心后，俳桃十分愤怒：

> 桃独坐无寐，偶发妆囊，见其词为汁所浑，心颇疑之。又得《眼儿媚》词，知仙花所为，乃大怒，取其词纳诸袖中，又封结其囊如故，坐而待朝。①

周生酒醒后，俳桃斥责曰：

> 逾墙相纵，钻穴相窥，茧君子所可蔫哉？我将白于夫人。②

周生慌忙抱腰，以实告之，且叩头哀乞曰：

> 仙娥与我永结芳盟，何忍置人於死地。③

"父母之命，媒妁之言"是封建婚姻的律条，爱情在婚姻中没有地位，桑间濮上、钻穴逾墙，都是封建婚姻和封建社会所不允许的。朝鲜朝时期是一个特别强调儒家道德观念的朝代，所有行为规范都以儒教正统朱子理学为标准。当然，婚姻也不例外。朝鲜朝作为一个身份等级制社会，婚姻在很大程度上受身份的限制。因此，"门当户对"的婚姻观随之产生。这个时期的"门当户对"主要指的是身份等级的相当、相对。上下身份等级之别，是朝鲜朝社会处理人际关系的一个基本准则。在婚姻秩序内更是严格固守身份"内婚制"④，以法律规定禁止良民与贱民通婚。朝鲜朝《太宗实录》中也有相关记载：

---

① ［韩］《周生传》，崔雄权校注《花梦集》，晓明出版社 2009 年版，第 14 页。
② 同上。
③ 同上。
④ 朝鲜王朝之所以能够贯彻这种严格的身份等级制度，关键在于严格地依据血统、家门来划分士、庶、良、贱之别。为了确保"两班"阶层血统的纯正及人数，朝鲜王朝严格地实行等级内婚制。

自太宗六年（1406）正月一日起，禁止公、私、贱人与良女之间通婚。①

在《朝鲜王朝实录》中记载着沈喜寿的话：

> ……第念我国之制，士族、庶贱名分迥节，有同冠履，此实天朝所未有也……然律文本意常以地位相悬为重。士族之与庶贱非一地位也，庶贱之与庶贱同一地位也。而通谓之纲常者，亦是此律也。②

尤其在士族"两班"贵族阶层内，要严格执行相关规定。士族"两班"贵族男性如和中人、常人或贱人阶层的女性结婚，女人永远只能当妾或降低身份等次。在朝鲜社会中，纳妾是不需经过六礼的正式婚姻仪式的，所以也是法律所不承认的，因此不同身份的男女结合是国家法律所禁止的违法行为。

良贱之别作为一种绝对的身份区分，与父子、兄弟等一般常人间的对应关系相比，是更突出地体现出尊卑上下等级差别的一种特定关系。这种良贱身份之别既是明文规定的朝廷律法，也是人们世代沿袭的生活礼俗，因而在人们的头脑里一直是天经地义的，在社会舆论中也是一致公认的准则。小说中的周生其父虽为蜀州的"别驾"（相当于州刺史的佐吏），但由于周生连举不第，遂放弃科举，从事经商活动。

> 倒箧中有钱百千，以其半买舟往来江湖间，以其半市杂货，时取赢以自给，朝吴暮楚。③

作为一个操业者，周生的地位是位列于"两班"之下的，在当时的社会中，是处于卑微的地位，只有经科举及第或者"两班"的子孙才享有"两班"特权。李重焕的《择里志》云：

---

① 参见［韩］《朝鲜王朝实录》，《光海君日记》第二十一卷，光海君元年十月十六日甲子条，首尔大学奎章阁藏本。
② 同上。
③ ［韩］《周生传》，崔雄权校注《花梦集》，晓明出版社2009年版，第7页。

> 凡仕于朝者，与不仕而在下者，苟其人从事于士，则通谓之士大夫……品官与士大夫，同谓之两班。①

> 所谓尊者，入仕为君子者。其位尊贵，操业为小人者，其位卑贱。两等而已。然君子之子孙，世守其道，续文秉礼，虽不入仕，犹为贵族。②

另外，朝鲜朝为了严禁良贱通婚，对那些缔结良贱婚姻关系的人们严加惩罚。《朝鲜王朝实录》中就记载着不少此例。

其中一例是：

> 世宗时期，原平府使尹救的孽族贱人周福重要娶府中良家俞顺之侄女为妻而遭到女方家拒绝，尹救却强迫女方家缔结婚姻而遭到司宪府的惩罚，判周福重以绞刑，判尹救以刑杖一百、流放到三千里外的刑。③

这种严格的等级身份制被以法律形式被规定下来，所以周生与丞相家的女儿私通，是要犯死罪的。这种身份之间的差异在朝鲜朝社会是被严格保持的。

从这种明文规定中，不难看出朝鲜朝从建国初期开始，就严禁不同阶级之间的婚姻。据《经国大典》的刑典公贱条云：如果父亲为良民、母亲为做公、私婢的贱人，那么，其所生子女就该随母亲；而如果父亲为贱人、母亲为良女，那么其所生子女就该随父亲，最终，因良贱通婚而所生的子女，终归还是列入贱人阶层。后来，虽然在执行上有了稍微变动，但是，这足以证实朝鲜朝禁锢人们婚姻自由并把婚姻风俗制度化了的历史事实。在此，我们通过对作品内容和历史事实的考察，不难确证，周生与俳桃、周生与仙花之间的爱情都已逾越身份等级界限。

虽然小说中已经冲破了传统婚姻的束缚，周生与俳桃之间是"鲁缟

---

①　参见［韩］李重焕《择里志》。

②　［韩］《周生传》，载崔雄权校注《花梦集》，晓明出版社 2009 年版，第 7 页。

③　参见［韩］《朝鲜王朝实录》，《光海君日记》第二十一卷，光海君元年十月十六日，甲子条，首尔大学奎章阁藏本。

一尺"①订婚盟，但对于"钻穴相窥，逾墙相从"的行径还是被"父母国人皆贱之"所坚决反对的。这里不能逾越的是"父母之命，媒妁之言"之墙，特别是在不同阶层的男女之间。自由爱情可以摆脱"父母之命，媒妁之言"而被接受，却不能脱离规则。俳桃肯定男女自由相爱，肯定在爱情基础上的婚姻，也用玩味的态度欣赏男女之间的杯水之欢。俳桃逼周生回到了自己身边：

> 郎君便可与妾同归，不然，则郎既背约，妾岂守盟？②

不久俳桃病重，但临死前俳桃却原谅了周生，并希望周生和仙花能够成就姻缘，祝福他们：

> （俳桃）含泪而言曰："妾以蒬菲之体依松柏之余荫，岂料芳菲未歇，鹈鴃先鸣，今与郎君便永诀矣。绮罗管弦从此毕矣，凤昔之愿已缺然矣，但望妾死后，郎君娶仙花为配，埋我骨于郎君往来之侧，则虽死之日，犹生之年"，言讫气绝。③

而作为主角的仙花也很在意周生和俳桃的关系：

> 仙花夜至生室，潜发生妆囊，得桃寄生诗数幅，不胜嫉女石，取案上笔墨涂抹如乌。④

《孟子·告子上》有言：

> 食色，性也。一优人耳，忽有配以美色之妇而不愿者，夫岂人情？一弱女耳，忽许配以合意之婿而不从者，夫岂人情？

至于道德礼法，也应考虑到人情之常，认为：

---

① ［韩］《周生传》，崔雄权校注《花梦集》，晓明出版社 2009 年版，第 15 页。
② 同上。
③ 同上。
④ 同上书，第 16 页。

窃玉偷香，士大夫、名闺秀向有犯之者，而欲以发乎情、止乎礼之道，望之于优人弱女，能乎不能？

在《周生传》中，三人之间的复杂关系颇似现代小说中的三角恋故事，可惜作者处理周生的心理活动太简单了些，只以"生自见仙花之后，向桃之情已薄，应酬之际，勉为笑欢，而一心则唯仙花是念"一句概括。周生对于俳桃是个薄情郎，但作者并没有把他处理成一个要受到批判的坏人，而是如实地写出了他对仙花的炽热情感。

周生的身份，与良家女子仙花的关系，显然违反了"良贱不婚"的礼法习俗，后来他们的关系虽然有了"父母之命，媒妁之言"做主，但最终作者在小说的结尾一改以往悲剧或喜剧的模式，而是处理成一个没有结局的结局。这些纯客观的写作手法，在当时应该是寓意深刻的。

社会现实及历史传统是造成两"爱"分离的根本原因。历史和现实使人应有的"爱"残缺不全，而现实生活中的人们渴望做完整、健全的人，渴望各种"爱"的和谐统一。作品中以残酷的社会现实阐述了封建伦理纲常对人性、人格的扭曲束缚。

第三节　《折花奇谈》：理欲道德的突围

17 世纪中叶的朝鲜朝社会，随着商业经济的发展，金属货币（常平通宝）① 开始在经济较发达的地区（首尔、开城）出现，当货币这种用于交换的一般等价物成为人们生存和发展愈来愈不可少的对象物时，就会形成相应的货币观念，并成为影响人们生存、发展的观念和情感的重要因素。既然货币和货币观念成为影响人的情感的重要因素，那么这种影响也会波及作为情感的语言艺术表现的文学领域，即货币观念的变化，也当引起作为世俗文化反映的小说创作观念和形态的变化。

---

①　朝鲜朝仁祖李倧十一年（1633）由常平厅设监始铸，故名常平通宝。至肃宗李焞五年（1678）更以法律命定规定各有关厅、曹、营、监等分工铸造。及至1891年以机制黄铜钱问世，常平通宝铸行前后达 260 年。面文"常平通宝"为工整楷书，直读，背文有记监、记官、记地、记数、记值、记天干地支、五行八卦，以及录用"千字文"44 字，版式多达数千种。

货币使一切形形色色的东西得到平衡，通过价格多少的差别来表示事物之间的一切质的区别。①

它平均化了所有性质迥异的事物，质的差别不复存在。②

正因它具有抹平所有事物质的差别的功能，所以极易将社会形成的尊卑、贵贱之等级身份制度，通过交换而拉向平等。同时也将正统的儒家文化，在商品经济环境下拉向平等化、世俗化。

世俗化在朝鲜期18世纪后的反映市井生活的汉文小说中，直接表现为由英雄式叙事到市井细民式叙事，汉文小说中的主角——帝王将相和英雄，渐渐淡出中心，聚焦于商人家庭和普通民众阶层。人物形象的性别也由男性群体为主更多地转向平民阶层女性群体，开启了描写女性生活的文学新时代。世俗化的核心是平等，而平等又是个体意识觉醒之后，人物的内心世界被铺展、放大。人物性格的复杂性、多维性被鲜活地展示出来。

小说《折花奇谈》正是在这样的背景下出现的。石泉主人在1809年创作了《折花奇谈》，《折花奇谈》继承了爱情小说的传统，但特殊之处在于它讲述的是已婚男女的婚外恋情。在古代朝鲜的爱情婚恋题材作品中，婚后情感的书写是严重缺席的，至于婚外恋，在男尊女卑、一夫多妻制的封建社会，更不可能有正确言说的价值体现。《折花奇谈》正是将批判指向了封建夫权及程朱理学压制女性个性解放，而且把视角伸向了婚外恋者自身的精神和心理领域，表达了人的性爱意识的觉醒，并进一步探讨用婚外恋冲击旧婚姻模式和实现个性解放的可能性和艰巨性。

关于《折花奇谈》的创作目的，作者只是简单地表示，将其作为"闲中玩览之资"。

《折花奇谈》"序"中说：

奇闻异观，终古何限，而若所遇非其人，则泯灭而无传蔫，可胜

---

① ［德］齐美尔：《桥与门——西美尔随笔集》，涯鸿译，上海三联书店1991年版，第265—266页。

② 陈戎女：《货币哲学·译者导言》，参见齐美尔《货币哲学》，华夏出版社2007年版，第7页。

叹哉！今此折花之说，即吾友李某之实录。①

南华散人在卷首的序文中，直接把《折花奇谈》与中国的《莺莺传》及《金瓶梅》作了比较分析：

> 详考一篇旨意，则大略与元稹之遇莺娘，恰相仿佛。其曰："一期二约，三会四遇，竟莫能遂。"其曰："莺也之自媒"，与红娘之解馋，遥遥相照。又与《金瓶梅》之西门遇潘娘，太相类似。②

> 其曰："三件难事，难且又难。"曰："青铜银佩之说"，与王婆之口辩无异。奇哉！千载之下，其下说论事，若是近之，其中反有胜焉者，吾友之痛绝莺也，百忙中能扶彝论之纲纪，梅且伤夫之拙，而未之为害，无乃今之人，远过于古之人耶？③

由此可知，《折花奇谈》的作者一定曾受到《金瓶梅》和才子佳人小说的影响。《金瓶梅》是在英祖五十一年（1775）由首译官李谌购入，"其书绝贵"，"直银一两，凡二十册，版刻精巧"。④《折花奇谈》的作者石泉主人和评者南华散人看来平素对中国小说颇为酷爱，甚至对传统的小说评点方式，具有一定的认识或经验。作者在第一回的开头就说：

> 壬子年间，有李生者，侨居于帽洞，生得俊雅，风采卓异，颇解诗文，亦一代之才子也……⑤

> 有一个佳人，名曰舜梅，年方十七，颜不藻饰而千态无欠，身不装束而百媚俱生，其若柳腰桃颊樱唇鸦鬓，真绝世之秀色。见为方氏义鬟，适人加髢者，已有年矣。⑥

---

① 参见［韩］石泉主人《折花奇谈》。
② 同上。
③ 同上。
④ ［韩］李圭景：《五洲衍文长笺散稿》第七卷，韩国东国文化社影印本1959年版，第230页。
⑤ 参见［韩］石泉主人《折花奇谈》。
⑥ 同上。

这与典型的才子佳人小说的情节安排非常相似，但是作者安排的这对男女，是有妇之男和有夫之女，并不像才子佳人小说中的未婚男女相恋，这与南华散人在序文中所提到的《金瓶梅》中西门庆与潘金莲等人的缠绵情节竟相类似。

南华散人对主人公作出了道德的评述：李生是"百忙中能扶彝伦之纲纪"，而舜梅则是"未之为害"，并庆幸她们能够自觉于一见之后。

作品中出现了人物对于钱财（老妪）和情色（李生）的无所顾忌的追求，以及由此所体现的自由快乐的生活情趣。在《折花奇谈》中，主人公李生在石井边见到舜梅："一见其容，魂飞意荡，不能定情。"遂托媒婆传达自己的爱心：

> 方氏叉鬟，妪其知之，为我介绍，若得一宵之缘，则必重报母矣。①

男子以财求色，正如西门庆、花子虚等人一掷千金，以求一夜欢娱。

> 以东谷方进赐之豪富，以庙洞李相公之风流，愿媒梅媪者，属矣。②

老妪在此充当了媒婆的身份，是传统的"媒妁之言"的变异。"媒"为谋合二姓，"妁"为斟酌二姓，名异而实同也。朝鲜如中国一样，历来遵循"父母之命，媒妁之言"，认为无媒便不成婚。即使像李生这种寻花问柳者，也要求有个媒介，否则是缺了礼数。这还是和儒家传统文化中男女授受不亲、男女有别的隔离状态有关，造成了人们在求偶问题上的腼腆心理，想得到合意之人而又不公开言明。所以在当时的市井社会中，像老妪这样的人物，为了生计，把做媒当成生活之必需手段，以获得金钱和利益。但作品中对非正式婚姻且对有夫之妇进行撮合，也表现出那一时期鲜明的时代特色。虽然老妪是以"贪贿说风情"为目的，同时又是那个时

---

① 参见［韩］石泉主人《折花奇谈》。
② 同上。

代追逐利益、放纵情欲的必然产物。

作品中对老妪的描述：能说会道，左右逢源、善于揣摩对方的心理。当李生找到她表明心意后，老妪随口随应，未曾献一策谋一计。然：

> 知相公为真实君子人也。今使若干青铜，以付老身，则请为相公试之。①

作品中老妪爽快答应，但转口又责难道：

> 而此事有三难：梅女之赋性恺洁，身贱心贵，不可夺志者，一难也。有母弟干鸾，嗜酒贪色，善小恶多。梅女之进退侉张，专在于此女；梅可说鸾不可说，此二难也。有同舍裨福连淫佚善辩，善伺人之动静言未孚，而事反觉，则为害于老身者，多矣，此三难矣。②

老妪向李生提出了"三难"之不便，但又不是不能成，只是要有一事应允，则可办。

> 六字孔方多焉多则善酒焉，钳制鸾口物色焉，啖利莲心，从中用事，庶乎其十止一二可得也。③

在媒婆的眼中，世间男女都是她赚钱的工具，而对于通奸所带来的负面效应，她们从来不会考虑。在为他人提供方便之时，获取一定的经济报酬，这正反映了随着商品经济的发展，对底层社会产生了深远的影响。可以说，媒婆的存在是当时社会物欲追求的表现，她们的出现本身与社会礼教相冲突，与男权社会相冲突。

然而面对遵循儒家礼教的舜梅，结果却如媒婆所言：

> 女有自贞之节，非老身之钝辞强辩所可诱也。汉江之水，何日得

---

① 参见［韩］石泉主人《折花奇谈》。
② 同上。
③ 同上。

坚？愿无以无益之说，徒费心怀也。①

舜梅是一个严格遵守儒家礼法道德的女子，至少在遇到李生之前，她是一个严格恪守"男女有别""男女授受不亲"礼教约束的人。

面对舜梅的态度，李生怅然若失，辞别老妪回家，挑灯端坐，念及舜梅，睡思顿觉，一心难忘。过了些日子，苍头以一支画竹银佩，来告李生说："此即方婢衿缨中物也，小仆权典此物，伏愿相公替藏箧笥。"李生暗自欢喜，佳人佳物，不期入手。或者邂逅之约，纵此有可阶之望矣。作者安排了一个"巧合"，为日后李生与舜梅见面和表达自己的意愿创造了机会。

数日后，舜梅来到井边，李生示舜梅银佩以言微挑。

> 舜梅惊问："此即小婢爱玩之物也。曾已质典小奴，胡为乎落在相公之手乎？"李生笑曰："苟若汝物，则吾当还尔否？"②
>
> 舜梅正色对曰："既乎质焉，则岂有无文还原之理乎？"李生情不自禁，仍言曰："不期一佩已结芳缘。人生譬如水中沤草上露。青春难再，乐事无常。幸无悭一夜之期，得遂三生之愿，如何？"③

李生欲将银佩还赠舜梅，遭到严词拒绝。可是没有几日，老妪来传，舜女有得铜还原银佩之意，这里暗示了舜梅不爱钱财的性格。舜梅不接受李生的还赠却筹钱想赎回心爱之物。在这里，舜梅的价值观和李生、老妪是有着明显区别的。

这之后李生一直未能与舜梅相约，内心惆怅不已。

> 生怅然归来，独倚栏头，忽闻跫音，自远而近，婵娟形态，果是意中之人也！燕懒莺慵，直向井边，生欢天喜地，动问殷勤，舜梅一笑不答，飘然汲水而去。④

> 一树梅花春欲阑，有情人倚玉栏干，寻香戏蝶还飞去，梦断逻浮

---

①　参见［韩］石泉主人《折花奇谈》。
②　同上。
③　同上。
④　同上。

月影团。把莘题罢，咏过一篇，瑞墨斑斑，写书满腔情思，只切有意莫遂之叹。①

光阴如流，九秋已尽，仲冬又届。朔风瑟瑟，冻雪霏霏，正值月晦之夕也。生倚栏远望，悄然琐怀。②

男女主人公虽有相见，但互相试探、数次相约都未能如愿。这正是："情有不可知者，事有不可测者，不可知有不可忘不可终者，不可测而有不可究不可尽也。是故，情出于缘，事出于机。"③ 有些事可遇而不可求，有些情可期而不可强求。

后来李生又是几经周折，方才见到舜梅并与之相约。连作者也感叹：

一期二期三呼四唤，竟莫能遂其意。则今之直走魏都，是果真耶，梦耶？④

《折花奇谈》的故事结构可谓一波三折，其情节之曲折跌宕为朝鲜古典小说中所罕见。终于有一日，老妪前来：

梅婢已在老身之所，伫待相公者，久矣。生喜极如狂，出门尾妪而去。⑤

在受了重贿的老妪的撺掇和怂恿下，有夫之妇和有妇之夫终于走到了一起。"古今来，男求女，女求男……其事见于春秋，而播于国风。""天下之实理，宜莫如男女之际。"在李生灰心绝望之际，却突然得偿夙愿。

时当初更之候也，窗笼寂寞，孤灯耿灭。生五步作三步，忙忙进前，启护相见，欢喜可掬，抱住双手，搂定裙裳。梅曰："郎君之勤

---

① 参见［韩］石泉主人《折花奇谈》。
② 同上。
③ 同上。
④ 同上。
⑤ 同上。

意，不可孤焉，故，敢此乘间，来蹈是期。”①

尽管我们不能否认舜梅和李生私会的事实，但同时亦不能忽视“柔情蜜意”的李生，以及舜梅与“浮浅无拘”的丈夫之间的不合这两个因素。恰是因此，所以才有了舜梅经不住李生的再三相邀，来与李生约会。但其内心中，却既怕又矛盾。

然如临深渊，如坐针毡，心如中钩之鱼，身若惊弹之鸟。小须更，不敢弛情放心。早夫姑未出家，见今充为丞相府差。其行止能泛钟无拘，若踵寻到此，祸将不测。莫如趁早归家，以谋再期，恐涉无妨也。②

是夜相得之乐，不可尽记……而已，邻鸡屡呼，东窗微明。梅女捽捽结带，悄然告别。生执手殷勤更问后期，梅曰：“不可豫定。当来夜图之。”依依雨情，不忍相舍。生出门相送，梅亦五步一回，三步再顾。③

两人都是有夫有妇之人，虽然相慕，但是李生和舜梅的情爱，不过是男贪女恋的单纯的性爱，没有多少精神内容。这也是当时商品经济思潮影响下市井男女婚外恋的通常动机和形式。在朝鲜汉文小说中，像《折花奇谈》如此暴露地描写已婚男女之间情爱的作品是为数不多的。

由于老妪弄奸，再加上舜梅自身的思想斗争和犹豫不决，还有姨母的阻碍，这一对不合礼法的情人，也只能在仅有的一次欢合之后，再也未能相见。

对于舜梅来说，她想冲破道德的规范，但又担心传统礼法对于李生和对于她的约制。

妾赋命奇险，所天无良。名虽夫妇，情实吴越。言必矛盾，动辄

① 参见［韩］石泉主人《折花奇谈》。
② 同上。
③ 同上。

訾惊。非不知恩义之为重，情爱之必笃。而这于此时，郎君又送以图之，使一端在世之心，全然消磨。虽欲夺飞，而不可得也。妾之二三其行，郎君亦必唾骂之不暇。然既往难追，覆水难再。实是郎君之故，郎君亦岂无俯怜之情乎？今欲断恩割情，弃旧从新。而廉防有守，垣墙有耳，真所谓寸心难驭者也。①

　　个性解放的要求，最初总是以比较粗劣的本能冲动的形式出现。因此，即使表现较低层次的情爱关系，在当时的社会条件下也并不完全只有消极意义。但是，如果从客观角度看，无论舜梅身后有着怎样的原因，在女性需要遵守"三从四德"的传统社会，敢于违背伦理做出越轨举动，确实是其自我意识的可贵张扬，而结局对于舜梅的约束，也从一个侧面反映了当时社会对此类问题的矛盾态度，虽然女性的自觉意识有所表现，也冲出了束缚，但最终感性层面的"情"与理性层面的"理"之间的冲突是不可破的。

　　南华散人评论《折花奇谈》说：

　　　　上下六篇三题，见面者为九，有约不偕者为六。假梦者为一，真梦者为一。真心相思，假梦相接；假心自绝，真梦忽圆。先有意而自媒于妪，后有意而自绝于妪，以一李生而有自媒自绝之文。先有心而纳媒于生，后无情而峻斥于生。以一老妪而有纳媒峻斥之文。……梅之一见以生自媒，梅之再见，又以生自媒。自媒两遭，遥遥相对。妪之一期为真期，生之一失为真失。一梦而似真非真，真见而似梦非梦。……前后中终，问间相对，遥遥相连。

　　该文中把整个作品中分布于各处的相似或相反的情节，分别总结为"真梦"与"假梦"、李生向老妪"自媒"与"自绝"、老妪向李生"纳媒"与"峻斥"、李生向舜梅"自媒两遭"，指出了各处内容的相互照应、相互关联以及不断出现的转折。评点者不仅仅指出了结构的起伏变化，并认为这种起伏多变的结构为作品增添了趣味性。

　　与《金瓶梅》不同的是，《折花奇谈》中的男女主人公并不是全然不

---

① 参见［韩］石泉主人《折花奇谈》。

顾礼法、道德约束的奸夫淫妇。舜梅是一个值得同情的可怜女子，书中虽然没有正面写她的丈夫，但通过李妪口中"那夫乘醉到家，使气狂扬"，以及她自怨自艾所说的"妾赋命奇险，所天无良，名实夫妇，情实吴越，言磐矛盾，动辄訾謷"等语，可知她婚姻的不幸。所以舜梅投入李生的怀抱，在市民眼里也是自有感人和令人给予若干同情的理由的，寂寞的解慰和精神的慰藉产生超过了单纯的性本能的感情。舜梅也想"弃旧从新"，但还是担心"廉防有守，垣墙有耳"，内心十分矛盾。李生虽然日思夜想要和舜梅在一起，但当老妪出谋让他勾引舜梅之姨母干鸾，并从中用事时，他怒斥道："谋其侄，又谋其姨，禽兽之所不为也。"因此尽管姨母干鸾对他也十分有意，他也坚执不允。最后，终因干鸾的破坏，两人只好无奈地分开，从此再不能相见。小说中虽对李生的描写重在用情，但并不是毫无原则的，他也是真的出于对舜梅的爱慕。

也正如作品序中所说："情有不可知者，事有不可测者，不可知而有不可忘不可终者，不可测而有不可究不可尽者。是故，情出乎缘，事出乎机。无缘，情可由生；无机，事何从起乎？机有微而后事作，缘有萌而后情动。其动于机，作于缘者，亦莫非人之所由生也。是以祸福无门，唯人所召。然则好恶是非，莫不由于人，利害苦乐，亦莫不由于人。"①

根据《折花奇谈》书后的刊记，故事发生在正祖十六年，此时的朝鲜社会，封建制度日趋衰落，新的资本主义生产关系逐步产生，朝鲜朝封建统治及其意识形态面临空前深刻的危机。朝鲜在 17 世纪后期，由于农业手工业的发展和商品生产的进一步扩大，商品经济有了进一步的发展，再加上连年的农民起义，使得社会的两极分化日益严重，但此时由于统治者的腐败无能，不仅无力解决日益激化的矛盾，而且成为社会发展的严重障碍。商品经济的发展，带来社会物质生活的丰富，社会上奢侈享乐、越礼逾制之风愈演愈烈。受封建伦理道德影响最深的封建官僚阶层，自身呈现严重的人格分裂。虽然开口闭口仍是大讲正统伦理道德，而实际行动上却与封建伦理道德的"重义轻利""立德、立功、立言"的人生价值追求，"修身、齐家、治国、平天下"的社会责任感相背离。商品经济的冲击，统治阶层自身对道德的践踏与背叛，使传统道德观念面临着深刻的危机。

---

① 参见［韩］石泉主人《折花奇谈》。

　　传统的伦理道德规范集中体现在禁欲主义的朱子理学中，它作为朝鲜朝的官方统治思想被严格确定下来。而这种以束缚人性、压制人欲为特征的道德价值体系存在的基础，一是相对贫乏的物质生活，二是专制政权对意识形态领域的严厉控制。而朝鲜朝后期恰恰面临着这样一个难得的发展空间：经济的发展、统治阶级内部激烈的党争，不断爆发的农民起义，外族的侵扰，内忧外患。在这样特殊的历史条件下，一部分朝鲜进步文人带着自身对现实的思考与选择走到了时代前列。他们基本上都是一些知名度较高的文人，同时又是地位不高的低级官吏，属于统治阶层。传统的道德规范已深入他们的骨髓，因此，他们又不自觉地时时以封建伦理道德作参照系，表现出一种难以摆脱的矛盾。一部分中小两班中的进步知识分子开始摆脱朱子正统观的束缚，集中于关心社会问题，关注人们的现实生活，也就随之出现了一批反映市井女性生活的作品。

第十章

朝鲜朝后期汉文小说之转型

　　在中朝文学关系史上，有一个不争的事实：中国文学对朝鲜文学始终产生着很大的影响。16世纪之前的朝鲜文学主要是汉语文学，从某种意义上讲，也可视为汉文学的一个分支。自1444年朝鲜文字"训民正音"创制之后的16世纪后期，朝鲜开始出现了汉语文学和国语文学平行发展的局面。在这个过程中，它们相互影响，相互促进，为丰富和提高朝鲜文学的整体地位做出了贡献。直到19世纪末期，中朝两国都进入现代阶段，也都开始受到西方文学的影响，朝鲜民族开始用自己的文字书写作品，这标志着朝鲜国语文学时代的真正到来。

第一节　　文学语言载体的变化

　　自朝鲜朝后期开始，在文学创作中，就出现了朝鲜国语文学和汉文学并驾齐驱的局面。国语文学是朝鲜朝后半期文学创作的重要组成部分。主要原因是1894年"甲午更张"之后，科举制在朝鲜废止，官方语言中开始了"汉文""朝汉混用""纯朝鲜文字"三种标记形式。朝鲜在同一时期的小说语言也发生了巨变，类似于中国"白话文运动"的"国语国文运动"在朝鲜掀起，对几千年沿用下来的汉文字和汉文学创作展开了猛烈的批判，从官方开始彻底动摇了汉字在朝鲜社会中的正统地位，国语——朝鲜语的地位得以抬升，这对小说创作语言的革新产生了决定性的影响，直接推动了朝鲜小说的近现代化进程。

　　在中国，虽然文言文和白话文是两种不同的文字系统，但都属于母语语言文字；而汉文对于朝鲜人来说，是外民族的文字系统。因此，本国朝鲜语的广泛使用及其地位的提高，标志着朝鲜开始脱离中国文字——汉字的影响，由此朝鲜本民族自身的语言文字体系逐渐成熟，文学语言载体的这种变化对朝鲜民族文学产生了深刻的影响和彻底的变革。

当时的朝鲜人周时经①就曾提出过：

> 崇尚并运用国语、国文是保全"国性"，振兴国家和民族的必由之路，主张废除汉文，对"言文不同"的局面进行变革。

1896年，池锡永②用纯朝鲜文发表了《国文论》，主张：国文统一，提出废止汉字，专用本国语言——朝鲜语的建议。

次年，李凤云③在《国文正理》中呼吁：朝鲜国民要尊重并学习朝鲜语，慨叹过去对汉文过度崇尚的社会风气，提出了与朝鲜文"言文一致"相关的标记法问题。他在序文中指出：

> 朝鲜人崇尚汉文，对自己的文字知之甚少，令人痛心。文明第一要件即国文。只有明其理致，使之用之，加强教育，才能万事咸通。

把"言文分离"问题与国家命运和民族存亡联系起来，在小说创作层面，语言的革故鼎新为朝鲜朝后期小说的发展注入了活力，其中一个突出的特点：国文小说语言实现了口语化、通俗化，促进了国语小说的本体回归。其实在此之前，17世纪的金万重就对朝鲜文字的价值进行了肯定，只是囿于历史局限性，没有就文体的变革展开具体实践。金万重在《西浦漫笔》中就曾一针见血地指出：

> 今我国诗文舍其言而学他国之言，设令十分相似，只是鹦鹉之人言。而闾巷樵童、汲妇咿呀而相和者，虽曰鄙俚，若论真赝，则固不可与士大夫所谓诗赋者同日而论。④

---

① ［朝］周时经（1876—1914）：朝鲜语言学家。初名相镐，幼习汉文，后入汉城培材学堂学习西方传入的新学。一生致力于朝鲜语文的研究和教学。组织、领导了国文启蒙运动，1896年创建国文同式会，1908年出版了讲稿《国语文典音学》，1910年发表代表作《国语文法》。

② ［朝］池锡永：朝鲜第一所公立医学院——大韩医学院特聘校长。他主张横向书写朝鲜文字，致力于研究用朝鲜文字标识汉字读音与含义的方法。

③ ［朝］李凤云：1897年用朝鲜文写出了第一部朝鲜语语法著作《国文正理》。

④ ［韩］金万重：《西浦漫笔》，通文馆1971年版。

金万重认为，朝鲜的书面文学存在着"言文"严重脱节的现象，他贬低了借用汉字的"士大夫所谓诗赋"，指出：借用中国文字的朝鲜诗文作品，即使与中国成就较高的文学作品十分相似，也只不过是"鹦鹉之人言"。并且极力赞扬和肯定了用朝鲜语吟唱的"鄙俚"的民间歌谣。

虽然他的论述主要针对的是朝鲜汉文学中的诗赋，但他的主张无疑也涵盖了小说文学。基于这种认识，他积极把这种主张付诸实践，先后创作了《九云梦》《谢氏南征记》等朝鲜国文小说。金万重之后的朴趾源，极力主张文学创作中要使用朝鲜文日常用语和俗语，并以其发明的新文体"燕岩体"①创作了《热河日记》。他们的主张有一个共同的立足点，那就是，要创作优秀的文学作品，就必须使用本民族语言。

实现了本民族文字推广使用的梦想，从而使朝鲜语摆脱了从属的地位，艰涩难懂的汉文逐渐失去了主导地位。朝鲜语的广泛使用使文字真正回归了它的工具性和实用性。朝鲜近现代小说吸引了众多读者，受到广泛追捧，不得不归功于朝鲜语在朝鲜朝后期的普及。

第二节　域外文化思想的输入和启迪

19 世纪末 20 世纪初的朝鲜，腐朽昏聩的封建统治在外来侵略的冲击下逐渐瓦解并最终走向末路。朝鲜文人士子看到了本国制度和统治阶层的腐朽，魏源的《海国图志》于 1845 年传入朝鲜后，唤醒了一部分先进知识分子和官吏，使他们大开眼界，认识到了西方的先进性，开始接触外来丰富、新颖的思想文化，认识到除了朝鲜三千里"礼仪之邦"之外，世界上还有许多更先进、更富强、更文明的理想社会。

伴随着门户洞开而来的是西方的先进文化和思想，在这种"西风东渐"的社会环境下，朝鲜古代小说逐渐摆脱了自古以来的边缘化地位，

---

①　朴趾源也一直肯定朝鲜语，他虽然也使用汉文创作，却具有自己独特的文体，被喻为"燕岩体"。朴趾源经常在文中使用朝鲜专有的官职名称和地名，还引用朝鲜国内特有的谚语和俗语等，从而强化了文学的通俗性。例如："医无自药，巫不己舞"在《秽德先生传》中就是直译朝鲜谚语"医生治不了自己的病，巫婆不能为自己跳大神"，再如"诵如冰瓢"在《两班传》中就是直译了表现话语流畅的朝鲜谚语"犹如冰面上推瓢"。朴趾源还破格使用了汉字的音和意，突出了文体表现的民族特色。

成为文学的主流。这时的小说表现的是"当今社会"的人和事，在古代文学中从未出现过的新题材、新概念和新思想出现在小说中，与"古小说"迥然有别。这一时期朝鲜也经历了社会转型期的阵痛，是一个新旧交替、内忧外患、昏暗与希望并存的历史阶段。在传统与现代交替转型的社会大背景下，小说观念和小说地位的转变成为当时朝鲜社会变革的一部分，发生了未曾有的嬗变与转型。

对于"小说界革命"产生的动力以及近代新小说迅猛发展的原因，陈平原教授曾指出：

> 都市文化心理的形成以及市民价值观念的凝定……还有政治革命思潮的激荡以及新教育的发展……孕育出一批新小说的作者与读者，逐步完成了小说从古典形态到现代形态的过渡。①

由此可见，正是经济的发展和都市文化以及市民文化心理的形成，为小说由古向今过渡提供了广大受众。许多史料表明，国内外大量移民的涌入是近代都市社会形成的最直接原因，而朝鲜的平壤也基本是在同样的境况下率先成为近代化大都市的。都市一旦形成，市民就成了阅读小说的最大群体。市民们对小说表现出了极大的热情，他们感觉到作品所表现出来的事情和自己的生活贴得很近，他们觉得所阅读的小说符合自己的阅读口味，消遣性、娱乐性、猎奇性，小说既能调剂他们紧张的社会竞争心理，又成为他们游乐的指南书。当然作品中的讽喻和批评之声，又能提醒他们心底所隐藏的评判标准，新的时代因素给小说注入了巨大的生命力。

> 盖国体之团结寔在於社会之发达，民智之高明实由乎学问之进就。此泰西列国之所以成富强文明而雄视于四海并驾於六洲者也……现当竞争之时代，革祛旧习钦尊新式者，唯一急先务则此诚有志人士，奋发激励之利也。②

①　陈平原：《中国现代小说的起点——清末民初小说研究》，北京大学出版社2005年版，第66页。

②　摘自《大韩每日申报》1906年8月23日（第304号）第三面中刊登的《英语研成社趣旨书》。

这正是朝鲜朝末期民族危机存亡时刻，国内改革派的政治要求和"开化期"文明要求的反映。所以希冀改革国内的政治气氛，营造一种爱国自强、经世致用的新理念。在小说创作中，更多的作家将视线转向国内的现实，揭露封建统治的腐朽和无能，呼吁改革弊制，共同抵御和反抗外族侵略。

第三节　传统的创造性转化与革新

小说具有一种承前启后的过渡期性质，它们的共同作用是"继承传统、肇始现代"。从小说观念上来讲，朝鲜"开化期"之后，朝鲜民众对小说有了全新的认识，从"不登大雅之堂"到"文学之最上乘"，从"末技小道"到"国民之罗盘针"，小说认识论经历了质的飞跃，有力地推动了其现代化转型。

随着时代的变迁，朝鲜朝后半期的文学观念逐渐转向具有实学的文学本体观念，受新兴实学的影响出现了朝鲜近代的新小说。它是存在于古代小说与现代小说之间的文学种类。可以说，朝鲜的"古小说"是受到中国古代小说的影响发展起来的，小说《金鳌新话》就是朝鲜小说兴起的标志性作品。"甲午更张"之后开化文明的时代意识，揭露封建官僚的腐败和暴政等积极的主题，移风易俗、打破迷信等具体的社会问题以及女权问题、子女教育、自主独立等思想潮流。其实，这一时期小说对传统小说的超越正是体现在这些反映社会变化的新内容之上。而无论在故事结构还是传统模式上，基本继承和延续了古典小说如军谈小说《刘忠烈传》、言情小说《春香传》、家庭小说《蔷花红莲传》、道德小说《沈青传》、寓言小说《兴夫传》的模式，而表现出一种开化意识，与开化启蒙思想联系在一起，注重"爱国新民"思想的宣扬。其主题或是呼吁男女平等的观念，或是破除过去的陈旧思想。通过朝鲜历史上著名的英雄人物及其英雄事迹来唤起民众的爱国热情，更具有启蒙的意味。由传统向现代过渡转型时期的朝鲜小说在内容上反映了这一时期小说不只是在精神内涵上注重社会现实，在形式上也逐渐脱离了古代的小说形态，具有新时期的文学形式与内容。

此外，小说开始产生了否定现实的意识，并且以家长的否定为核心，开始挑战性伦理，对传统的婚姻制度进行批判。另外，这一时期的文学作品出现了新的爱情剧的特点，注重女性角色在文学作品中的作用，并且会通过以爱情为核心的感情关系与过于夸张的感情意识表现来塑造十分经典的人物，展现出爱情剧的特点。总之，这一时期的小说就是对于传统的否定，在否定中蕴含了一种反抗意识。传统的朝鲜文学大多数都是以逃避现实为主题，但是，这一时期的新小说颠覆了原有的概念。

在 19 世纪末 20 世纪初的朝鲜王朝末期，一方面，民族内部对于腐朽的封建社会制度和儒学思想逐渐显现了抵抗和觉醒意识；另一方面，西方列强叩开了韩国的国门，随之而来的是西方文化的猛烈冲击，在经历了内忧外患的社会危机之后，小说也同样经历了一个由传统到现代的过渡过程。至于小说创作，由于国内外的复杂原因，更是遇到了一场不可回避的严重危机，直接导致在 20 世纪后半期的朝鲜，问世的小说十分鲜见。

随着朝鲜民众对本国文字的重新认识和民族意识的觉醒，以汉字为中心的"华夷秩序"逐渐黯然失色，汉文小说创作也失去了其主导地位。20 世纪初期，汉文在朝鲜已为明日黄花，汉文小说相应也进入衰落期。悬吐的汉文小说《神断公案》于 1906 年在《皇城新闻》连载，金光洙（1883—1915）在 1907 年创作的《晚河梦游录》，1914 年李钟麟创作的《满江红》、吕圭亨 1917 年前后创作的《汉文演本春香传》和李能和 1919年写的《春梦缘》等都是故事性很强的汉文叙事作品。其后，朝鲜新文学运动先驱之一的李海朝（1889—1927）还在《少年半岛》杂志上发表《芩上苔》，成为朝鲜半岛汉文小说的绝响，汉文小说创作最终在朝鲜文学史当中画上了句号。

朝鲜开化期是一个相对比较开放的时期，与外国文化碰撞的激烈程度前所未有。朝鲜文坛同时接受了西方、日本和中国的影响。朴殷植在谈到朝鲜的古代小说时，曾说：

> 我国本无小说之善本，国人所著的小说也不过《九云梦》《谢氏南征记》等数种，从中国传来的小说有《西厢记》《玉麟梦》《剪灯新话》《水浒传》等。国文小说有所谓《萧大成传》《苏学士传》《张凤云传》《淑英娘子传》等几种，此种类的书籍竟盛行于闾巷之间，成为匹夫匹妇的菽粟茶饭，皆是荒诞不经、淫靡无稽之作。其败

坏人心风俗，对政教和世道为害不浅。①

——笔者译

朴殷植把朝鲜传统小说批判为"荒诞无稽、淫靡不经"，并指出此种小说如若盛行于民间必然会"败坏人心风俗"，"对政教和世道为害不浅"。在《大韩每日申报》的《时事评论》中也出现过对传统小说的批判言论，将传统小说诸如《春香传》《赵雄传》的内容视为荒唐之言，指责其伤害民心。而同时对能够诱发人们爱国思想的外国英雄史传翻译作品则进行了高度评价，这种见解与申采浩等爱国启蒙思想家们的见解大致相当。

同时李海朝也在其作品《自由钟》里借作品中人物之口表达了对传统小说的鄙视和批判：

> 我们世宗大王勤劳之圣德无以言表，投入大量财力创制韩文。但是百姓一直崇尚汉文字而视国文为黑暗文字，唯有妇人与低贱之人学习，然而学习国文之后又无书可读，看的书只是《春香传》《沈清传》《洪吉童传》而已。读《春香传》能学到政治吗？读《沈清传》能了解法律吗？读《洪吉童传》能知道道德吗？因此，《春香传》是淫荡教科书，《沈清传》是凄凉教科书，《洪吉童传》是虚晃教科书。若以淫荡教科书教育国民，风俗如何变美？以凄凉教科书教育国民，如何有长远眼光？以虚晃教科书教育国民，如何有正大的气象？我们国家放荡的男人和淫荡的女人的诸般恶相都是由此而出，其影响可见一斑。

——笔者译

在这里，李海朝把朝鲜历史上比较著名的小说《春香传》《沈清传》和《洪吉童传》统统列入"淫荡、凄凉、虚晃"的小说之列，认为它们毒害了一代又一代朝鲜国民。而申采浩除了批判传统小说，还提出了与其他启蒙小说家禁止发行小说的主张相异的见解：

---

① ［韩］朴殷植：《瑞士建国志》"序"，《历史·传记小说》第六卷，亚细亚文化社 1979年版，第 197 页。

　　在朝鲜传来之小说，大半是桑圆薄上之淫谈与崇佛云福之怪话也，此亦败坏人心风俗之一端也，亦汲汲着出各种新小说一扫此也。年前几志士放议中枢院，有者禁止买卖凡在坊间发表的传统小说。余者敬其意，而反对其方策，就像换坡罗岛葛依无不有应者、易以染肉脱无不乐，多出奇妙莹泇之新小说，传统小说自然绝迹退藏也，何必行此等强制逆民心而难行之事？①

　　他认为国民喜欢阅读小说已经成为他们日常生活的一部分，如果强行禁止的话，有违民心，因此，与其强行禁止传统小说的发行，还不如大量创作"奇妙莹泇之新小说"。也就是说，申采浩在批判传统小说的同时，主张创作能够凌驾于传统小说之上的"新小说"，体现了对小说本身的某种肯定性的态度。

　　在批判传统小说的同时，朴殷植也指出了新小说与社会政治的关系：

　　西方哲学家曾说过，如果问进入其国的小说中，何种小说最为盛行的话，回答便是见证其国人心风俗和政治思想的小说。②

　　也正如梁启超所述："借小说家之言，以发起国民政治思想，激励其爱国精神。"他在《小说与群治之关系》中开宗明义地指出：

　　欲新一国之民，不可不先新一国之小说……欲新宗教，必新小说；欲新政治，必新小说；欲新风俗，必新小说……乃至欲新人心，欲新人格，必新小说。③

　　小说对道德、宗教、政治、风俗等会产生巨大影响，因此，要改良政治、变革社会就先要革新小说。无论是朴殷植还是申采浩，他们在对传统小说的批判过程中，并没有否定小说本身的社会作用，反而是把小说作为

---

① ［韩］申采浩：《丹斋申采浩全集》上，萤雪出版社 1977 年版，第 17 页。
② ［韩］朴殷植：《历史传记小说》，亚细亚文化社 1979 年版，第 197 页。
③ 梁启超：《饮冰室合集·文集》之十，中华书局 1936 年版，第 90 页。

解决现实社会问题的一种手段，使小说的社会效用达到最大化。

朴殷植在《瑞士建国志》"序"中说：

> 夫小说者，感人最易、入人最深，与风俗阶级、教化程度之关系甚钜。①

整体来看，这一时期，对于小说的排斥观念虽然仍占据主导地位，但是到了朝鲜时代后期，特别是 19 世纪末 20 世纪初，朝鲜小说的崛起，特别是朝鲜国文小说的崛起已经成为无法阻挡的潮流了。

---

① ［韩］申采浩：《丹斋申采浩全集》下，萤雪出版社1977 年版，第 17 页。

结　语

　　本书通过对朝鲜古代汉文小说文体生成的历史性回顾与阐释，梳理了符合历史原貌的朝鲜汉文小说的文体观念和小说文体流变样态，并对不同文体类型的代表作品进行分析研究，大体勾勒出其整体发展和类型演变的进程。

　　朝鲜古代的汉文小说，无论是哪一种文体，都能直面社会与人生的现实问题，具有很强的针对性。虽以"文以载道"为目标，以"辅教"为目的，却在揭露社会的不合理、政治的黑暗。特别是壬、丙两乱之后，更是自觉地通过非现实的虚与实的结合，反映作者对社会人生的感受。这当中还有一些作品，与朝鲜社会党争、外族入侵的时代特点相联系，表现了鲜明的反抗残暴、向往和平以及忠君爱国与或隐或现的民族情绪。朝鲜朝后期兴起的通俗小说，适应市民社会的需要，更直接地描写了当时的社会生活，以日用起居、人情世态为中心，其现实性进一步加强。

　　在朝鲜古代的"社会—历史"文化变迁中，受中国史传文化的影响，朝鲜汉文小说的文体叙事，始终不同程度地与历史叙事一脉相承，即便是象征着古代汉文小说文体独立的传奇小说，也是采用历史叙事的传记体例，篇名也多以"传""记"命名，同时作者在篇首或者篇尾，都会进行一番对事件的道德意义和真实性的强调，力求确定自身的历史叙事属性。可以说，由于小说生成的历史叙事的母体孕育直接规范了朝鲜古代汉文小说叙事的基本面目：追求所叙事件的真实性，即"实录"的原则；在事件的叙述中，传达道德教化的叙事声音。

　　但是，随着社会和历史的变迁，文学性叙事话语逐步进入小说体叙事，拓展其虚构空间，追求文学性审美意蕴的表达，从而在不同程度上消解着历史叙事话语，因此，在朝鲜古代小说的叙事流程中，形成了"实录"叙事与"虚构"叙事，道德性叙事与文学性叙事的矛盾。而正是这两对矛盾，推动了朝鲜古代汉文小说叙事的历时性变化。

朝鲜古代汉文小说根植于传统的"小说关乎世道人心"的功利观念和"劝惩教化"的伦理中心主义，"文"与"道"始终是其共同的核心范畴，所以无论对小说本身的认识走得多远，都只可能是一种表面形态的更新，而不能产生质的变革。

参考文献

一 文献资料

［1］［韩］金富轼著，李丙焘译注：《三国史记》（上、下），乙酉文化社 1994 年版。

［2］［韩］一然：《三国遗事》，瑞文文化社 1990 年版。

［3］林明德主编：《韩国汉文小说全集》（1—9 卷），中国文化大学出版部 1980 年版。

［4］［韩］《古代汉文小说选》，国书刊行大提阁 1975 年版。

［5］［韩］民族文化促进会：《韩国文集丛刊》，景仁文化社 1990 年版。

［6］［韩］《古代说话文学选》，国书刊行大提阁 1975 年版。

［7］韦旭升：《韦旭升文集》，中央编译出版社 2000 年版。

［8］韦旭升整理、翻译：《玉楼梦》，北岳文艺出版社 1989 年版。

［9］韦旭升校注：《谢氏南征记》，中州古籍出版社 1986 年版。

［10］韦旭升校注：《九云梦》，北岳文艺出版社 1989 年版。

［11］［韩］金镇英等编：《韩国汉文学选读》，新文社 1989 年版。

［12］［韩］金起东、李钟殷编：《古典汉文小说选》，教学研究社 1984 年版。

［13］［韩］《朝鲜王朝实录》，首尔大学奎章阁藏本。

［14］［韩］《增补退溪全书》，成均馆大学校出版部 1985 年版。

［15］［韩］《折花奇谈》，日本东洋文库藏抄本，郑良婉《日本东洋文库本古典小说解题》影印，国学资料院 1994 年版。

［16］崔雄权校注：《花梦集》，晓明出版社 2009 年版。

二　专著资料

［17］［韩］李丙焘：《韩国史大观》，正中书局 1961 年版。

［18］柳承国：《韩国儒学史》，商务印书馆 1989 年版。

［19］李甦平：《韩国儒学史》，人民文学出版社 2009 年版。

［20］何劲松：《韩国佛教史》，社会科学文献出版社 2009 年版。

［21］［韩］金忠烈：《高丽儒学思想史》，东大图书公司 1992 年版。

［22］葛荣晋：《韩国实学思想史》，首都师范大学出版社 2002 年版。

［23］姜日天：《朝鲜朝后期北学派实学思想研究》，民族出版社 1999 年版。

［24］崔在穆：《东亚阳明学》，中国人民大学出版社 2009 年版。

［25］严绍璗等：《中国与东北亚文化交流志》，人民出版社 1999 年版。

［26］高明士：《东亚文化圈的形成与发展》，华东师范大学出版社 2008 年版。

［27］李岩等：《朝鲜文学通史》，社会科学文献出版社 2009 年版。

［28］孙卫国：《大明旗号与小中华意识》，商务印书馆 2007 年版。

［29］姜林祥：《儒学在国外的传播与影响》，齐鲁书社 2004 年版。

［30］金台俊著，全华民译：《朝鲜小说史》，民族出版社 2008 年版。

［31］陈文新：《韩国所见中国古代小说史料》，武汉大学出版社 2011 年版。

［32］杨昭全：《韩国文化史》，山东大学出版社 2009 年版。

［33］［韩］金台俊：《朝鲜小说史》，平凡社昭和五十年版。

［34］［韩］车溶柱：《韩国汉文小说史》，亚细亚文化社 2003 年版。

［35］韦旭升：《韩国文学史》，北京大学出版社 2008 年版。

［36］金宽雄：《韩国古小说史稿》，延边大学出版社 1998 年版。

［37］金宽雄等：《中朝古代小说比较研究》，延边大学出版社 2009 年版。

［38］金柄珉等：《朝鲜文学的发展与中国文学》，延边大学出版社 2003 年版。

［39］李家源：《朝鲜文学史》，沈定昌等译，社会科学文献出版社 2005 年版。

［40］赵润济：《韩国文学史》，张琏瑰译，社会科学文献出版社 1998 年版。

［41］李岩：《中韩文学关系史论》，社会科学文献出版社 2003 年版。

［42］张敏：《韩国思想史纲》，北京大学出版社 2009 年版。

［43］卢仁淑：《朱子家礼与韩国之礼学》，人民文学出版社 2000 年版。

［44］［韩］闵宽东：《中国古典小说在韩国之传播》，学林出版社 1998 年版。

［45］［日］大谷森繁：《朝鲜后期小说读者研究》，高丽大学民族文化研究所 1985 年版。

［46］［韩］赵东一等著：《韩国文学论纲》，周彪译，北京大学出版社 2003 年版。

［47］［韩］金光纯：《韩国古小说史论》，新文社 1990 年版。

［48］［韩］黄浿江：《朝鲜朝小说研究》，檀大刊行社 1978 年版。

［49］［韩］张孝铉：《韩国古典小说史研究》，高丽大学校刊行社 2002 年版。

［50］［韩］《朝鲜文学史》，科学百科词典综合刊行社 1994 年版。

［51］［韩］《朝鲜古代文学研究》，文学艺术综合刊行社 1998 年版。

［52］［韩］赵东一：《多元一体的东亚细亚文学》，知识产业社 1999 年版。

［53］［韩］赵东一：《共同语文学与民族语文学》，知识产业社 1999 年版。

［54］［韩］赵东一：《文明圈的同质性与异质性》，知识产业社 1999 年版。

［55］［韩］赵东一：《韩国文学思想史试论》，知识产业社 1998 年版。

［56］［韩］赵东一：《韩国文学通史》（1—5 卷），知识产业社 1992 年版。

［57］［韩］朴熙秉：《韩国传奇小说的美学》，石枕刊行社 1997 年版。

［58］［韩］朴熙秉：《韩国古代人物传研究》，大道社 1992 年版。

［59］［韩］李树凤：《韩国家门小说研究》，景仁文化社 1992 年版。

［60］朴真奭等：《朝鲜简史》，延边教育出版社 1986 年版。

［61］韩国哲学会编：《韩国哲学史》（上、中、下），白锐译，社会科学文献出版社 1996 年版。

［62］王晓平：《亚洲汉文学》，天津人民出版社 2009 年版。

［63］张哲俊：《东亚比较文学导论》，北京大学出版社 2004 年版。

［64］权锡焕著，陈蒲清译：《韩国古代寓言史》，岳麓书社 2004 年版。

［65］张哲俊：《东亚比较文学导论》，北京大学出版社 2004 年版。

［66］杨通方：《中韩古代关系史论》，中国社会科学出版社 1996 年版。

［67］汪高鑫、程仁桃：《东亚三国古代关系史》，北京工业大学出版社 2006 年版。

［68］王明星：《韩国近代外交与中国》（1861—1910），中国社会科学出版社 1998 年版。

［69］魏志江：《中韩关系史研究》，中山大学出版社 2006 年版。

［70］张伯伟：《域外汉籍研究集刊》（第一辑），中华书局 2005 年版。

［71］石昌渝：《中国小说源流论》，生活・读书・新知三联书店 1995 年版。

［72］瞿佑等著，周楞伽校注：《剪灯新话》（外二种），上海古籍出版社 1981 年版。

［73］（清）张廷玉等：《明史》，中华书局 1974 年版。

［74］汪燕岗：《韩国汉文小说研究》，上海古籍出版社 2011 年版。

［75］李娟：《韩国古代家庭小说文化阐释》，中国社会科学出版社 2010 年版。

［76］孙惠欣：《冥梦世界中的奇幻叙事》，北京大学出版社 2009 年版。

［77］李花：《明清时期中朝小说比较研究》，民族出版社 2006 年版。

［78］谭红梅：《朝鲜朝汉文小说中的女性形象流变》，知识产权出版社 2012 年版。

［79］刘顺利：《朝鲜半岛汉文学》，学苑出版社 2009 年版。

［80］李官福：《汉文大藏经与朝鲜古代叙事文学》，民族出版社 2006 年版。